法医宋慈

FORENSIC Song Ci

纨纸——著

雁北堂出品

北京联合出版公司
Beijing United Publishing Co.,Ltd.

图书在版编目（CIP）数据

法医宋慈 / 纨纸著 . —北京：北京联合出版公司，2018.9（2023.9 重印）

ISBN 978-7-5596-2333-1

Ⅰ . ①法… Ⅱ . ①纨… Ⅲ . ①长篇小说–中国–当代 Ⅳ . ① I247.5

中国版本图书馆 CIP 数据核字（2018）第 157647 号

法医宋慈

作　　者：纨　纸
选题策划：雁北堂（北京）文化传媒有限公司
责任编辑：李艳芬
特约编辑：王明旭
封面设计：蔡小波
版式设计：冉冉工作室

北京联合出版公司出版
（北京市西城区德外大街 83 号楼 9 层　100088）
天津雅图印刷有限公司印刷　新华书店经销
字数 207 千字　880 毫米 × 1230 毫米　1/32　9 印张
2018 年 9 月第 1 版　2023 年 9 月第 6 次印刷
ISBN 978-7-5596-2333-1
定价：38.80 元

目录

楔子　鬼新娘

雾很浓，浓得几乎遮住了月色。

龛上两支红烛，灯影摇动，那烛泪顺着大红描金的烛身缓缓滑落，似是某个多情少女的眼泪，醉了人心，也碎了长夜。

他一身喜服，坐在铺着锦缎的绣床上。

今晚，是他的新婚之夜。

但是他却无论如何也高兴不起来。

床前停着一口棺材，用的是上好的乌木，棺身雕刻着暗纹，无不彰显出做工的精美以及质料的上乘。

然而那棺材里躺着的，就是他的新娘。

他不知道她是不是真的死了，他唯一知道的是，自己活不过今晚。

三天前的夜里，他收到了一封婚书。

没有父母之命，没有媒妁之言，这婚书上的内容是通知他三日后要与这位棺材里的方小姐完婚。

方小姐的闺名叫玉婷，她本是城中最有钱的富商方老爷家的千金，但是十年前，她被个负心汉所骗，用三尺白绫了断了自己年轻的生命。

当事人虽然可怜，但这类事屡见不鲜，所以被人茶余饭后津津乐道了一阵子后，很快便被遗忘了。

谁又能想到，十年后，这方玉婷竟然从坟里钻了出来，从一个被人欺骗、抛弃的弱女子，变成了呼风唤雨、掌控人生死的鬼嫁娘。

短短几个月的时间，她已经先后嫁了三人。

而他，就是她嫁的第四个丈夫。

之前的三个，都在婚礼第二天死了。每个人都死得很惨，被人开膛破肚，连心，都被挖了去。

所以，当他收到婚书后，家里人便开始帮他准备后事了。

烛影摇动，周围死一般的寂静。

除了自己的心跳声，他根本听不到其他任何的声音。

夜色越发深沉，转眼已经到了三更。

恐惧最终化作了愤怒，他还年轻，他不甘心，就算真的要死，他也不想这么沉默地等下去了。

然而，就在他站起身的一刹那，那棺材板却“吱扭”一声，被人轻轻地从里面推开了一条缝隙。

他呆愣在那里，全身的血液都在一瞬间凝结。他不敢想象自己会看到什么，一个无形的鬼魂，还是一副森森的白骨……

接着，他看到了一只手。

一只涂着蔻丹，白皙修长，柔若无骨的手。

那手推开棺盖，一个鲜红的身影从棺材里面站了起来。

大红的嫁衣，头上还蒙着一方绣着金凤凰的红盖头。

“官人。”

那声音缥缥缈缈，身影袅袅婷婷，好似睡梦中才有的仙女一般。

微风拂过，扬起了盖头的一角，他看不清她的面容，但光是那白皙如玉的肌肤和红似火的嘴唇，已经激发起了他内心最原始的欲望。

这无疑是个令男人疯狂的女子，此时此刻，他心里只有一个念头——

他想看看这张脸，这张已经令至少三个男人丧命的脸。

“我、我……”

他看着她，只觉得喉咙一阵阵干渴，却连一个完整的句子也说不出。

而她却笑了。

红袖轻抬，自袖口探出纤弱的指尖，朝他微微一扬。

那红烛突地灭了，屋内不剩一丝光亮，只有青烟渺渺，随风而散。转瞬月光照进窗棂，洗去薄雾，他鼓足勇气，揭下她脸上的盖头。

月色中，他看到一张脸，一张美得令他愿意付出生命的脸。

“官人，”朱唇轻启，她柔柔一笑，道，“如此良辰美景，莫要辜负了春宵啊……”

第一章　南城女尸案

湖南邵阳，长乐乡。

每年的七月，安家四郎的心情都不会太好，他讨厌下雨，尤其是南方的梅雨季节，根本见不到天日。那种湿湿腻腻的感觉，总让他觉得自己像是被浸在个大水缸里。

他的本名叫安盛平，意指安居乐业，盛世太平。因他在家中排行老四，故此有了“安四郎”这个称呼。此刻，他正斜倚在花厅正中的圆桌旁，望着窗外屋檐下的雨水发呆。

“公子，今次已经是第四个了！”身后不远处，一个身着一袭黑衣、面色深沉的汉子忍不住道。

汉子看起来四十岁左右年纪，一双剑眉，眼神锐利。与安盛平的随意不同，他似乎显得十分焦躁，蹙着眉，背着手，不停地踱着步。

而距离两人不远的窗棂旁，还站着另一个人。

那人长身玉立，披着件玄色的袈裟，一副宽肩，只看背影，就有种说不出的神圣感。

安盛平嘴角勾起笑，他本就生得一张俊脸，笑起来，就仿佛正午的骄阳，耀眼夺目，可偏偏眼神却又深邃似海，看不清究竟有多深，也不知隐藏了多少秘密。

他此刻望着站在窗边的僧人，抛出这样一句话来："释空大师，您说那女鬼干吗把人心挖出来啊？她是想看看那群男人心里有没有她，还是饿了，想要吃点消夜，打打牙祭？"

释空回过头，样貌竟然与那安四郎不相上下，丰神俊朗，不带一丝的烟火之气，只是年龄略长一些，是个年约三十的俊美青年。

"阿弥陀佛，"他双手合十，微微一揖，手腕上还挂着一串佛珠，"贫僧早已遁入空门，从此世间种种，再与释空无关。"

安盛平又笑了，只是这一次，他的笑容之中却带着几分不屑，就连那眼神也变得冰冷起来。

如果说他刚刚的眼神还深似无边的海水，现在却仿佛刮过冬风，凝成了一块冰，冒着丝丝寒气。

"都说我佛慈悲，可依我看，郎心如铁才是真。"

释空明白，安盛平话里有话，但他在来这里之前就已经做好了准备，所以今天不管安盛平如何质问，他都不打算再多解释一个字。

这却苦了那唯一蒙在鼓里的黑衣汉子。他名叫徐延朔，今年四十有一，乃当今圣上亲封的金刀名捕。

他隶属刑部多年，与安盛平的父亲，开国郡公安德山是旧相识。今次他便是受了友人之托，来帮忙调查这长乐乡女鬼挖心一案。

只是不知为何，那安盛平放着案子不查，却请了一位当地有名的高僧释空前来问话。

对于安盛平这不知轻重缓急的性子，徐延朔很是不喜，但毕竟是郡公之子，再加上早年安德山对他也有提携之情，所以于公于私，他都不好当面起冲突。

三人俱沉默不语，只是，除了那不明真相的徐延朔外，其余两个人摆明是在装糊涂。

不知过了多久，还是那释空沉不住气，率先道："安公子，释空能帮的不多，要是几位受害者需要做法事，超度亡魂，释空随时愿意帮忙。但您今天要是还想问别的，就恕贫僧不奉陪了。"他说完轻轻拂袖，居然就这样走了出去。

安盛平没拦，徐延朔自然也不会去拦，所以，释空就真的这样离开了。他走的时候，雨还没有停，雨水打在他的肩头，在那玄色的袈裟上晕染开一朵朵暗红的水花。但是他却毫不在意，就这样消失在雨中。

待他走后，安盛平终于坐直了身子，望着他的背影，轻叹了一声。

这下，徐延朔更是不明白了。见他心有疑惑，安盛平终于解释起了自己此番叫释空前来的原因。

"徐大人，你入职多年，出了名的过目不忘，我少时也听家父提起过，说你只要见了疑犯的画像，或是听了别人的名字，就会一直记得，终生不忘。不知，你对那十年前在殿试时舌战文武百官，出尽了风头的状元郎可有印象？"

徐延朔蹙眉，虽然他不在朝野，但不代表他不关心朝廷，何况十年前那件事，着实叫人匪夷所思，所以又怎么可能忘记。

"我记得，那年的状元叫江鸣赫，他文采风流，颇受圣上赏识，甚至有传言，太后想将长公主许配与他，可谁知道，那江鸣赫却突然回了家乡，过了没多久又辞去了官职……"

他说着说着，突然意识到了什么，不禁睁大了双眼，快走两步，一脚踏出花厅大门，指着那释空离开的方向道：“难道是他？”

安盛平微微一笑：“没错，江鸣赫祖籍便在这长乐乡，他辞了官，回到这里，又不顾父母亲朋的反对，在人生最鼎盛的时期剃度出家，当了一名僧人。”

“可……”徐延朔仍旧不解，“这和女鬼挖心一案又有什么关系？”

“你可知那女鬼姓甚名谁，到底是何来历？”

“我查过了，婚书上写着那女鬼生前名叫方玉婷，按照县志记载，她是城北绸缎庄方老板的独生女儿，死的时候只有十七岁，是自缢而亡。”

安盛平点点头：“那你又知不知道，这江鸣赫与方玉婷有什么关系？”

“关系？我只听闻那方家小姐是被个负心人骗了，悲愤交加，一时想不开才寻了短见，难道说那江鸣赫就是欺骗她的负心人？”

安盛平站起身，走到门边，站到徐延朔的对面。

他转过头，看着释空刚刚离去的那道拱门，眉头紧锁。然后他似是带着几分感慨道：“这方玉婷与江鸣赫，一个出生在商贾之家，在长乐乡是出了名的富户，一个生在书香门第，既有才学又有名望。这文人的才气与富人的财气，自古就喜欢结合在一起，所以他们的父母早就为他二人定下了婚约。原本江鸣赫金榜题名之时，便是他们共结百年之日，可谁承想，他人在临安城，未婚妻却在家乡上了吊。悲痛的心情世人都能理解，只是想不到，他竟为此连官都辞了，还出了家，当起了和尚。”

听他这么一解释，徐延朔突然对那释空肃然起敬，毕竟不是所有人都可以在自己功成名就之时，抛下一切，为心爱的女子遁入空门。

漫漫长夜，青灯烛影，那释空是不是真的能如同他的法号一样，对过去的一切释然、放空？

他的爱，他的恨，他的自责、无奈和不解，还有他在尘世的一切荣华富贵，是不是也都真的成了过眼的云烟，化作了前世的一场梦？

没有人知道他这十年是如何度过的，正如再没有人知道那方玉婷又是怎么从坟里钻出来一样。

释空自然也不能了解，而且他也不想去了解。

曾经的方玉婷，是他未过门的妻子，同样也是这长乐乡出了名的美人。

但是只有他自己知道，他之所以会爱上她，不仅仅是因为她的容颜，更多的，是她的才华和她的修养。

她是他见过的最有文采的女子，虽然定亲多年，但两人见面的次数却并不多，只有屈指可数的四次。可每一次，他都会折服于这个女子的智慧与美貌。

他能在金銮殿上舌战文武百官，却在初相识时，面对方玉婷的笑靥，连一句完整的话都说不出。

而也就是这四次，改变了他一生的轨迹。

也许，这就是他命定的缘分。

同样，也是他命定的劫数。

“要是这世上还有一个人能了解方玉婷，那必然就是释空。”安盛平道，“那方玉婷死后，她的父母伤心欲绝，早就搬离了此地，不知所踪。至于那伤了她的负心人，根本就没有人知道他的真实身份，甚至到底有没有这个人，也是一个谜。所以……”

“所以，江鸣赫是这长乐乡里，唯一一个知道方玉婷过去的人！”徐延朔明白了他的意思，接着他的话，继续道。

“没错！”安盛平点点头，他早就知道徐延朔是个聪明人，如果没有聪明的头脑，只靠一身武功，是不可能会被圣上钦点，御赐他“金刀名捕”的称号的。

只是，那已经遁入空门的江鸣赫却不肯配合。他不说，旁人也没有任何理由强迫他，所以现在这条线索也断了。

徐延朔的性子有些急躁，搓着手，突然指了指释空离开的方向，道：“既然如此，公子你就这么放他走了吗？要不要我把他抓回来？我就不信他什么都不说！”

“罢了，”安盛平摇了摇头，默默地叹了口气，“他是什么人，徐大人难道还看不出吗？一个为了心爱的女子，连荣华富贵都可以不要，圣命都能违抗，父母亲朋都能抛下之人，又怎么会屈服在你我面前？”

“那……那现在要怎么办？都第四个了，保不齐还有第五个、第六个！”

见徐延朔那急切的样子，安盛平却笑了。他抬头望望屋檐外，雨势渐渐小了，虽然不知何时才会彻底停歇，但雨过之后，总会再看到朗朗晴空。

“无妨，纵然你我没有办法，但有个人，却一定可以找出这件事的真相。”

“公子说的这人是谁？”

“他是我的一位故人，早年我们曾一起拜在太学博士真先生的门下。他这个人机敏过人，一向能察常人看不到之处，所以，这个案子倘使世间只有一人能破，那无疑就是他了。”

听安盛平说得这么笃定，徐延朔也不禁起了好奇之心。既是早年曾和安盛平一起拜在那位真德秀先生门下，那这个人想来也有些来头，不知有没有耳闻。

“公子说的究竟是谁？”

“他是广州节度推官宋巩之子，”安盛平背负双手，微微一笑，恰在这时，屋外的雨也停了，天边的云朵似是裂开了一道缝，渐渐出现金色的边缘，泛起微微的光亮。他抬头望向天空，悠然道出那人的名字，“宋慈。”

天刚刚下过雨，路上行人不多，原本在街边做买卖的小贩见雨停了，也纷纷从屋檐下、巷子里走出来，开始摆弄自家的摊位。

一辆马车由巷口驶入，停在了望月楼的门口。

那车棚还挂着雨水，赶车的师傅还穿着蓑衣，就连那拉着车的红枣马，也是一副被淋得湿漉漉的狼狈样。车上门帘轻轻掀起，车厢里跳出个穿着桃红衣衫，看起来七八岁光景的小丫头，仿佛一下给这雨后的长街注入一团活力，添上了一抹明亮的色彩。

“娘，雨停了，不用遮伞了！”

她声音如银铃般悦耳，笑靥如花，朝着车厢内挥了挥手。

“婉儿，莫要胡闹！”

那话语虽是带着些严厉，但这说话的声音却温柔如水，全然听不出半点责备。接着，一只手从那车帘子里探出来，只露了三个指尖。虽未涂蔻丹，却又自带一股说不出的风韵。

待到车帘掀起，从里面走出个三十岁左右的妇人，上穿织金短衫，下面配了条黄罗银泥长裙，华贵又不失典雅。一头乌发高高盘起，绾着云髻，发间别着金簪，金簪上面还镶了珠钿，更衬得她花容月貌，端庄大方。

“娘，您快些，听说这望月楼的芙蓉莲子糕可是限量的，我怕去晚了，就没咱们的份儿了！”

那小姑娘笑着迎上去，接了车夫递来的脚凳，放在马车边，然后一伸手，搀扶着那美妇人下了车。

“无妨，今日有雨，街上人不多，那莲子糕怕是还有富余，少不了你那口的！”妇人温柔一笑，轻轻刮了刮女儿的鼻子。

虽然不用打伞，但毕竟刚下过雨，地上仍旧有些湿滑，两人互相搀扶着，朝望月楼的大门口走去。

步上台阶，刚要进门，却从那店内正走出个身着青色衣衫的青年，与她们打了个照面。

母女俩赶紧往旁边躲了躲，孰料那青年却先她们一步，侧了身，站到了门旁。

“请。”虽然他只说了一个字，但那嗓音清澈之中带着儒雅，引得那名叫婉儿的女孩儿忍不住抬起头来，注视起他。

他大约二十岁，个子很高，身材纤瘦，没有一般男子那样魁梧，眉宇间却透着股灵动，并不像同龄之人那样刻板。

“多谢公子。”

那妇人道了声谢，挽着女儿，走进店里。

待到她们进了屋，青衫青年才出了门，他原本想要撑伞，但抬头看看天，这才发现雨已经停了。

“老板，来一斤芙蓉莲子糕！”

“哎哟，这位小姐，您来晚了！”

柜台后的老板留着两撇小胡子，看起来颇为精明，再加上常年与食客打交道，说起话来，脸上总是带着三分笑意。

婉儿眉头一蹙：“什么意思？”

那老板笑着从柜台后走出来，指了指大门的方向：“对不住您了，这最后两斤芙蓉莲子糕，刚刚都被人买走了。”

“最后两斤！”婉儿嘟着嘴，转头朝她娘亲抱怨道，“娘，肯定就是刚才那人，他怎么这样！买一斤还不够，两斤都要了，怎么这么没规矩！我、我找他去！”说完，也不顾阻挠，甩开她娘亲的手，朝大门外跑去。

待到出了门，左右观望，便见那青衫青年已经走出去一大段距离了。只是，他身旁却还多了个穿着粗布衣衫的小厮，那小厮手里牵着头毛色发亮、看起来颇为精神的小毛驴。青年与那小厮有说有笑，信步朝前走着。

“喂！”

婉儿冲着他的背影大叫一声，那青年回过头，看着她。

本是不经意的一眼，但他眼中噙着笑意，伴着还未散尽的雨雾，那笑容如诗如画般定格在那泛着泥土气息的青石路上，直看得婉儿傻了眼，竟是把刚刚打算教训他的话都忘了。

青年见她不说话，还以为是她认错了人或是自己会错了意，扬起笑，转身走了。

婉儿望着他的背影消失在巷子的尽头，咬着唇，轻轻跺了跺脚，回到店内。

“娘，芙蓉莲子糕买不到，咱们买斤白玉金沙饼吧！”

南城内，一民居。

刚刚下过雨，天色还有些阴沉，路上满是泥泞。空气中泛着雨后泥土的气息，屋檐上，还断断续续地掉落着水滴。

虽是城内，但由于靠近城门口，所以这里居住的，多是些在城外有产业的农户。

篱笆墙外围满了人，对于这些村民来说，每日的生活就是下田务农，回家烧饭，日出而作，日落而息，终其一生，平凡至极。

但今日，这小小的平淡却被打破了。

“怎么回事，我听说死人了啊？”

“可不，死的是老李头儿家那小闺女！”

“啊？那姑娘不是才十六，下个月好像就要出嫁了吧？”

“可不是吗，年纪轻轻的，唉。”

“怎么死的？”

“不清楚，不过官府都来人了，怕不是好死吧……”

正说着，几个衙役打扮的人走了过来，他们分开左右围观的群众，护送着一位提着个木头匣子、双手戴着长手套的白发老翁走进了院子。

与屋外一片嘈杂不同，这屋里又是另一番景象。

一对老夫妇站在屋门口相拥而泣，两人衣着朴素，许是刚刚淋了雨，衣衫都是湿的。

一个穿着官服、看起来约五十岁年纪的官员恭恭敬敬地站在一个身着赭色衣衫、正弯腰不知查看着什么的中年男子身后。

那官员姓唐，单名一个松字，正是这长乐乡的县令。

而他面前那男子背对着众人，虽看不清容貌，但身形魁梧，且身上还带着股不怒自威的气派，是以即便穿了便服，仍让人觉得不敢轻易靠近。

“徐大人，仵作到了。”

“好，让他过来吧。”

如此说着，那人这才回过头来，没想到不是别人，竟是徐延朔。他今日原本受了安盛平之托，来城门口接安公子那位故人。可没承想人还未接到，却遇上了一起人命案。

待他闪身到一旁，那提着木匣子的老人才快步走上前，先是对他毕恭毕敬地行了个礼，然后才去处理那具躺在地上的女尸。

那女尸十六七岁，面容姣好，触之尸身未僵，应是死了不久。只见她衣衫不整，发丝凌乱，尤其是上半身，几近赤裸，就连那肚兜的搭绳也断了。

脖颈处有明显的红色瘀痕，初勘应是致命伤，料是被人扼住颈部，活活掐死的。

仵作接了命令，蹲下身，开始验尸。

待他撩起那女尸裙摆时，那对站在门口的老夫妻看到女儿死后还要受辱，哭得更加厉害了。

徐延朔蹙了蹙眉，他虽孑然一身，无儿无女，但这白发人送黑发人的心情，他也是理解的。有些不忍地摆了摆手，示意手下的官差将那两位老人请出了房间。然后自己站到屋门口，希望能挡住老人的视线，让他们不要再看到这痛心的场面。

大概又过了半炷香的时间，仵作检验完毕，摘了手套，收了工具，走到门口，准备向两位大人汇报。

“回大人的话，这位姑娘是被人用手扼住脖颈而死，且生前曾经与人搏斗，但所幸保住了清白。”

一旁的唐县令显得有些不耐烦：“这些就算你不说，我们也看得出来，能不能说些我们看不出的？”

“这……”

仵作语塞，他的工作只是验尸，该说的他都说了，还有什么好让他讲的呢？就算县太爷想在这位京里派来的大官面前邀功，也不用拿自己开刀吧！

徐延朔明白仵作有些为难，并没有责备他，只是询问道：“你且说说，这女子大概是什么时辰遇害的。”

“回大人，死者身体尚未出现僵硬，也无尸斑，应是刚死没多久，至多不超过一个时辰。”

“既是如此，”徐延朔回头看了看死者的父母，即便心有不忍，但为了尽早破案，还死者一个公道，也只能硬着心肠问道，“虽然两位不在家，但可否知晓，今日有没有什么人曾在你们外出期间来过家中？”

那妇人难过得说不出话，死者的父亲回答道：“听邻居说，那黄泼皮来过家里。”

“黄泼皮？”

见他不解，一旁跟着伺候的小吏赶忙上前解释道：“大人有所不知，黄泼皮本名叫黄三川，是咱们长乐乡出了名的泼皮无赖，平日里靠着发放高利贷和收取保护费为生，横行霸道多年，都没人敢去招惹他。”

“既是泼皮无赖，怎么就没人管管吗？”

“这……”

那小吏知道自己说错了话，低了头，退到一旁。

县令赶紧避重就轻：“既然如此，那八成就是这黄泼皮干的了！好端端的，他跑来你家干什么？莫不是，你们欠了他钱？”

夫妻俩对视一眼，又是一把辛酸泪。

“是，”那老翁回道，“我们是欠了他一笔钱，本打算借来做些小买卖的，谁想到竟亏了本，连本金都赔进去了！原本，我们家小莲下个月就要出嫁了，她嫁人之后，我们自然能用聘礼还上这笔钱，可、可谁知道……”

话未说完，那唐县令先急了眼，其实他平时并没有这样积极，但是今天为了在徐延朔面前表现自己，总是摆出一副风风火火的架势：“来人啊！速速把那黄泼皮带来，本官倒要亲自审审他！”

“是，大人！”

“你们说死者生前定了亲，下个月就要出嫁？”与唐县令不同，徐延朔却抓住了老翁言语间的另一个重点，“既然如此，那你们这未来女婿有没有可能到你家来拜访？”

“这……”

死者的父母对视一眼，那妇人小声嘀咕道：“应该不会吧，赵先生可不是那么没规矩的人。”

“此话怎讲？”

徐延朔不解，好奇地问道。也许是他声音有些洪亮，那妇人吓得慌忙低了头，再不敢说话。

那老翁赶紧点点头，希望他能多多包涵，解释道：“回大人，我们这未来女婿是个教书先生，原先娶过一妻，年前，他那娘子病死了。我们看他平时知书达理，是个值得托付的人家，所以才答应了这门亲，同意把女儿嫁给他。”

徐延朔点点头，听这老翁的意思，赵先生是个本分守礼的人，不会在成亲之前随意到未婚妻家走动。但据这对老夫妻所说，他们除了欠下黄泼皮的债之外，也再无其他仇家可言。而这未出阁的小莲姑娘，除了未婚夫之外，人际关系更是简单，根本没有仇家可言。看来这个赵先生，也是要问上一问的。而且不管怎么说，既然小莲姑娘已经遇害，情理上总要通知一下未婚夫。

“不管怎样，还是请那位赵先生来问问吧。”徐延朔转头，朝唐县令示意道，“人死了，总要有个交代。”

唐松赶紧弯腰应承：“是是是，大人说的是！”

于是，那赵先生与那黄泼皮，一前一后被带进了发生命案的这间小院。

黄泼皮今年三十有四，为人不修边幅，邋里邋遢，看上去要比实际年龄大了许多。他倒是人如其名，一看就是个泼皮无赖，即便是被捕快抓了来，仍旧是一副吊儿郎当、无所谓的样子。

至于那赵先生，他看上去二十五六，样貌端正，仪表堂堂，倒真的是个读书人该有的模样。

死者的父母似乎断定自家女儿是死在了那黄泼皮的手里，一见他就扑了过去，又是打又是哭的，说让他偿命。孰料那黄泼皮好像根本不知道他们在说什么，气得直接把那李家老翁打倒在地。

“反了反了！还有没有王法了！”

县太爷气得直跺脚，指着那黄泼皮的鼻子骂道：“当着本官的面都敢打人，行了凶，你还有理了不成！”

那黄泼皮蔑视地一笑，耍赖道：“小人没读过书，只知道，欠债还钱，天经地义，这不还钱还打人，我还不能还手了？”

“你、你……”

唐县令一口气没提上来，差点被黄泼皮气得厥过去，好在后面的小吏扶了一把，这才稳住。

徐延朔没说话，指了指里屋，示意将黄泼皮和赵先生带进去看看尸体。

两人跟着官差进了屋，便看到躺在地上维持原样，已经死了多时的李小莲。

黄泼皮皱起眉，倒吸了一口气，用手拍着脑门，一脸的难以置信：“怎么回事！我今天来的时候她还好好的啊，只说感了风寒，身体不舒服，怎么这么一会儿就死了？”

而那赵先生似乎很怕见到死人，脸色苍白，蹙着眉，惊慌地用衣袖遮住视线，只瞅了一眼就退到了一旁。直到听那黄泼皮说完，赵先生才一把抓住他的衣襟，声泪俱下道：“好你个黄泼皮！定是你今天来催债，看小莲姑娘一人在家，起了歹心，逼奸未遂，才把她杀了，是不是？”

赵先生就是个读书人，哪里是那黄泼皮的对手，对方直接甩开他的手，狠狠推了一把，直推得他后退了好几步，靠着门板才勉强撑住，没有摔倒。

“你胡说什么！我黄三川是那样的人吗！真是好心没好报，我看她病了，还说再宽限几日，让她跟她爹娘说，先拿钱去看病，结果现在倒赖到我的头上了！”说完，也不顾自己还被一群官差围着，推开众人，迈步就往外走。

他这么一走，反而更显得心里有鬼了，几个捕快快步上前围住，试图将他拿下。

这黄泼皮平日就是个地痞恶霸，倒也有几分蛮力，先是几下把围着自己的四五个衙役打翻在地，又一个过肩摔，撂倒挡在身前的捕快，瞪着眼凶神恶煞一般，朝着大门的方向跑过来。

唐松吓得一边叫一边往后躲，生怕伤了自己。

徐延朔就站在大门口，见他冲过来，也不闪躲，反而背起手，一副坦然的样子。

“让开！”

那黄泼皮不知道眼前这位是个比县太爷还大的官儿，只当他是这草包县令的跟班，因此也不客气，直接挥起拳头，迎面打了过去。

“大人小心啊！”

徐延朔今天出门没带随从，身边跟的都是县令府上的人，因此根本算不上忠心。此时他们都全心全意护着自家大人，哪有人分神去管他。待到他们注意到徐延朔落了单，被那黄泼皮迎面打过去时，早就晚了。除了大叫几声，谁也来不及扑过去帮忙。

然而，就在那一拳即将碰到徐延朔时，他轻轻往左一闪，便躲开了拳头，继而以迅雷不及掩耳之势，右手一把扣住黄泼皮的腕子。黄泼皮一个错神，徐延朔横扫一腿，直接将他撂倒在地。待到再想起身，徐延朔又是猛地一拉他的手腕。便听“咔吧”一声，竟然将黄泼皮那腕子震脱了臼，疼得他狠狠咬住自己的下嘴唇，这才没叫出声来。

这突如其来的变故，令在场所有人都傻了眼。

再看徐延朔，他直起身，依旧背着手，仿佛刚才的一切都没有发生过。

众人皆惊出一身冷汗，心道：这“金刀名捕”的封号还真不是浪得虚名。身手这么厉害，难怪一个人穿着便服，溜溜达达地就出了门，身边连个侍卫都不带。

“还不快、快把这个恶徒给我拿下！”过了好一会儿，唐县令才反应过来，在众人的搀扶下，指着黄泼皮喊道。

“是！”

几个衙役听令，赶紧上去将受了伤、再无抵抗能力的黄泼皮从地上拽了起来，火速戴上镣铐，要将他逮捕回衙门。

“且慢，”徐延朔突然抬起手，“人命关天，他还没认罪，怎么可以这么轻易下结论？”

“大人，您看他那个凶神恶煞的样子，不是他还能有谁！再说了，他刚刚不是都想畏罪潜逃了吗，这不就是最好的证据？”

“放屁！”黄泼皮打断唐县令，嚷嚷道，“老子行得正，坐得端！我说没杀人就是没杀人，你们就是想冤枉我，让我当替罪羊！”

“你、你放肆！”

“我放你的臭狗屁！”

“你……”

就在那黄泼皮和唐县令你一言我一语对骂的时候，门外突然一阵骚动。

接着，不等叫人去查看，便有个年约二十的后生从外面冲了进来。

他一进门，东张西望地，似乎在找什么，表情十分紧张，而当他看到里屋李小莲的尸体时，整个人都蒙了。

他双手握拳，冲了进去，一下就跪倒在了那尸体的旁边。

“莲妹、莲妹……”

他低声唤着死者的名字，颤巍巍地伸出手，想要摸摸她的脸颊，可要碰到时，又颤抖地收了回来。

“莲妹，我对不起你啊！”

他喊着，突然用手捶着地面，号啕痛哭起来。

徐延朔蹙起了眉，事情似乎越来越复杂了。

唐县令朝旁边使了个眼色，衙役们立刻心领神会地押着黄泼皮出了门。

“冤枉啊！屈打成招啊！”

黄泼皮发挥他的泼皮本性，扯着脖子大声叫嚷起来。

院子外面围了里三层外三层的人，大家又不是聋子，自然听得到他说的那些话。

但官字两个口，谁又敢说什么？况且他本来就有嫌疑，没有人会那么不开眼，为这么个泼皮无赖打抱不平。

可偏偏，就是有那不开眼的人。

“哎哟，公子您听，怎么这青天白日的，还真有草菅人命的事儿啊？”

“阿乐，人家的事，你莫要管，要是管好了还行，管不好，就惹到你头上了。”

那两人说话的声音不大，其中一个软软的，听起来有些福建口音，似乎是个少年郎。

另一个声线清冷，倒是一听就让人觉得舒服。只是他那话里话外，充满了讽刺，好像是在劝人，但仔细听，根本就是在骂人才对。

而且，他骂的不是别人，正是院里这些吃俸禄的官差和老爷。

徐延朔的眉头又拧紧了几分，循声迈出院子，一眼看到个发髻高绾、手牵毛驴的少年正在和一个青衫束发，一手拿伞、一手提油纸包的青年对话。

那青年面容清秀，眉梢嘴角似乎都带着笑意，看起来就像这雨后的晴空，带着股让人无法忽视的自信和爽朗。

只是不知为何，这笑容看在徐延朔的眼里，却觉得有些刺目。

“诸位，案件尚未查清，鄙人在此保证，我们绝不会冤枉好人，更不会放过行凶者！”

“奇怪，这事儿不是应该县令管吗？”那少年呵呵一笑，看似小声嘀咕，实则很有煽动力地往那青衫青年身边挪了挪，轻声道，“公子，这人比县令官儿大？”

青年上下打量了一下徐延朔，道：“应该是了。”

“可是，他穿的是便服，您是怎么看出他也是个官儿的？”听着两人的对话，一旁的围观群众也不禁好奇起来，有人忍不住问道。

“你看，他虽是穿着便服，但袍子下面却是官靴。而且……”青年微微一笑，解释道，“就连县令大人都对他毕恭毕敬，自然是他的官阶比较大了。”

“比县令还大的官儿？那不能啊！咱们长乐乡，再没比唐县令更大的官儿了！”

青年笑笑，突然转过头，直视着徐延朔，说道：“若是我没猜错的话，这位应该就是京里派来的金刀名捕，徐延朔徐大人了。”

听他这么一说，众人一片哗然，他们早就听闻当今圣上极其重视这次的“女鬼挖心”一案，可这位所谓的京城里来的大人，他们连见都没见过，只听了个名号，又怎么可能认得出？

“这人倒是听过，说是上面派来查女鬼那案子的！可你怎么就肯定是他？”

“这位大哥您别不信，我们公子看人可准了！”那小厮说着，露出一副得意的笑容，“他要说是，那就绝对是！”

“哦？”

徐延朔也不生气，信步走到那青年面前，隔着篱笆围栏，同样直视着他。

这青年虽然清瘦，但颇有些高度，再加上一副宽肩，与徐延朔平视起来，倒也有股不输给他的气派。

“那倒是请这位公子说说看，你是怎么看出本官身份的？”

这“本官”二字出口，无疑是默认了他的猜想。

身旁的群众见状，赶紧噤了声，再不敢喧哗吵闹。

青年微微一揖，这才毕恭毕敬道：“大人右手虎口处有旧伤，想来是多年用刀所造成的，而且我注意到您几次将左手插在腰间，似乎是下意识地想要放在佩刀上，但是今日却并没有佩戴，所以只能放在腰间。试问，有哪位平时惯用佩刀，最近来了长乐乡，官阶又可以让县令大人都毕恭毕敬的武官呢？这样一推算，那应该就只剩下圣上钦点，派来这长乐乡查案的徐大人了。”

听他这么一说，徐延朔才意识到，自己确实会习惯性地在思考时用手握住刀柄，只是今日出来的目的是迎接远方的客人，没穿官服，也没带佩刀，以免太过招摇。

只是，他百密一疏，还是漏了这平时穿惯的官靴。

想不到，正是这些小细节，出卖了他的身份。

“放肆！”

唐县令此时也跟着走了出来，一出门就听到他这句话，顿时气得七窍生烟，指着那青年道：“哪里来的刁民！怎么敢和大人这么说话！”

“无妨，”徐延朔正想找个机会向长乐乡的百姓介绍自己，于是双手抱拳，对着院外围观的众人行了个礼，“各位百姓，本官徐延朔，奉当今圣上之命，来调查日前在长乐乡发生的连环杀人案！今日刚好有事，途经此地，没想到却遇上了这样一起命案。所谓案无大小，人命关天，诸位都是住在附近的邻里，不知可否提供些线索，也方便我们尽快找出凶手，还李家姑娘一个公道？”

孰料他话音刚落，还不等有人回答，那青年身边的小厮却又笑了，道：“大人，您与其问他们，倒不如去问问我家公子，您要是能让他进去看看，那李小姐自己就把凶手是谁告诉您了！”

徐延朔这回是真的有些不悦了，这少年还没搞清楚状况吗？那李小莲已经死了，怎么可能向她询问！要是死人能说话，那还调查个什么劲儿！

正待他即将发作时，刚刚负责验尸的仵作正巧提了箱子出来。仵作一眼便瞧见了站在篱笆墙外的那对主仆，也将他们刚刚的话全都听进了耳朵里。

刚刚那唐县令还埋怨自己的验尸手段，在那位京里来的大官面前害自己吃了瘪，那现在正好，既然这青年如此猖狂，倒不如让他进去试试，也让大家知道知道，这验尸一事，可不是什么人都能做的！

想到这儿，仵作凑上前贴着唐县令的耳朵小声说："大人，依小人之见，不妨让这位公子进去验看一番。眼下这黄泼皮声称自己是被冤枉的，百姓都听见了。一，这青年不是官家身份，验看结果无论如何，于我们并无损害；二，也可以堵住悠悠之口，免得落人口实呀。"

唐县令也不想在徐延朔面前落下"草菅人命"的名声，点头默许了仵作的建议。

"这位公子，您要真有这个本事，不妨进去验看，也好帮我们尽早破案！"

他年纪比那青年大上不止两轮，却对他用了"您"这样的称呼，显然是有些讽刺的意思。再加上他话说得虽然得体，但语气却明显不善，任谁都能听出他言语中带着挑衅的意味。

孰料，那青年和他身边的小厮却偏像没听出来一样，居然真的接了话头，准备进去掺和一脚。

只见那青年微微点了点头，将手中的油纸包递给小厮，又在他耳边低低嘱咐了几句。接着便撩了下摆，绕开人群，推开栅栏门，走进了满是官差的小院。

仵作见他进了院子，心里也是吃了一惊。刚刚之所以说那番话，纯属是为了激他，不承想，这青年还真有这个胆色！仵作忙放下手中的木箱，向前几步朝徐延朔行了个礼："大人，既然这位高人愿意帮忙，还请大人行个方便！"

刚刚明明还称他为公子，此刻却又刻意改成了高人，此中意思，不言明也罢。

"你说他？"不等徐延朔回应，唐县令却先是不屑地撇撇嘴，"一个平头百姓，能有什么本事！”

“徐大人，”那青年全然不理会仵作和县令脸上的不屑，直直地盯着徐延朔，朝他微微一笑，很是恭敬地弯下腰，朝他作揖道，“晚生不才，没什么本事，但还是请您让我看看尸体，也好还死者一个公道。”

徐延朔看着他的双眼，那眼睛里带着自信和睿智，徐延朔突然觉得，这青年似乎不是在说大话。

“来人啊！”

“是。”

“请这位公子进来，本官倒要看看，他是怎么和死人说话的！”

青年也不怵，微微一揖，表示感谢，然后朝着自己的小厮摇了摇头，做了个“少安毋躁”的手势，示意他在此等候，便转身接了仵作递过来的木箱，小心翼翼地进了屋。

令人不解的是，青年进屋后，却没有第一时间查看尸体，而是先站在原地，把外屋仔仔细细看了个遍。直看到那唐县令有些不耐烦，几乎又要开口骂人时，这才嘴角微扬，迈步进了里屋。

和仵作不同，青年走到尸体旁边，先是一动不动地观察了一阵儿，时而蹙眉，时而微笑点头，谁也不知他葫芦里究竟卖的是什么药。

待到他观察完毕，这才向前几步，蹲在尸体身侧，将死者的衣物翻看了一遍，接着又执起死者的双手，不知在看些什么。这些都检查完毕，才开始验尸的工作。

其实徐延朔听那小厮说青年可以和尸体对话，便大概猜出了青年要做些什么。可既然连这经验丰富的老仵作都查不到，他一个小字辈居然敢放下大话，着实让人有些生气。但倘若他真能帮忙把这案子破了，倒也算他有些真本事！

“大人，我看得差不多了，”此时，那青年已经验过尸体，他站起身，朝着徐延朔行了个礼，“不知您可否听听我的看法？”

“但说无妨。”

“好！”

他唇角牵起笑容，踱步到了刚刚一起被押进来的黄泼皮面前。

“我想先请问一下这位……大哥，”他问道，“他们为什么要把您绑起来？”

黄泼皮冷哼一声：“哼，就因为我今日来过这里，和这位小莲姑娘打过照面！”

“哦？那您过来的时候，这位小莲姑娘可还活着？”

“当然活着！只说感了风寒，身体有些不适，我走的时候她还是好好的！”

“那您因何事而来，来的时辰可还记得？”

“为了要债，她老爹欠了我些银钱，催了几次也不还，着实可恨！至于我来的时间嘛……”黄泼皮努力回忆了一下，道，“应是未时。”

“您可记清了？”

“当然，刚吃过晌午饭没多久。”

“那又是几时离开的？”

“不到半炷香的时间，她爹娘不在，我留这里干吗？再说了，我看这天气马上就要下雨了，今天出门又没带伞，肯定不会久留的。”

“原来如此……”青年笑笑，朝他轻轻一揖，“多谢大哥了。”

待问完这些，他又抬起头，看了看屋里的人。然后走到死者父

母的面前 :“请问二老，今日除了这位大哥外，可还有什么人来过您家？”

老翁摇摇头 :“应该是没有了。”

说完，又想起之前那位徐大人曾问过他家的未来女婿有没有来，后来赵先生被带到以后，因被黄泼皮那么一闹，也忘记问了。于是，老翁又马上指了指此时正站在墙角的赵先生。

“那是我女婿，不知他今天来过没？”

青年回头，看着赵先生，眼神里带着询问。

赵先生慌忙摆手 :“不曾来过的，今日小生忙着为学生批改课业，并未曾出门！”

“哦！”

青年点点头，微微一笑，一副了然的模样。这时，他又注意到了刚刚莫名其妙冲进来，对着受害者尸体痛哭不已的年轻后生。

“不知这位是……”

“公子！”出人意料的是，那后生居然直接跪倒在地，对着他声泪俱下起来，“公子您可要给莲妹申冤啊！她死得太惨了，请一定要抓住那个畜生！”

青年被他这突如其来的一跪吓了一跳，反应过来后，赶紧伸手想把他搀扶起来。怎奈，他说什么也不肯起身。

“公子，公子您一定帮莲妹啊！”

“好了好了，这位兄弟，我知道了，您要是信得过我，我一定会还她一个公道的。”

好说歹说地，青年终于把那后生扶了起来。待到询问过后才知道，原来这后生名叫张阿福，他和这被杀的李小莲原是青梅竹马，两情相悦的，奈何他家中贫困，没钱下聘娶妻，只好忍痛与李家断了往来。但今天张阿福听到小莲遇害的消息，这才哭着跑了来，想要见心上人最后一面。

据他所说，他今日也不曾来过李家。

“一个是未时来的，另外两个说没来过。”青年双手抱肩，微微蹙眉，若有所思道，“今日这雨是申时下的，下了将近半个时辰才停。”

见他自言自语，一旁的唐县令有些不耐烦：“下不下雨，和这命案有什么关系？”

“当然有关系！”

男子说着，回身，走到尸体旁，给众人解释道：

“大家请看，这女尸上身衣物干爽，下身裙摆和裤脚、鞋子却都是湿的，而且鞋底还沾了泥巴，这证明她今日出去过，而且是下雨的时候出去的，也就是申时！”

“这还用你说，刚刚仵作不是已经验过了，他也说这女尸死了不到一个时辰。”

青年轻轻一笑，眼里绽放出自信的光芒：“但是请大人注意我刚才的话，我说她下半身有被雨水淋湿的痕迹，可是上半身却没有，这说明她在下雨时外出过，而且，是打了伞的。”

县令“啧啧”一声，鄙夷道：“下雨天，谁出门还不打个伞啊？”

“正是，既然下雨，那出门时必然会打伞，可是不知道大家有没有注意到外屋？我刚刚看了，门口挂着两件蓑衣，还放了一把伞，可蓑衣和那伞却都是干的，并没有淋过雨的痕迹。”

说完，他带领着众人走到外屋，将那挂在门边的、李家的雨伞打开。

果然，伞面干爽，根本不像刚刚使用过的样子。

接着，他又指了指死者的父母："两位老人衣衫浸透，既然今日出了门，想必是没有带雨具，所以才会被淋湿吧？"

"是，出门时不知今日有雨，所以我们老两口都没带伞。"

"那请问二老，您家是不是只有这一把伞？"

"是了，原本是两把，后来有一把借给了隔壁的董大娘，所以现在家里就剩下这两件蓑衣和一把伞了。"

他这话说完，徐延朔立刻明白了他的意思。

是的，如果这位李小莲姑娘在下雨天外出，但下半身湿了，上半身却没事，那肯定是打了伞的。可既然她家的雨伞没有湿，那也就是说，是有人撑了伞，送她回来的。

那黄泼皮声称自己是未时来的，下雨前就已经离开了，而且他也没有带伞，那也就是说，在他离开后，李小莲又出了门，而且遇到了什么人，把她送回了家。

然而唐县令却不太明白，根本绕不过味儿来，正待开口询问，却见青年又转了身，来到黄泼皮跟前。

"这位大哥，您说您下雨前就离开了，是直接回了家，还是又去了哪里？"

黄泼皮虽然是个粗人，却也知道好歹，这青年对他的态度和那些官差不同，客气得很，是以他自然也愿意回答。

"我去了南市的良记茶水铺，他家老板也欠了我两吊钱，今日正好出了门，索性一次收了。结果我刚拿了钱要出去，天就下起了雨，我干脆在良记坐到雨停，反正也有茶和点心，不吃白不吃！"

青年被他的回答逗笑了："那也就是说，良记的老板可以证明您刚刚一直都在他的铺子里了？”

“那是自然，他和他婆娘，还有个小伙计，都能证明！”

听到这里，那唐县令气得脸一阵青一阵白，本来是想抓了这黄泼皮，赶紧把案子结了，也省得京里来的大官为难自己，谁承想，这厮明明就有不在场证明，却又非要闹这么一出！

徐延朔摇了摇头，示意旁边押着黄泼皮的衙役赶紧将镣铐给他打开。

其实黄泼皮的手腕刚刚被徐延朔扭脱了臼，此时已经肿起一个包，只是他一直咬着牙，没喊疼。

徐延朔刚想过去宽慰几句，问问伤势，却见青衫青年上前一步，猛地拉起了黄三川的手腕。

“大哥，您这手是怎么了？”

明明疼得倒抽了一口气，可那黄泼皮却还是硬生生回了一句：“没事，刚被……”

话音未落，那青年突然使劲一掰，疼得黄泼皮终于忍不住大声叫了起来。

“哎！疼！”

喊完就本能地抬起拳头，想要反击，他此时已经没了镣铐，得了自由，若是想揍人，对他来说简直轻而易举。

可那青年却不动不躲，按了他一下后，反而背起双手，朝着他微微一笑。

这时，黄泼皮才发现，他那脱臼的腕子竟然被这位公子给治好了。

“神了，一点儿也不疼了！”

他挥着手腕，左右摇了摇。眼前这文质彬彬的公子不仅还了他清白，还治好了他的手，弄得他居然有些感动。

但"谢"字还没出口，青衫青年已经踱回了里屋。

他蹲在那女尸跟前，举起她的右手，仔细端详，然后转头看向徐延朔。

"大人，这位小莲姑娘是因为被人逼奸不遂，才惨遭杀害的。她临死前，曾与凶徒有过搏斗，您看她的手就知道了。"说着，他将女尸的手举起，示意徐延朔走近观看。

果然，那女尸手腕有被人勒过的痕迹，看来定是那强迫她的人在纠缠中，试图掐住她的双手，迫使她就范。

然而，令徐延朔眼前一亮的是，那女尸右手的中指和无名指的指甲里，居然有些鲜红，似乎是……

"是血迹和皮肉！大人，"青年看出了他心中所想，"这就是小莲姑娘要说的话，她死前曾和那个害死她的凶手搏斗，并且抓伤了他！"

青年说这些话时，突然回过头，观察着赵先生和张阿福的表情。

张阿福自打进门就一直在哭，此时好不容易停了，却仍是红着眼眶，一副伤心欲绝又义愤填膺的样子。而身为李小莲未婚夫的赵先生一直也没接近过尸体，许是文弱怯懦。此刻听青衫青年这么说，更是惊得退了一步，右手下意识地握住了左边的手臂，眼神闪烁，根本不敢往这边看。

青衫青年微微一笑，似乎已经有了答案。

他几步走到两人面前，回头看向徐延朔，用眼神示意徐延朔跟过来，近距离观看。

待到徐延朔走近，青年才又回过头，对着二人道："两位，一位是小莲姑娘的未婚夫，一位是她的青梅竹马，都与她有着剪不断理还乱的关系，今日既然都说未曾到过李家，可否也和刚刚那位大哥一样，有人为证？"

两人原本算是情敌，但现在李小莲已死，除了同病相怜，便谈不上有什么关系了。

张阿福苦笑着摇摇头："没有人证，我今天虽然一直在田里忙活，却并没有看见什么人。可能因为下雨吧，往常田埂边上还能见些人，今天却一个也没瞅见。开始时雨不大，我还没放在心上，后来下得大了，只得在路边一棵大树下躲雨。"

说到这里，张阿福眉头拧在一起，眼泪又开始在眼眶里打转："好不容易等雨停了，我打算回去换件衣裳，走到这附近，就见到好些人围在外面，一打听，才知道是莲妹出了事！"

青年点头，目光转向赵先生："那这位先生呢？"

赵先生看看他，又看看徐延朔，回答的话语倒是与刚刚所说相差无几："学生今日在家批改课业，一直到大人命人来我家，我才知道小莲姑娘出了事。我一个人，哪有什么人证……"

青衫青年把脚步往赵先生跟前挪了挪，仔细打量着他的装束：衣服也是干的，显然没有淋雨，但绾起的发髻中，发丝似乎有些湿。呼吸间隐隐带出一股淡淡的酒气，若非距离极近，根本察觉不出。

青衫青年微微一笑，没有说话。

无论是张阿福还是赵先生，两个人都没有人证，虽然他们自己做了回答，但是否属实，却无人能解。

徐延朔低头不语，这两人，一个是李小莲的未婚夫，一个是她曾经的情郎。若说求而不得，因妒生恨，两个人似乎都有杀人动机。

似乎是看出了徐延朔心里的疑惑，青年微微一笑，先是用手指了指张阿福："大人，这位小哥没有说谎，他确是刚刚从田里回来。"

"哦？"徐延朔挑眉，"明明就没有人证，你又从何而知？"

"大人请看。"他说着，用眼光扫过张阿福的裤子，虽然裤腿儿有点湿，还有些许泥点，但并不多，除了能看出刚从下过雨的地方走过，看不出别的。与裤腿不同，他的鞋子非常干净，并不像在满是泥泞的田地里走过。

就在徐延朔不解之时，青年弯下腰，一把拽起了张阿福的裤腿儿，向上卷了起来。

"他下田时，卷起裤子，脱了鞋袜，因此从外表看起来，裤子还算干净。但是卷起的边缘，难免会蹭上一些泥土。而他没带雨具，故而头发和身上都是淋湿状。虽然后来找了大树避雨，看起来并没有那么狼狈，但他却没有时间回家梳洗，所以这小腿上的泥泞也来不及完全清洗干净。"

徐延朔点点头："既然如此，你又是如何看出来的？"

"回大人，这位小哥的衣着朴素，可见并不富裕，但是这双鞋子却尤为干净，看起来也很新，似乎很是宝贝。我虽然没有参与过劳作，但是这样的情景也曾经见过，很多人下田时，为了不让鞋子扎在泥里拔不出来，都是先把鞋子脱下，放到田埂上。裤腿儿和袖子也会提前卷起来，及至膝盖处和手肘，以免弄脏衣裤。"

他说这些话时，张阿福连连点头："是啊，这鞋子是莲妹帮我做的，我一直都舍不得穿，要是早知今日有雨，我说什么也不会穿出门的！下田时，脚脏了，我也是在水洼里洗过，擦干了，这才敢穿上。”

一旁安静了许久的唐县令白了他一眼：“既然如此，那这腿你怎么没好好洗洗？上面还挂着泥点子，这是留给谁看呢？”

“回大人，那水洼太浅，水不够啊！况且这裤子脏就脏了，回家洗洗便是，不用那么宝贝的。”

不过不论怎样，这张阿福的不在场证明算是落实了，如果他是刚刚从那田里回来的，那也就是说，他根本没有来过李家，也没可能在这短短的时间里见过并且杀害李小莲。

既然他的嫌疑已经排除，那就只剩下和李家有婚约的赵先生了。

其实从刚刚青衫青年的询问开始，徐延朔就觉得赵先生这个人有些言辞闪烁，而且他一直不敢直视李小莲的尸体，若不是胆子太小，就是心里有鬼。

可赵先生偏偏和那李小莲有着婚约，而且下个月就要成亲了。按理说，逼奸不成的杀人动机并不充分。试问，如果很快就能娶过门，又何须急于一时，非要将那李小莲掐死，落个行凶杀人的罪名呢？

排除了张阿福的嫌疑，见众人都把目光盯向了自己，赵先生连连后退几步，躬下身子，朝着两位大人行礼：“还请两位大人为草民亡妻申冤啊！”

他刚刚一直都用“小莲”来称呼自己的未婚妻，此时却突然换上了“亡妻”这个词，显然是为了彰显自己与那死者的关系，借以洗脱嫌疑。但偏偏他这举动在徐延朔眼中看来，却是此地无银了。

他猛然想起死者指甲里的血肉，想来若是将嫌疑人验身，谁身上有新抓的伤口，那谁就是真凶才对。正想着，却见那青年朝他使了个眼色，这才注意到，那赵先生行过礼，虽垂手站立不动，但右手却又下意识地握住了左边的手臂，且赵先生一直有意无意地将双手藏于袖中，似乎在掩饰着什么。

徐延朔眼中容不得沙子，自然不肯放过赵先生，二话不说地走过去，一把拉住赵先生的手臂，猛然将他的袖子拽了上去。

因徐延朔这举动太过突然，是以那赵先生根本来不及闪躲，况且金刀名捕亲自动手，他就算想要遮掩，也不可能是对手。

赵先生左边袖口被撸到手肘的位置，手臂外侧赫然有两条清晰可见的抓痕。

徐延朔眼睛一亮，证据确凿，不容他狡辩，已然真相大白。

“来人啊！”徐延朔大喝一声，“把凶犯抓起来！”

原来，李小莲与赵先生虽有婚约，但却全是凭着父母之命。若不是因为情投意合的张阿福家境贫寒，父母又急着将她嫁出去，用聘礼填补那笔欠黄泼皮的旧账，她也不会答应另嫁他人。

但事已至此，她和张阿福也认了命，打算各自安好，再不往来。

孰料随着婚期将近，那赵先生却不知从谁的嘴里听了她和张阿福的那些往事，早就憋着火，怀疑她不是完璧，可那赵先生是个读书人，好面子，又不好直接退婚，直到今日……

“今天你喝了些酒，越想越觉得心里愤愤不平，想要找那李小莲问个清楚！”青衫青年看着被人扣押、跪倒在地的赵先生，从容道，“孰料你刚到李家不远，就见那小莲姑娘出了门，这时又正好下起了雨，你便打伞将她送了回来。”

见赵先生不说话，他又接着道：“你俩本就有婚约，那李小莲也不防着你，让你进了屋。进屋后，你追问她是否曾与他人苟且，她自然不会回答你，于是你恼羞成怒，借着酒劲儿对她施暴，她奋力挣扎，你便生生将她掐死！待到杀了人，你这才怕了，慌慌张张地逃回了家，又赶紧洗了澡，换了衣服，可你却忘了，李小莲抓伤你手臂的事，就是你杀了她最好的证据！”

证据面前，赵先生对自己杀人一事供认不讳，门口的李家夫妇万万没想到杀死女儿的，就是他们千挑万选的女婿，老两口气得恨不得将那赵先生千刀万剐，抓着他又哭又打，而赵先生原本在附近也是小有名气的教书先生，一时间，一片哗然。

待到那赵先生一脸狼狈地被几个官差押走，徐延朔看着抱在一起痛哭流涕的李家夫妇，还有跪在青衫青年面前不住叩头感谢的张阿福，招了招手。

唐县令看到，赶忙迎了过去："下官在，大人有何吩咐？"

"知不知道这位公子什么来头？"

唐县令回头，看看身后伺候的小吏，与那原本一脸不服气，此刻却哑口无言的老仵作。

两人俱摇了摇头，表示并不知晓这男子的来历。

徐延朔看着青衫青年，心头一动，忽地想起了什么，走过去："敢问这位公子高姓大名？"

那青衫青年本来正弯腰搀扶对着自己叩首的张阿福，听到徐延朔这么一问，连忙回过头，郑重回道："晚生姓宋，单名一个慈字。"

徐延朔赶紧连连点头，朝他行了个礼："原来是宋先生，徐某今日便是奉了安公子之托，要来这城门口接你的，不想被这案子耽误了，还请多多包涵。"他身居高位，却对个不知来历的青年毕恭毕敬，甚至还行了礼。

一时间，那唐县令和仵作等人都愣了，更加搞不清这神秘青年的身份了。

而宋慈微微一笑，对着徐延朔还之以礼："徐大人言重了，您心中有百姓，自然会把案子放到第一位，圣上封您'金刀名捕'，您也确实做到了案无大小，人命关天，宋某实在佩服。"

徐延朔看着他，原本听安盛平提起关于他的事，还有些将信将疑，但现在看来，这宋慈确实有过人之处，能察常人所不能察的细小之物。

只是，就刚才这个案子来说，徐延朔还有一些事不太明白。

"宋先生是如何得知那姓赵的教书先生是在说谎，他曾经来过李家，又是如何得知他酒后行凶，而且回家后还洗过澡这些细节呢？"

"徐大人有所不知，宋某不擅饮酒，所以对酒的味道比较敏感。那赵先生说话时，口中有淡淡酒气，而且他与人对话，尤其是回两位大人问话时，都刻意低头，乍看会以为是读书人擅礼数，其实他是不想让人闻到他嘴里的味道，可见他心中有鬼。至于回家洗澡一事，不知大人刚刚有没有注意他的头发，他虽没有淋雨，但发丝却是湿的，是因为他杀了人，归家后心虚，所以才马上梳洗，想要洗去身上的污浊和证据。"

"可即便是喝了酒，或是洗过澡，也不能当成怀疑的证据啊？"唐县令不甘心地问道，"他和死者有婚约，按理说逼奸不遂杀人这事儿，根本轮不到他头上，再等上个把月，那李小莲早晚还不是他的人？"

徐延朔蹙了蹙眉，却不得不承认，这一次，唐县令说的也有些道理，而这也是他一开始没有怀疑那赵先生的原因。

既然李小莲和赵先生有婚约，他又是个读书人，何必急于一时？

宋慈面露惋惜地摇了摇头，然后又看了看一旁的张阿福："如果我没猜错的话，其实小莲姑娘心里还是有阿福兄弟的。"

这话说完，别说徐延朔，就连张阿福都愣了，他和小莲已经有一段日子没有见面了，原本也想着此生再不往来，可此刻，这位公子却说莲妹心中还有他！

"小莲今日出门，恐怕就是想趁着父母不在，要去找这位阿福兄弟，只是半路上，被自己的未婚夫遇到，又赶上下雨，只能返回家中。"

"哦，此话怎讲？"

"徐大人请看，"宋慈说着，又引领众人走回李小莲的尸体旁，指着她的绣鞋道，"我今日从南门入城，一路上，都是青石路，很少有泥泞，偏偏这位小莲姑娘脚底的泥土却是红色的，而阿福兄弟鞋子上，也沾染着红泥。这鞋他下地干活儿时都舍不得穿，只脱了放在田埂，这说明那红泥只能是在他家附近染上的，所以，小莲姑娘今日出门所去何处，就不用宋某再细言了吧？"

"是了！"张阿福犹如五雷轰顶，望着心爱之人的尸体道，"我家最近正在修补后墙的破口，用的就是这红土，这红土便宜，一般人家是不会用的！这么说来，莲妹她……"

宋慈不说话，轻拍了拍张阿福的肩膀，他看着一对有情人阴阳两隔，着实觉得可怜。

徐延朔叹了口气，又看看那一对站在大门口相拥而泣的老夫妇，心中也是一阵感慨。

"大人，既然案子已经结了，您看……"唐县令上前谄媚道，"下官刚刚命人在悦仙楼准备了一桌酒席，您来了这么久，都还没给您接风……”

唐县令话未说完，徐延朔微微一皱眉，抬起手，示意他不用继续说下去。

徐延朔极不喜欢官场阿谀奉承那套，不悦道：“不用了，本官今天还要请安公子的贵客回府叙旧，就不劳烦唐大人了。”说完上前朝宋慈做了一个“请”的手势。

宋慈苦笑，看来，自己是被徐延朔当成挡箭牌了。不过也罢，他也确实有日子没见四郎了，当然……想到这里，他的眼神变得说不出的温柔，还有那个人，纵使见不到，能知道她在身边也是好的。

“那就有劳徐大人了。”

宋慈微微一揖，算是应了。

第二章　义庄验尸

雨歇后，院落中的合欢花被雨水淋湿，抱作一团。从远处望去，就像是一片红色的小伞，凄凄然，又透着些许的可爱。

安盛平走到近处，看着那花，心里又想起了日前见到的血腥一幕。

姓岳的公子被方玉婷拨开了大红的喜服，胸口又硬生生被掏了一个血洞。

洞中没有心，可他死的时候，脸上却还带着笑。

那微微的笑容，最是情痴，也不知他生前到底见了什么，以至于死的时候仍旧那么幸福。

不知道，当他的心被那女鬼挖出来时，会不会感觉到痛?

他是方玉婷嫁的第四个丈夫，但是安盛平却可以肯定，他绝不会是最后一个。

昨日收到驿报，说是宋慈今日便可入城，但他从早上一直等到现在，却迟迟没能见到那熟悉的身影……

许是因为申时那场雨吧?

徐大人去南城接他，一直也没见回来，不知这两人现在见上面没有?

正想着，却见自己的贴身侍卫安广穿着一身劲衣，跨过月亮拱门，从前院走了过来。

安广从小受的是军事化训练，素来不苟言笑，但此刻脸上的表情却较之往常更加冰冷了几分，安盛平知道，这是他等的人到了。

“少主。”

安广只说了两个字，安盛平便笑了，朝他摆摆手，示意他随自己一起外出迎客。

董府大门外，一匹黑得发亮的高头大马缓缓而来，马上之人身材挺拔，一派威严，正是徐延朔是也。而他身后不远处，一个穿着粗布衣衫的小厮一手拎着包袱，一手牵着头神气十足的小毛驴紧随其后。

那毛驴上端坐着一人，虽然和骏马之上的徐延朔相比少了几分气派，但那似笑非笑的眼神却透着股难以言喻的灵动。那人朝着安盛平的方向挥了挥手，唇边带出一丝笑意，就仿佛是那微风拂过湖面时泛起的涟漪。

安盛平也笑了，拱手道：“惠父兄，久违了。”

宋慈一直觉得，安盛平是他认识的人当中最有趣的一个。

从少年时代起，他们便在一起读书，与一般的世家公子不同，这安盛平虽然贵为郡公之子，却并没有纨绔子弟的架子，反而多了三分潇洒，两分风流和五分的赤子之心。

安盛平曾经为了一个素不相识的人一掷千金，只因为那人是个孝子，却在成亲前家遭突变，父母身染重病，为了救治双亲，那人几乎散尽家财，未婚妻却临阵悔婚！安盛平气不过那女人嫌贫爱富的嘴脸，便掏了一千两银子，替那个孝子买下了镇上最大的一间店铺，叫他以后可以好好生活。

安盛平也曾和一位同窗大打出手，险些被先生从学堂除了名，只因那同窗生性风流，拈花惹草，明明家有孕妻，还跑去外面调戏良家妇女，最后弄得妻子早产，那民家女也险些想不开去投了河……

但两人之所以会走得这么近，不仅仅因为志气相投，更主要的是，这安盛平还曾经救过宋慈的命。

那日学堂组织学生们踏青郊游，一行人三五成群，一路上走走停停，吟吟诗，做做对，倒也别有番情趣。谁知却突然从路旁蹿出一只吊睛白额的大虫，一下子就扑倒了一位姓王的学生。

那王生是班上年纪最小的，平日里深得学长们宠爱，但生死关头，却无一人敢上前相救。

宋慈胆子再大，也断不敢贸贸然上去与猛虎搏斗，但他曾听闻野兽都怕火光和吵闹，于是急中生智地抄起郊外野炊用的铜盆，又寻了根木棒，奋力敲打，企图将那猛虎吓走。

可谁承想，那老虎反而被彻底激怒了。盛怒之下，老虎竟然放下已经吓昏过去且不知死活的王生，转身朝着宋慈扑了过来。

当时，安盛平就站在宋慈身边。

他身为郡公之子，身旁总跟着个叫安广的护卫，那护卫与他年纪相当，但平时不苟言笑，也没人知道护卫的功夫有多了得，只当他是个陪读，从没有人把他放在心上。

如今那老虎威胁到了主人家的性命，安广面不改色地迎了上去。待到那老虎近了，他这才展开身形，右手自腰间一摸，竟然抽出了一把软剑。

直到此时，众人才知道安广平日里别在腰间的竟不是腰带，而是武器。

老虎凶猛异常，但安广几招过后，那老虎竟然挂了彩，身上被安广刺破了几处，伤口汩汩地往外冒着血，早已急红了眼，恨不得将面前之人生吞活剥。

见他们斗得正欢，宋慈赶紧趁乱扔了手中的铜盆，想要跑去看看那姓王的学生是不是还有气息，安盛平也担心着自己的小学弟，于是与宋慈一起绕过缠斗的安广与猛虎，一心想要先去救人。

谁知他俩这一行动，安广心系少主，不由得分了心。而那老虎仿佛看穿了安广的心思一般，居然侧了身，直接朝着宋慈和安盛平的方向跑去。

宋慈走在前面，迎面正撞上转身的猛虎，关键时刻，不知是出于本能，还是别的原因，安盛平竟然抢先一步，一把将宋慈拉到一边，护在胸前。

那老虎行动迅猛，利爪一挠，不偏不倚地抓上了安盛平的背脊，竟生生地在他背上撕下了几条血肉……

宋慈被他挡住，只感觉到迎面而来呼呼的风声和老虎口中的血腥之气。

宋慈被安盛平突如其来的一拽和老虎扑面而来的冲击惊得愣在了原地，待到他反应过来时，安盛平已经面朝宋慈，重重地倒在了他的脚下。

那老虎一击即中，又奋力朝前猛冲，眼瞅着就要扑向宋慈。

谁知就在这时，它却突然停在了半空。接着，老虎四分五裂地在宋慈面前被人撕成了碎片……

血雨之下，宋慈看到安广举剑站在自己面前，那斑斑的血水染红了他的衣衫，也映上了他的双眼。

如果安盛平死了，安广也不能活。

虽然早就知道少主的性格，但是安广怎么也想不到少主居然会为了救宋慈而不顾自己的性命。

要是少主真的死了，那在自行了断之前，他必定先杀了那个姓宋的替少主抵命！

讽刺的是，王生居然毫发无伤，只是被吓昏了而已。反倒是安盛平，为了救宋慈，硬生生地挨了那老虎一爪，导致失血过多，险些丧了命。

宋慈从不知道安广的武功这么好，也从不知道，安盛平竟是如此重情重义之人，居然会为了救他几乎搭上自己的性命。

有了这层关系，两人接触的机会便比旁人多了，而相互了解后才发现，在某些方面，他们居然惊人的相似。而这一动一静，一个外扬、一个内敛的性格更是互补，所以自然而然地两人便成了莫逆之交。

只是自那以后，安广却一直对宋慈抱有成见，是以每次见他，都绷着一张脸，颇让人有种哭笑不得的无奈。

“伯父的事，我都听说了，只苦了惠父兄……”

又添了一杯酒，安盛平的笑容之中似乎多了些惆怅。

年前，宋慈中了进士，原本要去出任浙江鄞县县尉，可眼瞅着调令到了，他的父亲却染上了重病，为了照顾年迈的父亲，他只能将到手的官职推了。

说到宋慈的父亲宋巩，也是个响当当的人物。他乃是广州节度推官，为官数十载，不知破了多少案子。宋慈一身验尸的好本领，便是从小耳濡目染，得到父亲真传，并在日后检验尸体的基础上，结合对周边事物的观察，以及受害人背景的分析，才最终练成的。

刚刚，借着准备酒席之时，徐延朔把今天发生在南市的李小莲一案简单地跟安盛平描述了一下，安盛平便知道，这次请宋慈来帮忙是对的。

若说这世上当真有人能破女鬼挖心一案，此人必是宋慈无疑。

“我也只是尽为人子女的孝道罢了。”宋慈摆摆手，原本想要示意自己酒量不佳，真不能再饮了，可安盛平提起远在家乡的老父亲，又免不得勾起了几分牵挂，端起酒杯，浅酌了一口。

“那伯父现在身体如何？”安盛平见宋慈面露牵挂担忧之情，心里也不是滋味，毕竟如果不是为了他所托，宋慈也不会千里迢迢赶到湖南来帮他破案。

这一来一回，少则个把月，多则数月半载，也不知宋伯父会不会有什么危险。

“最近还算稳定，而且你是知道的，家父生平最看不得冤假错案，最在乎的，也都是百姓的安危疾苦，若是不尽快破了此案，受害人只会更多，他老人家知道了，也难安心静养。”说到这里，他眼中熠熠生辉，有种说不出的光芒，毕竟父亲如此胸怀大义，身为儿子，他是十分骄傲的，“信中你只说此类案件发生了两起，不知现在是第几起了？”

三个月前，也就是女鬼第一次挖心后，这案子并没有得到应有的重视。相反，很多村民只把这当作灵异事件，以讹传讹，闹得远近村落、镇子，都把这事儿当成了茶余饭后的一桩奇闻。

谁也没想到，接下来还会有第二起、第三起……

就连安盛平也是在这案子连着发生了第二起之后，才来关注，自动领命来长乐乡调查此事。当时他一筹莫展，除了两具被人掏了心的死尸，以及县志里那寥寥几笔关于“方玉婷”的记录，其余什么线索都没有。

万般无奈下，他想起了宋慈。

两人虽分开有些年头了，但这些年来，却一直没有断了往来。包括书信，逢年过节的节礼，甚至每到一处，他们也会习惯性地为对方寄上手信，或是自己所记录的关于当地的风土人情、奇闻趣事。

所以，当安盛平到达长乐乡后，很快就给远在福建的宋慈写了信，讲述了这起当时还只有两位受害者的案件。

宋慈没有耽误，收到信件后，反复研读了许久，当晚彻夜未眠，第二日便安排好了家中的大小事宜，又亲笔给安盛平回了一封信，嘱咐家人帮忙寄出。

而信还未寄，他的人已经先行上了路。

所以，安盛平才知道，他不日便会抵达。

信中，宋慈很有先见之明地指出，这案子之后肯定还会有受害者。而他之所以会在收到信件后的第二天便急着动身，就是为了想要在案件进一步恶化前，竭尽所能将它的伤害控制到最低。

安盛平无奈地笑笑：“什么都逃不过你的眼睛，你虽然人在福建，但却比我们这些身在其中的人看得还要明白。”

说到这里，他放下酒杯，看了看窗外渐渐深沉的天色。又快日落了，不知这太阳下山以后，那方玉婷会不会又从坟里钻出来，去抓哪家的小相公来吃。

“昨天刚死了第四个，这次死的是城南岳老板家的小儿子，他家是开当铺的，也算有些家底，据说那位岳小公子今年才二十出头，风华正茂的年纪。”

“尸首看过了吗？”

“看过了，和之前那三位差不多，都是被人开膛破肚，取了心去。”说到这里，安盛平眼前仿佛又出现了昨日才刚刚看过的，那位岳公子的面容，“人死了，脸上还带着笑，看起来，走的时候又好像没什么痛苦。”

宋慈蹙了眉，虽然早就猜到这案子不会就此结束，但想不到他一路上风餐露宿，却还是晚了一步！

才不过迟了两日，就这两日而已！

如若他能早一步到达，说不定这位岳公子……

“最早那位是年初才刚刚考中了秀才，家境一般，年方十九的聂公子。第二位是个买办，家中曾有过一房妻子，后来妻子因病故去，这是一位张姓汉子，时年二十有七。”

一路上，安盛平那封信已被宋慈翻来覆去看了不知多少遍，因此关于受害人以及那方玉婷的种种，宋慈早已烂熟于心。

“如今这第四位受害人姓岳，二十出头，家里是开当铺的……却不知，那第三个受害者又是什么背景？”

虽然这几人看起来并没有什么相似之处，但和这三人相比，反倒是第三名受害者的情况更为特殊。

“这人年方三十，姓吴，单名一个晋字，”安盛平苦笑着道，“乃是这长乐乡县令唐松的师爷。”

师爷？

听他这么一说，宋慈这才想起，之前在李小莲家时，唐县令身边虽有小吏服侍，却并未看到什么师爷之类的人物。

如此说来，方玉婷也算是口味独特，不挑不拣，当真什么类型的心都能吃得下啊！

“既然是这长乐乡的师爷，那这位唐县令，想必也十分重视此案吧？”

“听说吴晋确实跟随他多年，只不过……”

说来奇怪，那日发现吴晋的尸首后，这唐县令哭天抹地，茶饭不思，看起来着实伤心，但不足两日，他便依旧花天酒地，似乎早就将旧部之死遗忘在了脑后。

见宋慈紧锁眉头沉默不语，安盛平突然想起了当年两人同窗时的情景。

那时候的宋慈也是如此，一旦遇上什么不解之谜，便会异常兴奋，竭尽全力也要将谜题破解。

和喜欢沉浸在自己世界中的宋慈不同，郡公之子的身份迫使安盛平注定要走上仕途。他不想步大哥、二哥的后尘，靠着父亲与家族的荣光上位。虽然他也渴望权力，但比起那些，他更希望可以靠自己的努力去攀登上高峰。

甚于兄长，甚至是父亲……

所以，在得知了这次的事件后，他才主动请缨。越是棘手的案子，越能施展才能。希望此案一了，自己能凭借能力，如父兄一般，在朝廷中拥有一席之地。

说来，能得知这桩离奇又引人关注的案子，还多亏了一个人。

一个对于他和宋慈来说，都意义非凡的人。

想到这里，安盛平的目光不自禁地飘向了桌面。他虽比宋慈家境显赫，可却从未有过显摆阔绰之举。今天是为庆祝二人久别重逢，他特地让厨房安排了一桌既有特色又隆重得体的饭菜，招待故友。

扫过这满满一桌的美酒佳肴，安盛平的目光定定地落在一道看似不太起眼的芙蓉莲子糕上。

那莲子糕是宋慈带来的，听说今日入城后，他并没有急着来见安盛平，反而绕了个远，去南城的望月楼，亲自买了两包莲子糕过来。

不过他既然买了两包，何故在这桌上的，却只有这么几块呢？

安盛平有意逗弄他，拿起一块，也不相让，径自吃了起来。这莲子糕的制作工艺十分烦琐，而且因为主料是莲子，所以只有正当季时才吃得到，虽然看似不起眼，却也十分金贵，每日限量，并不是什么人去了都能买到的。

梅花状的莲子糕，白白糯糯，上面还点缀着五个红点儿，看起来就像是花蕊一样，雅致得很。一口下去，软糯清甜，还带着丝丝莲子的清香，浓淡相宜，回味起来更是唇齿留香，让人一吃难忘。

“惠父兄好大的面子，那望月楼的芙蓉莲子糕可是每日限量的，有时候天不亮，队伍就排得老长了。我来这长乐乡这么久，也只吃过一次而已，还是卖了乖，才从人家手指缝儿里求过来的，哪像你，一来便带了两斤！”

说着，又故意瞥了瞥桌上已经被吃得所剩无几的莲子糕，狡黠道：“只是想不到多年不见，惠父兄竟也变得吝啬起来，明明买了两包，却只拿一包出来分享，这未免有些不地道吧？”

宋慈知他有意捉弄自己，这些年来，只要是和“那人”有关，他便总是以此来逗弄自己，久而久之，倒也惯了。

“既然爱吃，那便多吃些！”说着，宋慈又用筷子夹起一块放到安盛平面前的碟中，“明明是给我写信说方玉婷那案子，结果还在结尾处写着南城望月楼的莲子糕有多美味，却因为不想给家丁们添麻烦，总也不好意思叫他们去排队，这信我一路上不知看了多少次，都快会背了，既然你不愿意别人受罪，那这个苦，便只有我来吃了。”

“再吃一块，不信堵不住你那张嘴！”安盛平不客气，几口吃完自己刚夹的那块，又把宋慈放到自己碟子里那块拿了起来，“再美味也只吃过一次，我能记得多少，还不是因为有人爱吃，你才特意绕了远去买的？总在我面前耍心思，却不见你在那人面前有这么机灵！”

说到底，这些年，要是宋慈真敢在那人面前有过一星半点的表示，两个人也不会走到今天这个地步。

而宋慈心里又何尝不知道这个道理，只是……时至今日，有些人，有些事错过了，怕是真的不能再挽回了。

这般想着，他转头望了望四周，这府邸虽不如郡公府辉煌气派，但却打理得规规矩矩，干干净净，倒也是她一贯的风格。

只是入府时，那牌匾上大大的“董”字却还是刺痛了他的眼。

董府，她现在也该被人尊称一声“董夫人”才对。

一念至此，酒入愁肠，虽然喝得不多，却觉得胸口闷闷的，似乎有些醉了。

与此同时，后院西厢。

八仙桌上简简单单地摆着四菜一汤并一笼点心：糟溜鱼片、素烧二冬、清灼菜心、秘制板鸭、翡翠丝瓜汤和一笼白白糯糯的芙蓉莲子糕。

桌旁立着两个二十上下、俏生生水灵灵的丫鬟，里屋的门旁还站着位五十开外、慈眉善目、一脸富态的老嬷嬷。

“小姐，该用饭了。”

“是吗？”因在厢房内读着一本诗集，她居然忘了时间，要不是映月刚刚过来掌灯，她都不知道已经这么晚了。

夏日里，日头长，光线还算充足，而且下午也没有像往常那样在后花园逛逛来打发时间，她用过午饭后，就一直埋头在屋里读书，倒也不觉得饿。没想到，已经到了这个时辰了。

日子，又这么过了一天。

将手边的书放下，敛了敛衣裳，她站起身，缓步朝着屋外走去。

一件简简单单的藕粉色襦裙，上面配着件同色的织花短衫，青丝云鬓，披散在肩头，因为今日没有外出，所以松松地绾了发髻。发角别着支金簪，上面是两只栩栩如生的彩蝶，好似在花间飞舞，共同环绕着一颗珍珠。倒是印证了那句“身无彩凤双飞翼，心有灵犀一点通”。

耳畔一对水滴形的翠玉坠子，随着走动灵动轻摆，更衬得她花容月貌，温婉端庄。

“夫人，今儿个是用玫瑰还是用茉莉？”一旁穿着水绿色衣裙的小丫鬟低眉顺目道。

安雨柔朝她看了看，微微一笑：“茉莉吧。”

她喜欢玫瑰的柔美，更爱茉莉的芬芳。

“是。”小丫鬟点头应着，回手拿起桌上一个白瓷小瓶，从里面夹出几朵白白净净的茉莉花苞，放进一旁早就备好的手盆里，然后再倒上温水，将帕子浸在里面打湿了，轻轻拧干，毕恭毕敬地递了过来。

见她低着头，安雨柔有心跟她说不必如此拘谨，可又一想，这孩子心重，说多了怕她多想，只得笑了笑便罢了。

“小姐，您猜猜今天晚饭有什么！”

一个穿水蓝色罗裙的丫头做了个鬼脸，笑呵呵地问，眉眼间似乎还透着股挡不住的雀跃。她看起来比那绿裙小丫鬟长了几岁，性子开朗些，人也敢说话。

只是，为何这两人一个人称她为小姐，一个又叫她夫人呢？

原来，这水蓝色裙子的丫鬟叫映月，她和那位周嬷嬷都是安雨柔出嫁前便伺候在安雨柔身边的。周嬷嬷几乎是看着安雨柔长大的，而这映月是家生子，从八岁那年便跟着安雨柔，如今也有十三年了。

至于那绿裙子的淑香，却是回到董家老宅以后，去年年底才提拔上来的，跟了安雨柔还不到一年，所以总显得有些拘谨。

安雨柔今年二十六，是郡公三女，跟弟弟安盛平总被人唤作安四郎一样，安雨柔在家时，也总被父母兄长亲切地喊上一声“三娘”。

她十七岁那年，被父亲许配给了已故的护国将军董昭的二儿子董疏城。成亲前，她与董疏城曾有过两面之缘，也就是这两面，让他对她一见倾心，再见钟情。

他从小在军中长大，跟随着父兄一起习武练兵，性子原本极沉稳，不苟言笑，更不懂情为何物，一心为民为国，只想把自己的一生都奉献在战场之上。直到见了她，才突然明白心动的感觉。

董疏城是不怕死的，父亲和大哥相继为国捐躯，虽有难过，但擦干眼泪，他还是那个屹立不倒的铁血男儿。可自从娶了安雨柔之后，他却突然不想死了。

战场上，越是不怕死的人，越能活到最后。他心里有了牵挂，自然就有了弱点。

婚后第三年，番邦入侵，他率十二万大军将强敌抵挡在关外，血战几天几夜。

那场仗赢了，但他却再也没有回来。

他虽是军中统帅，却和战士们一起将热血洒遍了脚下的苍茫大地。岁月流转，黄沙覆盖了他的身躯，却掩埋不了安雨柔的丧夫之痛。

如果说成亲是奉了父母之命，但婚后三年，这个不苟言笑、不懂柔情，把全部心思都放在边关安全、百姓安危上的董疏城，却让安雨柔真的生出几丝真情来。

只是，这迟来的爱情刚刚萌芽，却又被他的死讯无情地扼杀了。

如果说从未怨恨过，那是不可能的。

九年前，父母逼迫她嫁人时，她怨恨“那人”不言不语，不敢大胆一次，好不容易接受了现实，也磨合了脾气秉性，终于放下执念，放下对“那人”的思念，想要和自己的夫君好好过日子时，等着她的却又是这样一个结局。

她不知自己前世是不是造了什么孽，所以今生才要受到这样的报应。让她一生孤独，爱一次，却更伤一次……

“那人”起码还活着，她不求别的，只要知道他过得好，她就能安心了。可自己的夫君却死在了战场上，连尸首都没收回来，只建了座衣冠冢，就算圣上追封又有何意义。

她真正想要的，还不就是一人心，到白首。

原本，她是可以留在临安城的，那里有将军府，有郡公府，她想在哪里生活都可以。可是，她受不了睹物思人，更受不了娘亲每次见她都哭哭啼啼，说她命苦……所以两年前，她便回到了董疏城在湖南的老宅。

董家已经没人了，一门英烈，三代忠良，只剩下她。

只可惜，她没能在董疏城出征前，为董家留下一点血脉……

思绪拉回眼前，安雨柔将视线落到八仙桌上，今晚的菜肴都是她的口味，清清淡淡，最适合夏日。而且，她几乎一眼就注意到了那放在蒸笼里，刚热过，还冒着丝丝热气的芙蓉莲子糕。

"是四郎送来的？"

安雨柔微微一笑，眉梢眼角说不尽的温柔。她这个弟弟在家中排行最小，可比起两位哥哥来，反而跟她更亲近些，对她这个姐姐也是最好的。

"小姐猜对了一半，"映月狡黠，故意朝她挤挤眼睛，"虽然确实是四少爷命人送来的，但这东西却不是他自己去买的。"

自然不是他自己，他整日忙着那恼人的案子，哪有时间去外面排队？

"是安广？"

"不对！"

"那就是福顺了。"

安广虽是安盛平的贴身侍卫，但这些鸡毛蒜皮的小事，四弟是不会让他去做的。所以福顺的可能性反而大些。

福顺跟着安盛平的时间也有三四年了，这孩子天生一副笑脸，嘴巴又甜，最主要的是，他为人处世相当成熟，路子也广，不管什么事交给他，都能办得稳妥细致，也因为这样，从不收小厮的安盛平才破格抬举了他，让他跟在身边，帮忙打理一些琐事。

“也不对！”

见她猜不出，映月终于忍不住，转头看看周嬷嬷，一副迫不及待想要揭晓答案的样子。

周嬷嬷点点头，示意她可以如实说。

映月笑了，也不避讳淑香，回答道：“回小姐，今儿个宋公子来了，他来的时候特意提了两包莲子糕，听说是进城时，绕了远，去那望月楼买的。也是他运气好，今天下雨，居然没人排队，还富余两斤，所以他干脆全包圆了！”

她说得眉飞色舞，但听到别人耳中，却又是另一番景象。

周嬷嬷虽然早就知道了原委，但心里也是喜忧参半，小姐虽守寡多年，她盼着小姐能早日再找个好归宿，不要年纪轻轻的，就这样孤独终老。可另一方面，她对那人了解不多，只知道他与小姐曾有过一段情谊，但不清楚为何当年老爷要把小姐嫁出去，他却无动于衷。如今，时过境迁，小姐守了寡，他又会不会嫌弃小姐呢？

不过，凡事也要看小姐自己的意思，倘若小姐真的还放不下那人，就算撕破这张老脸，她也要去找那人问个明白！

淑香虽不知道这宋公子是谁，可见那映月姐姐开心的样子，也知道这位宋公子必定是夫人和安公子的旧识。她年纪轻，闹不懂这里面的关系，因此好奇多过于关心，倒也并没有过多地放在心上。

至于安雨柔……

心中五味杂陈，一时间，竟然不知道该如何回答了。

她从没想过此生还能再见他，虽然偶尔也会从四弟那里听到些他的消息，但随着她嫁人后，重心慢慢转移，再加上那时夫君还在世，四弟也不好频繁地来见她，所以有些事，她也刻意让自己去忘了。

一直到几个月前，长乐乡发生了这件离奇的案子，她给父亲写了信，说明了其中的原委，父亲才派了四弟来调查。上个月，又来了位金刀名捕徐大人，说是要帮着四弟一起破案。

徐大人不是本家人，因此被安排住进了董家的别苑。

而四郎是她亲弟弟，又是郡公之子，旁人不敢说闲话，是以也没让他出去另找房子，直接搬进了董家老宅，和自己同住。

后来，四弟一日闲谈时告诉她，“那人”本来考取了功名，也得了官职，却因为家中老父病重，竟然把官辞了。

宋慈的为人，她是了解的。这人重情讲义，心思细腻。只是，他这种种优点，却又全都与她无关。

当年父母有意将她许配给董疏城时，四弟曾经拿着她给的金簪，偷偷去问过宋慈，他当时的话，如若四弟转达得没错，那每一字、每一句，她时至今日仍旧记得清晰，痛得惨烈——

他说：“董家三代忠良，是皇上身边的忠臣，百姓心中的英雄，宋某何德何能，只盼着三小姐能与董大人琴瑟和鸣，白首同心！”

当年她对董疏城毫无爱意，宁死也不想答应这门婚事，但他这番话，却彻底伤了她的心。

她一气之下，同意了爹娘的安排，这才从安小姐，成了董家的少夫人。

她曾经最喜欢，想要送他当作定情信物的簪子，他连碰都不肯碰一下。而她，却像为了证明自己的不在乎一般，一直把那簪子戴在头上，即便婚后也不曾摘下来。

她恨他的决绝，却更恨自己放不下。

时过境迁，好不容易那些记忆都淡了，他又来做什么呢？

莫不是为了那女鬼挖心的案子？

安雨柔不是那种会自作多情的人，或者说，她曾经是。只是在他那番话之下，她早就忘了那个多愁善感、年少无知的自己。

说不想，虽然只是自欺欺人，但毕竟这么多年过去了，即使再想起，又有什么用？

“哦。”

她应了一声，那芙蓉莲子糕刚刚咬了一口，此时却如鲠在喉，看着映月那期待的目光，她竟不知是该咽下去，还是该吐出来。

心头泛起一阵苦笑，面上却不露声色，仿佛从来都与她无关一般。

“倒是宋公子有心了。”

他不可能知道自己喜欢望月楼的莲子糕，要不是凑巧，那便是四弟在信里告诉他的。可他现在居然真的买了来给她，反而让她有些不知所措起来。

既然当年拒绝了她，如今又何苦再来讨好！

她的心，早如死水一般，凭什么他以为他来投一颗石子，就能让她再泛起涟漪！

周嬷嬷和映月显然没想到她会如此淡漠，不由得都有些失落起来。尤其是映月，她皱着眉，完全不理解小姐的心里是怎么想的。

当年，小姐做了一幅画，四少爷还叫宋公子帮忙题了词。那画小姐当作至宝一般，以前每晚都要拿出来看看的，只是后来嫁了人，这才把那画锁进了箱子。

虽然姑爷对小姐也不错，可在她看来，小姐喜文，那宋公子既有才华又有智慧，比起舞刀弄枪的姑爷来，反而更配自家小姐。

只可惜天意弄人……

不过既然现在姑爷已经不在了，那说不定，这两人还有机会再续前缘！

“小姐，您忘了？这宋公子一直……”

“行了，食不言寝不语，映月你忘了我平时是怎么教你的吗？”安雨柔不想再听，她性子虽好，但也有脾气，摆摆手，示意映月不要再说了。

她本就生得极美，平素恬淡到有些不食人间烟火的感觉，此刻眉宇间牵出一分微微的怒意，反而又添了几分人气，就像是落入凡尘的仙子，变得生动了起来。

这表情，映月和周嬷嬷已经多年不见了。

两人不再说话，静下心来伺候主子吃饭。

安雨柔终于艰难地吃完了那块芙蓉莲子糕，那糕点一如既往的好味道，只是那软糯清香此刻却不由得生出了一分苦涩。

也不知是忘了取出莲心，还是她的心发生了动摇。

有些苦涩，再回味时，却又仿佛透着些许的甘甜。

入夜，亥时。

七月天的夜晚，天气还不算太热，况且今日下过雨，空气中仍旧残留着凉爽的感觉。

宋慈今晚没有骑驴，他喜欢走在空旷的街上，尤其是夜里的青石路，无论白天有多繁华，到了深夜，街上都安静得好像另一个世界。洗尽铅华，仿佛那些喧嚣都与自己无关，待到黎明，繁华再起，宛若一个轮回。

其实，他到长乐乡后，最想做的事是去义庄看看几位受害人的尸体。他明白——人可以等，可尸体却不能等。但他了解安盛平，若是不为自己接风洗尘，肯定会过意不去。况且自己一介布衣，贸然去义庄查验尸体，也需要个由头。

他赶了两个月的路，这一路上，他在心里勾画出了无数个方玉婷的影子。应是妩媚妖艳的，若不是极美，那些受害者又怎么会在死后仍带着微笑？

可若真有那么美，又是什么样的负心男子，让她不惜放弃殿前熠熠生辉的新科状元，甚至背上不洁的骂名，结束自己花一般的生命？

他心里有太多疑问，这些问题如果不尽快见到尸体，见到案发现场，他一个也解不出。

久别重逢，刚刚酒桌上，他们回忆了很多年少时的疯狂，也诉说了这些年不为人知的辛酸。加之连日来为这女鬼挖心的案子心焦，安盛平醉得彻底。宋慈不忍叫醒他，于是向安广打听了义庄的位置，只叫阿乐提了盏灯笼，主仆两个轻装上阵，想要趁夜去会会方玉婷的几位夫婿。

义庄值守是位看起来足有六十岁的老伯，他没想到这个时间还有人来敲门，披着衣服起来开门时，脸上还挂着起床气，颇有些不情愿。

因为没来得及向安盛平讨到官文，宋慈只好谎称自己是第四位受害人——岳家小公子的远房表兄。因为听了表弟的遭遇，连夜从外乡赶过来，来不及去府上，直接来了义庄，想要见表弟一面。

那老伯哪管这些，朝他挥挥手，示意太晚了，明日天亮再来。

于是宋慈使了个眼色，阿乐也是会来事的，赶紧掏出一块碎银，神不知鬼不觉地递了过去。

有钱能使鬼推磨，何况只是去见个死人。

老伯接了银钱，脸上也有了笑容，这才客客气气地将二人迎进来，带着他们走到角落里一副上好的棺材前，然后识趣地退了出去。

虽然岳公子家中有钱，想尽快将他的尸首领回去安葬，但是因为涉及案件，没有安盛平的许可，任何尸体都不能离开义庄。岳家人虽自掏腰包，备了口上好的棺木将尸身成殓起来，但目前也只能像普通百姓一样，放在大厅的一角。想是，下葬时，大户人家还会再换上另一副，免得这棺材沾染了其他死人的气息，不吉利。

偌大的大厅，密密匝匝停着十几副棺材，每副里面都躺着一具冰冷的尸身。有些没钱没身份的，也没有人来认领，甚至连棺材都没有，只用席子卷了，可怜兮兮地被扔在墙角。

那岳家小公子年纪确实不大，也就二十出头，看起来白白净净的，虽然死了也有两天一夜了，可面上还挂着那诡异的笑。

阿乐跟着自家老爷少爷，从小到大自认为也见过不少尸体，但是像这样的，他却是第一次瞅见。

大半夜的，黑灯瞎火，只点着个灯笼，伴着微弱昏黄的光，在死人堆里看见这么一位，你说可不可怕，吓不吓人！

他不由觉得背脊有些发冷，汗毛都竖起了几根，下意识地紧了紧领口，咽了一口唾沫。

不过他手里的灯笼却没有晃，少爷在验尸，需要全神贯注，思绪一动，很有可能会影响到对案子的判断，所以说什么自己也不能给少爷添乱。

岳公子还穿着那件喜服，安盛平有令，谁也不许给尸体擦洗，更不能换衣服，只是为了照顾死者尊严，命人把衣衫整理了一下入的棺。安盛平生怕弄乱了什么细节，影响到宋慈对尸体的检验。

即便因为这个，岳家几乎闹翻了天，说他以官压民，一手遮天。可那又如何，自己向圣上请命讨来手上这权力，为的不就是查明真相，还一方安宁吗？又有什么大得过人命呢？

此时虽灯光昏暗，但心被人活活挖出来，那个血量只要不瞎，一眼便能看出来。

那大红色的喜服胸口黑了一大片，应是鲜血浸透衣衫，红上加红，血干了又暗下来的结果。

没有急着解开衣衫查看伤口，宋慈先从怀里掏出准备好的手套轻轻戴上，将袖口也牢牢地缠起来，塞进了长手套的里面，然后低低喊了一声："阿乐。"

阿乐早就习惯了，只被这么叫了一声名字，就识趣地又上前几步，将手中的灯笼举高。光线照在那岳公子身上，虽然昏黄，但也足够宋慈看清楚了。

宋慈有个习惯，检查尸体时先站在远处，大面积开始观察。死者的衣物、配饰、面容，甚至发丝的任何微小的事物都逃不过他的眼睛。

他和普通人一样，也不过是一双肉眼，也会有主观判断，但这些都需要细节来弥补，如若接下来有细节推翻了他一开始的假设，那他就会进一步探寻，直到找出真相，否则决不罢休。

岳家小公子样貌中上等，不过按照安盛平早前寄来的那封信，前两位受害者也是体貌端正，没有什么大的缺陷。据说这喜服是跟着那婚书一起送来的，宋慈不是姑娘家，不懂布料和绣工，但这料子一看就知道不是便宜货，上面的花纹也绣得极好，想来也是花了大价钱的。

方玉婷家开的，好像就是绸缎庄吧？不过既然她已经死了，那又是哪里来的这些银钱去购买如此昂贵的喜服送给自己的新郎呢？

难道，她是用纸钱在阴曹地府买的？

这么想着，连宋慈自己都觉得好笑，要不是阿乐在旁边，他险些就笑了出来。

鬼神一说他不能说不信，毕竟大千世界无奇不有，心存敬畏总是好的，可要说这女鬼杀人，其实从一开始，他就是抱着怀疑态度的。

何况，方玉婷还是死了十年的女鬼。

她连状元郎都看不上，又怎会轻易看上几个富家子、小秀才或是一个小小的师爷？

提起岳公子的双手，宋慈刚刚还带着笑意的眼神立刻变得凝重了起来，他蹙紧眉头，仿佛不可置信般又将那双手提得近了一些。

因为死了有些时日，岳公子尸僵严重，双手紧紧握在一起，宋慈颇费了些力气，才将手掌略微摊开。只见十个卷曲的手指指尖，都泛着淡淡的黑紫色，那颜色不算深，而且要不是因为他已经死了些时日，血色褪尽，恐怕还显现不出。如此说来，宋慈迟了两天到反而也有些好处，若是刚死就来验尸，或许根本发现不了这指尖的变化。

“公子，他指头怎么都黑了？”

一旁掌灯的阿乐也看了个透彻，好奇地问道：“莫不是，他中了什么毒？”

宋慈没有回答，弯下腰，掰开死尸的嘴，凑近闻了闻。

口中没有异味，可手指却呈现出明显的中毒之状，说明毒素是从手上进入的，而不是因为吃了什么有毒的食物。

接着，宋慈又扒开死者的眼皮，只见死者瞳孔涣散无神，没有太明显的异样，只是好像比起常人，略微大了一些。

想来，即便是中毒，死了这么久，放大的瞳孔也早就缩回了原来的大小。因此这一点，也并没有什么实质的意义。

再回过头来看那十个指尖，虽然黑紫，但却十分干净，指甲里也没有任何搏斗撕扯时可能出现的皮屑和布料。不过，细心的宋慈却注意到，刚刚握紧的拳头里，似乎攥着什么。待到掰直手指，分开指缝，这才发现，竟然是几根头发。

发丝很长，细闻之下，还有股栀子花的味道，应该是属于女人的。

或者说，应该就是那女鬼方玉婷的才对！

“阿乐。”

又是轻轻叫了一声名字，阿乐立刻心领神会地答应了一声，然后赶紧从随身携带的粗布小挎包里取出一块帕子，接过他手中的那几根头发，捋了捋，工工整整地用帕子包好，然后又掏出一本厚厚的，从侧面看，书页已经有些发黄的旧书来，把那包着头发的帕子放在里面夹好，塞回了挎包里。

阿乐兀自进行这一系列动作时，宋慈还在专注地检查着岳公子的手指，头也没有回。

然后，他竟然真的在岳公子右手的无名指指腹发现了一个又细又小的红点。

应该是被什么东西扎了一下，但是这个孔的大小比起针来又要更大一些，究竟是什么呢？

脑内灵光一闪，他突然想起了安雨柔成亲前，曾经叫安盛平拿着一根镶嵌着珍珠的金簪来找过自己。当时，安雨柔说如果宋慈愿意去郡公府提亲，那这簪子，就是她心意的见证。

宋慈想接，可是他没有这个能力。

正如他当时拒绝时说的一样，他何德何能，竟然可以和那位董疏城相比，董家一门忠烈，出了三位将军。何况，就算没有董家，郡公唯一的掌上明珠，又岂是他一介布衣可以妄想的？

他懂安雨柔的心，他对她，又何尝没有情？

但做人，总要有自知之明。

如果不能开花结果，又何必撒下感情的种子，让它萌芽……

思绪回到眼前的尸首上，既然不是针孔，那么，看来极有可能是被簪子扎了所致。

长发、簪子，这些证据无不说明，那晚确实有个女人在场。

只是，为什么要用簪子扎破手指呢？

“阿乐啊，你说什么情况下，女人会用簪子扎男人的手呢？”

这一次，他没有只叫个名字，而是直接问道。和父亲办案时喜欢独处不同，宋慈检查尸体时，喜欢带上阿乐，因为如果遇到瓶颈，有一时想不清的问题，和阿乐聊上几句，分分心，换换思路，说不定就能找到另一个突破口。

“女人扎男人手啊？”阿乐一只手提着灯笼，另一只手摸摸下巴，仰头道，“那男的不要脸，轻薄了那姑娘，所以用簪子扎他！”

“可如果两人本就是夫妻，新婚之夜，洞房花烛呢？”

“那就有点儿不好说了……”

阿乐年纪不大，但是听到这种问题非但没脸红，反而还笑得有些坏，在脑海里补充了一幅香艳旖旎的画面。

宋慈不知道他在想什么，也没回头看他，自然不知道他现在是什么样的表情。

“再想想，看还能想出什么来。”

“真想不出了，又不是拜把子，歃血为盟，洞房花烛的，闲得没事扎自己相公的手指头干吗？”

宋慈皱皱眉，也没有再问，反正只是暂时猜不出，等他验完尸，说不定就有新的线索了。

他不再犹疑，伸出手，去解那喜服上的扣襻。

来之前，他看过初步验尸时仵作填写的尸格，知道这岳公子虽然衣衫被人解开，但是鞋袜都还穿着的，撩开两边的衣襟，裤子上的裤带也系得好好的，说明两人洞房花烛之时，还未来得及发生实质的关系，那女鬼就对他下了手。

再看胸前那伤口，一片已经干涸的血污，创口大概有一掌大，肉向外裂开，很不规整，而且旁边还有一些划伤的痕迹，肯定不是用刀剑或是匕首造成的。从形状来看，确实是被硬生生抓开，挖出了心脏。

但一个女人，就算是女鬼，真能有这么大的力气？

想到这里，宋慈忍不住哼了一声，别说女鬼了，就连当年那抓破安盛平后背，险些把他害死的猛虎，恐怕一击之下，只靠利爪，也没有这个本事！

如此说来，那方玉婷难道真的已经不是凡间之人？

宋慈把目光再度转向创口仔细观看，被撕开的皮肉虽然向外翻着，但那边缘却是向内蜷缩的，这说明岳公子当时应该还活着，因为人死后再伤害尸体的话，皮肉是整体向外的，而不是像现在这样向内蜷缩。

这个道理，是在六岁那年，父亲告诉他的。

当时他顽皮，趁着母亲切菜时去捣乱，结果不小心划破了手指，手上翻起了一大条肉，鲜血直冒，吓得母亲抱着他一起哇哇地哭，却一点儿主意都没有。

父亲闻声赶来，赶忙用双手牢牢地将那块肉按了下去，并且使劲攥着。年幼的他虽然疼得痛哭不止，但也知道父亲不会害自己，这样一直按着，肯定有他的道理。

果然，过了半炷香的时间，当父亲把手拿起来时，伤口已经不流血，而且刚刚眼瞅着就要翻起掉下来的那块皮肉，居然又贴合回了它原本的位置，牢固得仿佛只剩下一条红线，却从没有受过伤一般。

父亲帮他清理包扎了伤口，又过了几天，那刀口居然奇迹般好了。

他当时不明白，以为父亲有什么神奇的本事，结果父亲告诉他，人的身体都是有记忆力的，说白了就是自愈能力。如果受了皮外伤，千万不要把那块肉撕下来，而是应该赶紧将它贴合回去，让伤口以为自己没有受伤，这样痊愈的速度会比平时快很多。

这本是一个生活小常识，可后来在跟随父亲验尸的实践过程中，他却注意到，这方法一样可以运用。

如果一个人的伤口是顺着破口外翻的，那就说明这人是死后受创，因为皮肉已经没有了活着时的记忆，所以只能任人伤害。

相反，如果皮肉自动蜷缩，朝着里面有愈合的欲望，那就说明，此人受创时一息尚存。

看来，这岳家小公子是在还活着的时候，被人生生破开胸膛，挖了心去无疑了。

宋慈将手伸进尸体的胸腔，仔细摸索着，他一边摸一边在心里数着。

肝、脾、肺……一样都不少，唯一失踪的，就只有那颗人心。

宋慈把手从岳公子的尸首里收回来时，手套、袖口和衣袖上都沾了血，不过好在他穿的是件青色的衣服，颜色不算浅，现在天色又晚了，走在街上应该不会把人吓着。

可到底是什么东西这么坚硬，居然能破开血肉之躯呢?

人的指甲，能有这么厉害?

宋慈越想越觉得不对，背朝着阿乐伸出了右手。

阿乐赶紧递上一个小布包，那布包他一直随身携带着，不知什么时候公子就用得上。

宋慈将那布包放到一旁的棺盖上，然后打了开来，这布包是母亲为他特别制作的，里面整整齐齐地摆放着形状尺寸规格各异的刀具，每一把都放在一个小布兜里，绝不会因为开合或是走动而散乱。

这些刀具是开始跟随父亲学习验尸技艺时备下的，如今已有七八年了，每一把背后都有着无尽的故事。

他选了一把刀锋比较钝的，拿起来，放在尸体的伤口上，借着灯光细细翻动，希望可以在伤口上找到凶器的痕迹。

虽然这伤口看起来不像是被利器所致，可宋慈实在是不能相信人的指甲可以锋利到将胸膛直接破开的程度。所以，他必须再找找线索，希望能有所突破。

阿乐跟随老爷少爷验尸多年，识趣地弯下腰，把灯笼凑近，试图让光线可以再充裕些。

没想到这么一个小小的动作，居然真的令宋慈有所发现。

随着灯光的凑近，恍惚间，伤口上有什么亮光突然闪了一下。

宋慈的身体伏得更低了，脸几乎要贴到了那岳公子的伤口上，可如果不离得近一些，根本看不清也找不到。

顾不上别的，为了能更清晰地感觉到闪光所在，他索性连手套也摘了，直接用手指一点点地在伤口上摸索。

终于，在岳公子心房附近的骨头上摸到一块指甲大小的硬物。

他不敢怠慢，直接用指甲捏住那物体的一个角，小心翼翼地将它取了出来。仿佛生怕此时转身去取工具，这好不容易找到的线索就没了。

“出来了！”

宋慈直起身，忍不住兴奋地大叫了一声。

偏在这时，许是因为他们在这停尸的地方待得太久，那义庄里值守老伯刚好挑开门帘，走了进来。

宋慈听见脚步声，下意识地扭头朝门口看了过去。

值守老伯借着昏黄的灯光，看到一个满脸满身都是鲜血的男人站在棺材前，手里不知举着什么，望着自己，脸上似乎还挂着难以言喻的兴奋。

阿乐提着灯笼站在宋慈身后，光从背后打过来，更衬得宋慈面色深沉，有股说不出的鬼气。

值守老伯只觉得自己浑身的汗毛都在一瞬间竖了起来，嗷地叫了一声，趁着双腿还没来得及发软之前，转身撒丫子就跑。

见他号叫着跑了出去，宋慈和阿乐都傻了。

“公、公子……”阿乐有些哭笑不得，“这人怎么回事，好端端的，这是要吓死人啊！”

宋慈回过头，同样一脸诧异地看着阿乐，一副“我也不知道怎么回事”的表情。

阿乐这才明白那老伯为什么吓得像活见鬼一样，跑了出去。

想来，是被满身血污的宋慈和这许多棺材、死人共同构成的诡异情景吓得不轻。大半夜的，突然见了这么一幅情景，一般人不吓死才怪！而那老伯只是跑了出去，已经说明他胆子较一般人要更大了。

这么想着，阿乐有些想笑，但是看到自家公子那终于找到证据的表情，又觉得不好意思打搅他。只得咳了一声，克制住自己的情绪，这才好奇地道：“公子，您到底找到什么了？”

宋慈此时已经用手细细地将那碎片摸了个够，又借着光仔细打量，他可以确认，那东西肯定是铁。

而且，那碎片的断口并不规整，似乎是不小心折断的。

“是铁器的碎片。”

“铁器？这么说来……”阿乐也不傻，自然明白这其中的关键，“那人不是被女鬼用爪子掏心的啊！”

“不是，”宋慈很肯定地点了点头，虽然只有指甲大的一片碎片，根本看不出凶器原本的样子，但又有哪个鬼会用武器的，“这事儿不是鬼干的，杀了岳公子，还有之前几位的，是人。”

这武器很特殊，到底是什么他说不清，可只要顺着这个线索查下去，说不定会有突破。

“公子。”

正想着，阿乐又说话了。

“咱们现在怎么办？”说着，朝门口努努嘴，“是留在这里等着那位值守老伯，还是就这么走了？”

宋慈一边收拾器物，一边回道：“咱们收拾完了，他还不回来，就给他留个字条，免得他回来害怕，然后咱们再走。”

“好嘞！”

阿乐早就困了，最近两个月为了赶路，风餐露宿的，有时候实在找不到客栈投宿，只能在破庙里将就一晚。现在终于可以睡上床铺了，而且安公子还给他们找了这长乐乡最大最好的客栈，包下了天字一号房！

这种好事，多享受一刻是一刻啊！不然明天一大早，公子肯定又要早起带着他去查案了。

于是，不用宋慈催促，他便赶紧小心翼翼地接过那碎片，像刚刚包头发那样包好，又塞进书页里夹着，放回布袋。

接着把用过的刀具仔细擦干净，放回去卷起来收好。

然后为棺材里的岳小公子整理好衣物，恭恭敬敬地拜了三拜。

这是他每次和老爷、公子一起验尸时必做的事。虽然检验尸体是为了给死者申冤，接触这行也有不少年了，可他始终做不到像老爷和公子那样淡定。只有拜一拜，才能缓解内心的恐惧，希望冤有头、债有主，那些冤魂千万不要半夜来敲自己的门。

当然，如果是个香艳的女鬼可以例外。

收拾完毕，阿乐将布袋背好，看着一旁也整理了一下仪表的自家公子。

宋慈摘了套袖，手上的血迹也简单清理了一下。不过他不知道自己脸上也有血，阿乐看着他呵呵地傻笑。

突然那门帘子一下就被挑开了。

明明连脚步声都没听到，门口却走进来三个人。

为首的两人全都穿着深色的衣服，一个年纪大一些，四十来岁，留着胡子，眉头拧在一起，看起来颇威风，赫然竟是白天才刚刚见过面的徐延朔徐大人。

他身后那位看起来年轻了许多，二十来岁，至多不超过三十。一脸的英气，五官分明，偏又长了双狐狸眼，若是笑一笑，不知能勾死多少大姑娘小媳妇。只是他面无表情，周身仿佛冒着冷气，看起来像座冰山一样，让人不敢靠近。而走在最后面，进门时还有些气喘的，正是安盛平本人。

这三人都有轻功底子，虽然他们如此急促地进门，宋慈主仆却连脚步声都没有听到。可比起徐延朔和安广来，安盛平的功夫明显不到家。当然，这可能也和他尚在宿醉中有关。他似乎还未醒酒，写了一脸的倦意，看来是被人生生从睡梦中吵醒拽过来的。

“怎么回事，怎么是你？”安盛平看到宋慈，不由揉了揉鼻子，“你大半夜的不睡觉，跑义庄干什么？”

他早就知道宋慈一心想着办案，可也用不着这么着急吧！明明再有几个时辰天就亮了，怎么连这么一会儿都不能等？

宋慈苦笑，他怎么也没想到，刚刚那老伯之所以会跑出去，竟是为了去向大人们报告。

也不知他是怎么说的，居然惊动得安盛平、安广和徐延朔三个人都来了。

“不来看看，不安心啊。”

“那你看出什么没有？”

推开两人，安盛平又往前走了几步，而待到两人距离近了，他这才看清宋慈脸上那一片片血污。想到刚刚那看守义庄的老伯在他面前又哭又喊的样子，安盛平还当那老伯真见了鬼了！

“哈、哈哈哈哈哈哈哈……”

虽然在停满尸首的房间里有些不敬，可安盛平实在忍不住，捧腹大笑起来。

第三章　命案现场直击

第二天一早，去往岳府的路上。

马车内，安盛平穿着件宝蓝色的长衫，头上别着根乌金白玉簪子，腰间系着条镶嵌着玉牌的腰带，一手端着个茶杯，一手时不时地按按仍在发痛的太阳穴。

他很久没喝过这么多酒了，再加上昨晚那么一闹，也没休息好，所以今早难免有些宿醉的反应。

宋慈就坐在他对面，仍旧是件青色的窄袖长衫，只是较之昨日那件，显得更加精致也更干净些。袖口和下摆绣着暗纹，比起安盛平的华贵，倒也有种不失文人之气的风雅。

昨夜他本想验过了岳公子的尸首便离开的，谁知后来安盛平他们也去了义庄。

他索性求了个方便，连带着把那上个月遇害的，名叫吴晋的师爷也给验了。

吴晋死了半月有余，却一直被安盛平压着，没有下葬。虽然差人做了简单的处理，可最近的天气不好，总是时不时下上一场雨，潮湿的空气使得那尸身多少有些腐烂……不过好在基本的检验还是可以完成的。

吴晋和那岳公子一样，十指乌黑，且手指上还有一个簪子扎破的小洞。

死亡的原因也是被人掏了心，至于脸上有没有带着笑……因为时间太长，已经看不出了。

至于更早的两位受害者，因为当时此案还没有得到重视，所以那两个人早就已经入了土，下了葬。如果还想要检验，就只能开棺验尸了。

虽然宋慈有这个心思，可一旦涉及重新挖坟，就不是那么简简单单，只需安盛平一句话就能行得通了。

起码，也要有对方家属的同意才行。

所以，与其浪费时间去苦等那两家的允许，还不如抓紧时间，先去把现在还能找到的细节好好整理一番。

于是一大早，他们便乘了马车，一起朝着刚遇害不久的岳公子的家而去。

车厢内无聊，两人一边聊着案子，一边说着昨夜验尸时的发现。

谈着谈着，许是太过沉重，话题竟又回到了那位值守老伯的身上。

“所以？”

“所以我就给了他二十两银子，让他压压惊，省得他以为自己见了鬼，而且还是深更半夜，会带着小厮去义庄敲门，上赶着吃人的饿死鬼！”

宋慈笑了：“安公子果然是出手阔绰啊，你知不知道，一两银子就能买上一亩田了，这足足二十两，可够那老伯下半生毫无后顾之忧了。”

他说这些话时，并无嘲讽之意，反而像是夸赞一般，并不会让人听了不舒服。

因此，安盛平反而有些得意起来，感觉那一蹦一蹦的太阳穴，也没有刚才那么恼地的疼了。

“你把人家吓着了，我这个当兄弟的，自然要给他压压惊。再说了，这义庄的值守不好找，难得有个人愿意当，不得多给些，让他高兴高兴？”

宋慈没理会他，看似漫不经心地掀开车厢上的帘子，朝外面望了望，好似自言自语般低声道：“是啊，有了这二十两，还当什么义庄看守？这么辛苦，不如回家享清福去了。”

他这话说完，安盛平才彻底傻了眼，万一那老伯真的不干了，让他去哪里找个肯守着一屋子死尸的人……

再看宋慈，原本带着笑意的脸，竟也透出几分坏意。

安盛平无奈地摇摇头，心里长叹一声，交友不慎啊！

“到了。”

正想着，马车停了下来。

不等人来扶，宋慈先自己撩开帘子，跳出了马车。安盛平紧随其后，也从车厢里探出头来。

岳家原本也是富贵人家，可今非昔比，这宅子俨然也成了凶宅。

虽然除了那位岳家小公子外，并无他人遇害，可毕竟死过人，而且还不是好死，因此包括他亲爹娘在内，也没有人敢再住在这座宅子里了。

才不过短短的三天，这里便人去楼空，只留了个四十来岁的门房守着。那门房皮肤黝黑，看起来呆头呆脑的，倒是老实。

安盛平看着他，心里默默嘀咕，万一那义庄的值守真的不干了，他就重金聘了这人过去，反正看凶宅和看死尸也没什么两样，这人既然可以留在这里，说明他胆子也不小。

因为除了那门房，这岳府再无他人，所以审查起来倒是方便得多。

因此宋慈也不顾忌，直接撩了下摆，跨步朝着大门前的石阶走了过去。

“你信中说，那女鬼是夜半时分，被人用大红绸缎抬了棺材，放到新郎家中的？那抬棺之人，可曾有什么发现？”

“没有，那抬棺材的一共有四人，四个人都是红衣红裤，脸上戴着个恶鬼的面具，也说不清究竟是人还是鬼。”

“那面具我看了你画的图样，又对着书本查了查，乃是地狱第一恶鬼，名唤罗刹。”

安盛平蹙眉：“罗刹？”

“正是，”两人一起举步，迈上门槛，宋慈缓声道，“而且那罗刹还分男女，男的朱发绿眼，女的样貌美艳，专以食人血肉为生。”

食人血肉？那岂不正是在说那方玉婷嘛！

见安盛平低眉不语，宋慈摇摇头，又径自说道：“你想想，这深更半夜的，四个猛鬼罗刹抬着副挂满大红绸缎的棺材，棺材里又躺着个妖艳动人的美女……这架势，简直就是话本里才有的情节啊！而且……”

而且，还是那种最香艳、最吸引人的话本才是。

只是，这不是虚构的传说故事，却是活生生发生在现实里的情景。也难怪那些亲眼见了此番景象的人都吓得闭口不言，纷纷远离了这充满恐怖回忆的血腥之地。

“宋公子，我问了岳家的几个人，他们说，那日原本派了十几个家丁护院守在岳小公子房门口，可不知怎么，到了差不多子时，那棺材就像是从天而降一般，由那四个抬棺人抬着，就这么莫名其妙地从天上飘了下来。”

由于今日是到岳府查案的，所以徐延朔也跟了来。他今天一身常服，但腰间却挎着佩刀，是以说这些话时，左手习惯性地按在佩刀的刀柄之上，看起来好不威武。

“待那棺材落了地，他们也不知怎么回事，就一个个全都晕了，等到再睁开眼，已经天色大亮，那岳小公子也早就死在房里了。”

“公子，这也太吓人了吧！”

阿乐跟在宋慈身后，忍不住小声嘀咕道。阿乐刚刚没有坐车，是跟在马车后面一起走过来的。原本从家乡出门时，他也骑了头驴，可临近长乐乡时，他在路边方便，那驴却不知是被人偷了去，还是自己跑了，所以现在他们主仆二人只剩下了“二毛”这么一个坐骑，偏那“二毛”拧得很，除了宋慈，根本不让别人骑！

更倒霉的是，阿乐还不会骑马，所以只好忍着火，跟着几位或是骑着大马，或是坐着马车的贵人一起走了过来。

“那棺材是从哪里降下来的？前院，还是后院？”

“前院，而且不止那几个家丁护院，这岳府上上下下三十几口人，除了那新郎官，别人也都一并昏了，直到天亮，一个人也没醒。”

宋慈点点头，他发现，前院大部分的区域都是铺着石子路的空地，靠近墙壁的地方，却是一块草坪。那草坪看似不起眼，可远远望去，却一下子就吸引了他的注意力。

草坪正中间的位置，明显有被重物压过的痕迹，观之尺寸大小，与刚好装下一人的棺材相差无几。

他走过去，指了指脚下：“是不是这里？”

徐延朔点点头：“正是此处。”

“怪了……”

宋慈弯下腰，因为他发现，那些被压倒的草木全都枯死了。而且草坪上清晰地印着两排脚印，应该属于四个人的！且这四人脚印所过之处，也是草木凋零，死得透透的。

“你看到了吧，吴师爷的院子里，也是这么个情况。”

因为前两起案件，第一位受害人家境一般，家中并无花园。而第二位受害人是个买办，常年不在家，见到花草枯萎，以为是疏于打理。所以，安盛平并没发现有什么不妥。

可直到那第三位受害者，也就是师爷吴晋遇害时，他才留意起那花园里，竟是枯萎了不少花草，而且那些枯萎的花草旁边，也留下了一排排的脚印。

“公子！”阿乐有些害怕，紧张道，“这群人……哦，不对，是这群鬼，所过之处，寸草不生啊！”

宋慈蹙着眉，没有回答他，而是专心致志地在看地上的脚印。

“阿乐，你拿几张纸，把这几个脚印给我拓下来。”

阿乐平时做惯了这些事，点头应了吩咐，熟练地从他那总是随身携带的挎包里掏出一沓子纸来，上前几步，小心翼翼地蹲在两排脚印旁。

“四郎你看，这些脚印大小不一，可唯独这枚脚印，和其他脚印相比，特征十分明显。”

安盛平听他这么一说，不由弯下了腰：“什么特征？”

宋慈指着那脚印道：“首先，人脚的大小和身高是有一定比例的，通常情况下，脚越大的，身形越高。同样，走路时的跨度也和身高有关系，腿越长的，跨步时，迈开的步伐越大，腿短的，步子也小。你看这脚印的尺寸还有他每走一步时的距离……这人少说也有七尺高，而且还是个外八字。还有，你们看这脚印的深度，远比其他几个脚印都要更深，说明这人不仅高，还很壮硕。”

安盛平对脚印不了解，所以虽然在吴晋遇害的现场也发现了四组脚印，却不知道要从何入手。现在听宋慈这么一说，他立刻觉得明朗起来，也有了可以调查的头绪。

“不错！你的意思是，我们现在需要找一个身高七尺，体形偏胖或是偏壮硕，而且还是个走路外八字的男人？”

宋慈点点头，如果找到这抬棺人，那离找到女鬼的本尊就更近了。

站在一旁的徐延朔虽然没有说话，但心里却也不由得暗暗佩服，他们查了这么久都毫无头绪，想不到这位宋公子一来，只从脚印就找到了突破口！

安盛平果然没有信错人，按照他所说的，如果这世上还有一人能破此案，就真的是这位宋公子无疑了！

“这位大哥，麻烦你给带个路，带我们去岳公子房里看看。”看完脚印，宋慈又朝着那位门房招了招手，示意他领路去案发现场瞅瞅。

那门房很是憨厚，点着头，应了一声，转身便走。却不知为何，突然打了一个喷嚏。

别人还好，唯独那安广蹙了蹙眉头，不经意地往后躲了一步。

宋慈知道，安广虽是安盛平的侍卫，却一直有些洁癖，对于这一点，宋慈这些年来一直有些好奇。不知以安广这性格，这些年刀光剑影的日子是怎么熬过来的。记得当年为了保护安盛平杀那猛虎时，鲜血淋了安广一身一脸，也不知他当时是个什么样的心情。

“对不起，对不起，小人实在没忍住，惊扰了各位老爷。”那门房用袖口擦了擦有些泛红的鼻头，笑得有些傻呵呵的，“最近也不知是怎么了，鼻子总是痒痒，许是那鬼不干净，反正自从出事那天以后，我就一直这样。”

那天以后？

宋慈和安盛平忍不住对视一眼，都觉得他说的这话有些蹊跷。

“大哥，我问你，你们公子出事那天，你也在这里？”

“是啊，我可是出了名的胆子大，我本名叫宋天福，我家老爷平时都叫我宋大胆！”他眼里闪着自信，骄傲地挺了挺胸，“出事儿那天，不是派了十几个人守在少爷门口吗，其中就有我！嘿嘿，那棺材进屋前，我还瞅了一眼呢！”

“你说你瞅了一眼，可瞧见了什么！”

安盛平激动得握紧了拳头，急急问道。

“其实也没瞧见啥，他们一进后院，我们就晕了，我当时站在最后面儿，也是离少爷房门儿最近的地方，我就记得闻见一股香香的，好像大姑娘身上才有的那种香粉儿的味儿，然后就觉得头有点儿晕，接着腿也不听使唤，就倒了。不过我看见那四个鬼脸的红衣人抬着棺材进了屋，很快那四个人就从屋里出来，翻墙跑了。”

“翻墙！”

这下连徐延朔也不淡定了，他之前明明就来问过话，虽然他们都说那棺材是从天而降，由四个戴着鬼面的红衣人抬进来的，可却从没有人说过，他们离开时是翻墙走的！

“是啊，就从那块儿出去的，那几个人儿身手特别利索。没了棺材，飞似的就蹿出去了！不过有个又高又壮的，可能是块儿头太大了，比起其他人，要费劲了点儿。”

他说的那个又高又壮的，应该就是宋慈说的，那个脚印是外八字的男人。

“少主！”

安广与安盛平之间的默契非常，安广只说了这两个字，安盛平便明白了。

安广是在自动请缨，想要去墙外看看有没有留下什么线索。

“去吧，”安盛平点点头，他又看了看那刚刚拓完鞋印，正站起身擦汗的阿乐，“带上阿乐一起，有什么事，你俩一起商量。”

安广眉头微微皱起，似乎有些不情愿，但终究没有说什么，招呼也未打，径直走到刚刚宋天福所指的地方，施展轻功，飞上了墙。

阿乐看看他，又回头看了看自家公子，跺着脚，转身从大门追了出去。

宋慈、安盛平和徐延朔跟着宋天福一起去了岳公子的房间。

这房间自出事后，几乎没有动过，里面所有的摆设都和“大婚”那夜一样。

龛前的红烛已经燃烧殆尽，只留下烛泪堆积起的残骸，那婚床上，大红的锦被已经被掀起，床铺上一摊血迹，血量大得惊人。据悉，那岳公子被人挖了心后，脸朝下倒在了床上。

屋里还停着副棺材，上好的乌木，上面刻着暗纹，看得出做工十分讲究。

宋慈弯腰，用手围着棺身仔细摸索了一圈，一些细细的泥土黏上指尖。他抬起手，定睛看了看，一边轻轻捻着，一边思考着什么。

“这棺材还真是从地里挖出来的啊！”安盛平以前并没有特别注意过这些，此刻看到宋慈用手擦起了土，这才忍不住皱了皱眉，感叹道。

宋慈微微一笑：“不好说。”

这棺材究竟是地里挖出来的，还是被人做好抬过来的，确实不好说。这木头看上去很新，要知道，再好的木材埋在地下十年之久，也会有些腐烂的。至于这泥土……倒是用心良苦了。

棺盖已经被掀开，扔在了一旁，大红色的内衬绣着金丝，看起来华丽非凡。宋慈走过去，俯身在那棺材外闻了闻，有股幽幽的，栀子花的香味。

按理说岳公子出事已经几天了，但不知是出于什么原因，这花香却仍旧这般浓烈。

宋慈突然想起，前一晚，他在义庄验尸时，从岳公子的手里找到了几根头发，也有着同样的味道……

“我听说，那位方玉婷方小姐生前最喜欢的，就是栀子花。”

安盛平想起去法源寺找释空那日，释空门前就种着大片的栀子花。安盛平邀他一起回府的路上，还曾笑问此事，他虽未正面回答，却说这栀子花是一位故人所爱。

想来，他口中这位故人，除了那方玉婷，还能是谁？

宋慈不知道释空的事，不过却在那棺材的内衬上找到了几根与昨夜在岳公子手中发现的有同样味道的长发，应该是出自同一个人才对。

可令他不解的是，那棺材的一角，莫名有一片方形的湿痕。几条浅浅的直线中间有一摊类似水渍的东西……

“奇怪了，这棺材里，是不是装了什么东西？”

“装东西？”

“是啊，”他伸手指了指，示意安盛平来看，“你瞧这痕迹的形状，说明棺材里应该是放了个方形的盒子，难道你们收尸的时候没有发现？”

“没，”安盛平毫不犹豫地回答道，“当时是徐大人和安广来查的，所以绝不可能私藏物证，但说来奇怪，即便是真的有什么盒子溢出水来，形成这湿痕，可已经过了多日，怎么依然如此清晰可见呢？”

宋慈苦笑，指了指天：“这里天气如此潮湿，再加上之前棺盖是盖着的，所以没有完全干透也是有可能的，只是不知道这里面到底装了什么。若不是你们拿走的，难道是这岳家的人……”

“两位公子，你们看！”

七月的天气潮湿闷热，加之房门紧闭，除了窗子略微开了些缝隙，这房间几乎没有通风。

想来，这窗户上的缝隙，也是岳家人搬离时疏漏所致，也因为这样，从那窗口飞进了几只苍蝇，落在床铺的血迹上，贪婪地吸食着死亡腐臭的味道。

而徐延朔所指的，却不是那里。

他指着桌上的一只白玉酒杯，不知为什么，那酒杯周围，也围了几只苍蝇，正嗡嗡地飞着。

无瑕的白玉，杯口印着一抹嫣红，像血一样刺目。

那是女人口脂的痕迹。

方玉婷曾用这酒杯喝过酒。

“奇怪，一杯残酒而已，怎么会如此招苍蝇？”安盛平心里生出一股奇异的感觉，难道那方玉婷真的是鬼，就连她用过的酒杯，都带着腐朽的气息？

“不对，”宋慈戴上手套，将那酒杯拿起来，放在鼻子旁边闻了闻，“这杯中不仅是酒，还有血。”

“血？”

他这话说完，安盛平和徐延朔都忍不住上前，把鼻子凑过去闻了起来。

那杯中，确实有股淡淡的血腥气。

安盛平脑海中突然出现了一个词——茹毛饮血。

看来，方玉婷不光吃人心，连人血都不放过，如此可怕的女人，简直活脱脱的罗刹鬼啊！

一旁的宋慈却并不这样想，他突然想起了岳公子和吴师爷手指上的小洞。

“歃血为盟。”

他仿佛自言自语般说道。

“什么？”徐延朔没听清楚，“宋公子你说什么？”

随着线索一条条清晰起来，宋慈眼前仿佛出现了这样一幕画面——

洞房花烛，穿着大红嫁衣、一脸娇羞的美娇娘央求着新婚的丈夫与自己以鲜血立下誓言。她摘下头上的金簪，扎破两人的手指，血滴落到酒中，两人举杯，饮下了这带着誓言和诅咒的美酒……

“四郎，徐大人，我在那岳公子和吴师爷的手上都发现了硬物刺破的伤痕，如果我没猜错的话，应该是发簪。那两人应该是心甘情愿地被女鬼哄骗，以血入酒，立誓与她永结同心。”

宋慈这话虽然乍听之下有些离奇，可细想想，也不是没有可能。

况且，那四人死的时候，脸上都还挂着笑……

“其实，有件事我一直想不明白。”徐延朔见宋慈分析起案情来颇有些道理，于是忍不住问起了一直困扰着自己的问题，“为什么那四人明明被掏了心，可死的时候，脸上却还带着笑容？”

对于这点，宋慈其实早就做好了功课：“大千世界无奇不有，很多毒药都有这种效果。早年我就听闻从西域传来的一种花，好像是叫曼陀罗，花开极美，但却有剧毒，人若是服用了，早期症状是咽干舌燥，瞳仁放大，脉相急促，燥热……时间长了，便会出现幻觉，神志不清，甚至是死亡。”

“宋公子的意思是，那几人都是中了这曼陀罗的花毒？”

宋慈无奈地摇摇头：“学生惭愧，我也没见过那传说中的毒花，所以具体症状还不甚清楚。不过，我细细查了岳公子的尸首，他指尖乌黑，但口中却没有异味，如果真的是中毒，那毒素应不是从嘴里进入身体的。”

“难道那簪子不仅仅是为了扎破手指滴血，而且，”安盛平一手抱肩，一手摸着下巴，沉思道，“还有毒？”

宋慈苦笑下，没有回答，虽然确实有这个可能，但事情没有调查清楚前，还不能妄下判断。

三人不再多说，一起将这房间里里外外又搜索了一遍。因为徐延朔之前曾来检查过一次，所以这次并没有再发现什么其他的疑点。

出了房间，宋天福还一直在外面候着，这人虽然憨直，但规矩也是懂的，知道没有吩咐，不能进去给三位大人添乱。

安盛平对他印象还不错，只是不知为何，宋天福又接连打了好几个喷嚏，可看他的样子，又不像是染了病……

宋慈心细，似乎想到了什么，特意去找了张草纸，让那宋天福再打喷嚏时接在草纸上。

只等了没一会儿，他果然又打了一个喷嚏。

打开草纸，黏稠但并不浑浊的鼻涕中混着一些小黑点。

“这、这是什么？”

安盛平虽觉得有些脏，可仍旧忍不住好奇地问道。

宋慈却朝宋天福做了个“请”的手势：“宋大哥，麻烦您找个地方坐下，让我看看你的鼻子。”

“看小人的鼻子？那怎么敢当！”宋天福羞赧地搔了搔头。

“请了，”宋慈笑了，“我看完以后，保证药到病除，再也不会打喷嚏了！”

“嘿嘿，那敢情好！”

说完，宋天福在花坛边找了个位置坐下，扬起头，把鼻孔朝天，让宋慈查看。

宋慈用草纸垫着，又从一个装了各式刀具的布包里，取出一把掏耳勺一般的工具，小心翼翼地探进宋天福的鼻孔里，轻轻拨了拨。

即刻，便有些黑色的粉末从他鼻孔中掉出来，掉在了纸上。

“四郎，徐大人，你们看！”

宋慈难掩眼中的兴奋，就连声音也提高了几度，现在他已经完全可以证明一件事了。

这不是鬼作祟，而是人在捣鬼！

“这粉末就是岳府上下家丁护院全部昏过去的原因！此案必是

有人装神弄鬼，假借十年前故去的方家小姐之名，犯下了这四起命案！”

他虽没有解释，但安盛平和徐延朔都是脑筋灵活的人，自然明白他的意思。

如果真的是鬼干的，那把棺材放进岳家，何必再翻墙出去？鬼怪不是应该凭空而来，又凭空消失才对吗？

还有这种种迹象都表明，不论是受害人本身，还是那些昏倒的家属，都是被人用了药物所致。鬼有妖法，自然是不可能用什么毒药来害人的，能用毒药的，只能是人。而且，还是群装神弄鬼、毁人名节、害人性命的万恶之人！

正在这时，刚刚外出寻找线索的安广和阿乐也适时回来了。安广看起来还和往常一样，冷冰冰的，似乎没什么变化，但阿乐看起来却很是兴奋的样子。

“公子您看，我们……”阿乐这么说着，下意识地偷偷打量了一下旁边的安广，见他沉着脸不说话，于是又悻悻地改了口，“是安大哥发现了这个。”说着，把手往前一递。他手中，居然拿着一截红布条。

宋慈接了过来：“这是？”

安广仍旧不说话，似乎并不愿意邀功，倒是不介意阿乐来向众人解释。

“这是在院子外面的一棵树上找到的布条儿，安大哥说，可能是那几个抬棺材的人翻墙出去时，不小心剐到树枝留下来的。”阿乐倒也不是个会独占功劳的人，有什么说什么，再加上刚刚见识了安广的轻功，现在心里更是对他佩服不已。

“哦？那除此之外呢，”这一次，问话的是安盛平，他脸上带着笑，显然是看出安广对阿乐那一声声的“安大哥”很是不爽，可是又不好当着众人发作，“你们还发现了什么没有？”

阿乐摇摇头，有些无奈：“没了，外面就是大街了，这两天又下过雨，找了半天，除了这布条，什么也没找到。”

他一边说着，一边不知何故地皱起了眉头，将手在前襟上蹭了蹭。

宋慈看出他的不适，问道：“阿乐，怎么了？”

“回公子的话，不知怎么了，这手有些刺痛的感觉。”

别人对他这番话倒是没什么反应，可宋慈心疼自己的小厮，不由伸了手：“手拿来，我看看。”

阿乐见自家公子如此关心自己，感觉手上的痛痒也没那么严重了，抿着笑，将双手向前，递了过去。

可宋慈却并不这么想，他拉起阿乐的手，左右看了看，接着，又放在跟前，探身嗅了起来。

“阿乐，你刚刚除了那红布条，可还摸过什么？”

“没什么了，外面乱得很，几乎什么都没找到。”

宋慈点点头，刚刚阿乐把那红布条给他时，他手上还戴着手套，所以不觉得有什么。此刻见阿乐手不舒服，他这才注意到，阿乐的手上有股奇怪的味道。他接着又低头闻了闻那布条，果然，布条上，也是这个味儿。

“怎么了？”一旁的安盛平好奇地问道。

“我怀疑，这布上有毒。”

“啊？有毒！”

此话一出，众人哗然。尤其是阿乐，他刚刚用手捏了那布条，此刻手又一直刺痒不舒服，难道说，自己是不知不觉间中了毒？

“公子！”阿乐觉得头上冷汗都冒出来了，“我不会要死了吧？”

“死不了的，这恐怕是涂在身上装神弄鬼用的。”宋慈觉得有些好笑，本想逗逗他，可看他那紧张的样子，又有些不忍，“哦，对了！既然布条是安广找到的，那你刚刚有没有用手摸过？”

宋慈将视线转向了安广，安广虽然不太愿意和宋慈讲话，但也知道正事要紧，只得沉着一张脸低声道：“并未用手摸过，只用剑尖挑了。”

安广有洁癖，如若不是情非得已，绝不会用手去摸任何东西。除了腰间别着的那柄软剑，他的身上也总随身携带着一柄短剑，就是为了以剑代手，去触碰那些不干净的东西。

宋慈早就料到他会这么说，点了点头：“看来，那些人是把毒物都涂在了衣物和鞋子上，也难怪他们踩过之处，连花草都枯死了。这么做倒是有些好处，一来，那些花草枯死，会让人先入为主，以为他们鬼气重；二来，虽然我不知道这毒物到底有何功效，可搞不好，人闻了也能产生幻觉。”

“这么说来……”徐延朔联想到了那岳公子乌黑的手指，“那假冒方玉婷之名的女鬼身上也有毒？所以岳家小公子碰了她，毒素才从手指侵入皮肤，使得他到死都在微笑！”

“极有可能就是这个原因了。”

徐延朔看着宋慈，心想，从外表看，宋慈就是个文弱书生，内里却蕴含着无穷无尽的能量。

如果不是他，也许日后出现第五个、第六个受害人时，他们仍是毫无头绪，仍然会死死地盯着方玉婷，认定了她就是真正的罪魁祸首！

耽搁了几个月的案子，居然因为一个名不见经传的年轻人，就这么逐渐明朗了起来。

也许，他们离抓到真凶的日子不远了。

安盛平的脸上也终于露出了久违的欣慰的笑容："好，很好！现在尸体看过了，案发现场也看过了，惠父兄，下一步我们要怎么办？"

宋慈看看他，又看看徐延朔，嘴角也牵出了一抹神秘的笑容。

"接下来，我们去酒馆。"

"酒馆？"

"是啊，不要酒楼，不要路边的小摊位，要去那种鱼龙混杂，三教九流什么人都有的，最乱，生意也最好的酒馆！"

"这……"徐延朔刚刚对他生出一些好感，谁知道，这宋公子居然口口声声要去最好的酒馆，他看起来不像好大喜功之人啊。

安盛平搔了搔头，倒是没有问原因，因为他知道宋慈之所以会这么说，肯定有他自己的道理。可他来长乐乡也没多久，就算出门，也都是为了调查案情，宋慈口中那种鱼龙混杂的酒馆，还真不知道哪里有。况且就算有，以他的身份，也不可能去过。

这时，他想起了一个人，一个不论什么事都能办得妥妥当当的人——福顺。

第四章　柳仙仙助断案

福顺祖上是北方人，他看起来年纪不大，个子也不算高，圆头圆脑的，即便不说话，脸上也总带着三分笑意，左脸颊上，还有个不深不浅的酒窝。不管把他扔到哪里，他总是很快就能和人打成一片。他消息灵通，办事也周全，有他跟在安盛平的身边，虽不像安广那般可以护着主人的周全，但却为安盛平省去了不少的麻烦。

只是这一次，安盛平无论如何也想不到，他让福顺去找一家会集了三教九流，生意又好，往来客人又多的酒馆，福顺偏偏找到了芙蓉阁。

大厅里，觥筹交错，热闹非凡。

空气中弥漫着一股股暗香，人群中穿梭着或是桃红，或是碧绿的婀娜身影，引人无尽的遐思。

宋慈从没来过这种地方，蹙着眉，也不知该笑还是该哭。

而和他同样表情的，还有安盛平、安广主仆二人，以及跟在他们旁边的徐延朔。

其实有钱的公子、老爷去逛个青楼也没什么，偏这几个人全都为人正直，平生从未进过烟花之地，更不想惹上什么桃花债。

所以此时此刻，几人全都在心里默默地恨不得将福顺活活掐死，好解心头之恨。

可偏偏，又谁都不好意思先开口，说自己受不了这里的乌烟瘴气。于是全都绷着脸，谁也不开口说话。

倒是阿乐，年纪轻，脸皮厚，瞪着双大眼睛，左看看，右看看，仿佛什么都新鲜，什么都没见过一般。

“公子你看！那绿裙子的姑娘好漂亮啊！”他虽然兴奋，但也知道不好意思，不敢大声说出心里的想法，只能弯着腰，俯身到坐在桌旁的自家公子跟前，小声嘀咕道，“这么好看的姑娘，我这辈子还是第一次见，她比街角住的郭寡妇还好看！”

安盛平被他说得有些好奇，顺着他的目光望去，就见个穿着绿色纱裙的小姑娘正坐在一个满脸胡楂的大汉旁边，殷勤地给大汉倒着酒。

那姑娘身上的薄纱几乎可以用衣不遮体来形容，许是察觉了安盛平的视线，姑娘突然抬起头，朝他这边望了过来。

安盛平俊朗不凡，风流倜傥，如今被扔在这鱼龙混杂的地方，更是显得高贵脱俗，直叫那绿裙姑娘看得红了脸。

可即便这样，她仍是没有扭头，反而笑得越发甜美，甚至朝他微微倾了倾身，若隐若现出颈下一片春光无限。

安盛平扶额，赶紧扭了身子，再不去看她。

宋慈终于忍不住，扑哧一声笑出了声。

见那女人明目张胆地对着自家少主谄媚，安广的怒火到达了极点，一把扯过身旁的福顺，吼道：“你小子是不是找死？怎么敢带主人来这种下三烂的地方！”

福顺赔着笑，一脸的无辜：“广爷息怒，您息怒！小的可真没这个熊心豹子胆，敢故意带爷来这种地方寻开心，这不是主子吩咐的。

可整个长乐乡，不管是富贵大户，还是贩夫走卒，谁不知道芙蓉楼的酒菜最好，姑娘最美，消息也最灵通啊。”

“什么消息灵通，我看你就是……”

“成心”两个字还没来得及说出口，却听“啪”的一声。

安广回头，只见徐延朔用力拍了一下桌子，猛然站起了身，似乎也忍不住。

他面色阴沉，朝着安盛平和宋慈行了个礼：“两位公子，如果要继续留在此处的话，徐某就不奉陪了！我领着朝廷俸禄，于情于理，都不适合来这种地方！”说完，竟然真的转了身，打算拂袖而去。

“哎哟，这位大爷，怎么刚来就走啊！是酒菜不满意，还是姑娘不满意？不喜欢您就说，奴家给您换一批过来啊！”

那声音娇媚无骨，而比她声音先行一步到达的，却是那扑鼻而来的浓香……徐延朔刚刚转身，还来不及迈步，便被个火焰一样热烈妖娆的身影给缠上了。

徐延朔原本就皱起的眉头又拧紧了几分，几乎是屏住了呼吸，才低头看到自己肩膀上竟搭上了条白似雪却又柔似蛇的手臂。

她穿着件大红色的轻纱薄衫，胸前两襟敞开，露出里面描着金丝花纹的内衣，高高隆起的胸脯时不时地蹭着徐延朔健壮的手臂，惊得他一瞬间浑身都僵硬了起来，也不知该不该将这女子推开。

不推，她这么无骨蛇般攀附着自己不合适；推，却又不知该从哪里下手。

那女子似是看出他的犹豫，笑着转了个圈，裙摆和衣袖随着转动飞舞，好似一只火红的凤凰，若不是那浓香太过恼人，倒真是幅美不胜收的画卷。

她牵起他的手，不由他拒绝，拉着他，又坐回了酒桌旁。

“仙仙姐，您可来了！”

福顺迎着笑，帮她拉开把椅子，服侍她坐下。

“你个小没良心的，多少日子没来了，也不想姐姐们！”柳仙仙说着，伸手捏了捏福顺的脸蛋儿，一笑嫣然道，“你之前带来的那批胭脂甚好，最近可有新货？”

“回姐姐，新货还没到，不过我跟芝雅轩的掌柜说好了，有了新的，必定先帮我留着，到时候，我再来孝敬您！”

宋慈摇摇头，难怪安盛平会留着这福顺在身边，这嘴甜得，果然是走到哪里都能吃得开的主儿。

安广见他那谄媚的样子，反而冷哼了一声：“福顺，你什么时候也做上脂粉生意了？”

他虽有意讽刺，可偏偏遇上的对手却是个软硬不吃的老手。

福顺不气不恼，反而迎着笑回了过去：“哪有做买卖，不过是帮忙跑跑腿儿罢了。我拿着爷的钱，哪能做别的营生！再说了，就算真有这个胆子，我也没那个心，这世上，还有比跟着爷更好的差事吗？”

一句话，里外都夸了，简直滴水不漏，噎得安广连一句反驳的话都说不出来。

安盛平笑着摇了摇头，论武功，安广确实是厉害，可论嘴皮子和脑筋的灵活度，他比福顺还差着一大截呢！

“这位爷，您是福顺的主子？”柳仙仙眉间一挑，看看安盛平，又看看自己身旁的徐延朔，“这么说，这位就是徐大人了！”

徐延朔又是一僵，没想到这妇人居然认出了自己。不过想想也是，整个长乐乡，谁不知道他是上面派来协助安盛平查案的。

“哎哟，那可真是小女子有眼不识泰山了！”她说着，赶紧站起身，想把他们迎到楼上的雅间去，“来来来，几位快随奴家去二楼的雅间，这酒菜都得换，一会儿，我再把蓉蓉、乐梅她们几个叫上，亲自去给几位大人斟酒赔罪！”

她说的蓉蓉和乐梅乃是这芙蓉阁的头牌，两人身价极高，轻易是不出来接客的。

芙蓉阁虽是青楼，但是定价却也分高低，并不是那种门槛高到必须富甲一方才能进入的高级娼馆。便宜些的姑娘陪着散客坐在一楼，而像刚刚说过的那两位头牌，或是另外身价高一些的，被有钱的老爷公子包着，只在二层出现。

“不用了，这位……”宋慈皱了皱眉，不知该如何称呼她，看起来，这女子应该是这芙蓉阁的老鸨，可叫她“妈妈”似乎又不太合适，他想了想，决定还是直接用老板娘来称呼她，“老板娘，雅间就不用了，姑娘也不用，我们来这里就是单纯地喝喝酒，吃吃饭，您不用客气的。”

“那怎么使得！这要是传出去，却好像是我们不懂待客了……”

“要我说啊，那姓岳的死了活该！”

正在纠缠之际，旁边不远处突然有人拍了拍桌子，然后义愤填膺道：“那小子可不是什么好东西！年初他糟蹋了邢老四的闺女，你们还记得不？”

现在说话的，是个一脸络腮胡的中年男子，名叫曹强，是个屠户，家里有一些银钱，偶尔也会来芙蓉阁喝上一杯，只是不经常过夜，毕竟比起饮酒来，过夜费要更高些。只有逢年过节，生意好时他才会破例一两次。

“谁说不是呢！邢老四的闺女才十二岁，还是不是人了！”和他一起喝酒的，是个年纪跟他差不多的汉子，也是一脸的横肉，后来经安广调查才知道，此人家中是开杂货铺子的，就住在曹强家隔壁。

至于他们口中的“邢老四”是个木匠，此人手艺不错，为人也老实，因此在邻里街坊间，口碑还是可以的。

“后来那小姑娘就疯了，我听说，事后邢老四拎了把斧子去岳家评理，结果还被他们打了一顿，给扔了出来，养了将近两个月才好。”

“嗯！”曹强点头，“我跟老邢走得近，可怜啊！还落了病根儿，说是阴天下雨的，后腰就疼。他婆娘死得早，一个人拉扯闺女不容易，现在自己成了这样儿，闺女还疯了……”

“啧啧啧……可真不是个东西！”

和两人同桌的，还有个穿着淡紫色衣裙的妇人，看样子，她是曹强花钱找来的，所以几乎整个人都伏在曹强的手臂上，听他们说到这些，那妇人也不禁感叹起来。

“饶是我这般命苦，也是十五了才被人卖到这里的，那小姑娘才十二……她是被那姓岳的骗了，还是被人用强啊？”

曹强呸了一声：“人都疯了，能是自己乐意啊！”

“造孽，真是造孽！”女子做出害怕惋惜的样子，用一只手按着胸脯，撇嘴道，“那个疼法可不是想忘就忘的，我第一次也是被人强迫，当时差点就死了！过后我哭了几天，还被妈妈用鞭子抽，实在没招儿了，又想着反正已经这样了，这才从了。”

她说的本是些带颜带色的往事，但两个在座的男人却都没有露出猥琐的神情，反而还给她斟了杯酒，安慰她。

一旁的安盛平听得真切，不禁摇了摇头，有时候，越是穷苦的百姓越是善良，因为自己也受过苦，所以能体谅别人的痛。

本来，他还觉得岳家小公子死得冤枉，现在看来，倒是那方玉婷“为民除害”了。

因为刚刚那两人说话的声音太大，再加上安盛平他们也都全神贯注地听着，反让柳仙仙以为这些客人扰了几位贵客的雅兴，又一次央着，要给他们换雅间。

宋慈见她坚持，只好摆摆手，说出了来这里的真正原因，顺道，也想向她打探打探消息：“老板娘，实不相瞒，我们之所以坐在这儿，就是想听听其他客人聊天的内容。您在这里时间长，知道的事情多，关于方玉婷杀人一案，除了刚刚岳公子的情况，您还听到过什么别的没有？”

听他这么一说，一行人才明白他的用心良苦，安广看了看退到一旁，看起来毕恭毕敬的福顺。刚刚，福顺说之所以会找这里，也是因为这里的消息最灵通。所以，早在少主安排任务的时候，福顺就已经猜到宋公子的想法了？如此说来，他倒真该向福顺学学这揣摩心思的本事了。

柳仙仙不说话，一双眼珠子却转了转，她是三年前才到这长乐乡开店的。关于方玉婷，她了解得不多，但说起那四位受害者，她却能如数家珍般细数一箩筐他们的恶心事。

只是，以她的身份，多一事不如少一事，虽说民不与官为敌，多个朋友总比多个敌人好。但她却没有理由帮他们，毕竟，他们与自己是八竿子打不着的人，何必惹上一身骚？

她从袖口掏出把团扇，轻轻摇动，香风立刻扑了身旁的徐延朔一脸："奴家就是个开店做生意的，哪知道什么？您可别往我头上扣高帽了！"

宋慈也不气："老板娘说笑了，您这里生意这么好，每天不知接待多少客人，姑娘们一个个的又都聪慧机灵，总能听到些有用的吧？"

"是，我这里是客人多，可谁跟我们说这个？要说，也就说家里的婆娘不体贴，生意场上遇见了死对头……那些个死人啊，掏心啊的，说出来，不得把姑娘们吓死！吓着了，这买卖还怎么做？"

见她死活不肯就范，宋慈不得已，也只好使出了最后一招。

其实他原本不想揭穿她的身份的，况且这柳仙仙身份特殊，他真说出来，恐怕会给她引来杀身之祸，可事到如今也只能行此下策。

"老板娘这么说就见外了，毕竟……"他说着，突然站起了身，向前倾了倾，并看似无意识地，用一只手搔了搔鼻梁，刚刚好挡住了自己的嘴形，然后，无声地对她说道，"言螺殿……"

他只说完这三个字，柳仙仙却突然像被雷劈了一般，猛然坐直了身子。刚刚还充满媚笑的眼神，顷刻间仿若一把冷得刺骨的利剑，直直地盯着宋慈的脸。

"……的消息，可是最灵通不过了。"那无声的三个字过后，剩下的半句话，却又恢复了往常的音量，且脸上，又挂上了那似有若无的微笑。

那柳仙仙也不是吃素的，变脸的速度比变天还快，一记冷冷的眼刀过后，嘴角轻轻扬起，竟然硬生生地转变成一抹灿烂的笑容。

不是媚笑，更不是调笑，那笑意嫣然，道不出的万种风情，却又勾得人看直了双眼。

站在宋慈身后的阿乐忍不住咽了口唾沫，吞咽声有些大，直引得坐在柳仙仙身旁的徐延朔也不禁转过了头。他微一蹙眉，心跳，却也快了几分。

柳仙仙抿了抿嘴，又看看周围，可能是觉得环境太过嘈杂，有些事，不方便开口："还是雅间吧，您别为难我了，有些话，您几位听着无妨，要是在此处说了，那倒霉的就是我了……"

宋慈见她坚持，也明白她这个身份确实有些为难，便朝着安盛平和徐延朔点了点头，这才站起身，随着她一起移步到了楼上。

临上楼前，阿乐还回过头，依依不舍地瞅了瞅绿裙子的姑娘。那姑娘倒也抬起了头，可压根儿就没看他，眼里心里，全是安盛平的身影。

"老弟啊！"福顺拍拍阿乐的肩，"你死了这条心吧，绿荞姑娘虽然身价不高，可她心高着呢，你这身份，怕是入不了她的眼！"

阿乐却没有生气，只是笑了笑："原来，她叫绿荞啊。"

一行人进了雅间，只留安广、福顺和阿乐在外面守着。

倒不是这三人身份不够，只不过他们接下来要说的事情尤为机密，总要有人在外面看着，以免被人偷听了去。

若是安广一人守候，未免太扎眼了些，所以阿乐和福顺两个笑呵呵的小厮站在门口，从楼下看，怎么瞅着都像是老爷公子在里面逍遥快活，侍卫小厮在外候着，不方便进去扫兴。

“这位公子是怎么知道奴家身份的？”

既然已经挑明，柳仙仙便收起了刚刚的笑容，关上门，开门见山地问道。

安盛平刚刚坐在宋慈旁边，并未看到他用手挡住脸时说的那几个字，倒是徐延朔，他本就是半个江湖人，白道黑道都有接触，自然知道宋慈说的那三个字是何等重量。

只是徐延朔做梦也没想到，这看起来娇滴滴的柳仙仙，居然真的会是言螺殿的人。

如今的江湖有四大门派，这四大门派虽然成立的时间都不超过三十年，但影响力却比很多历史悠久的名门正派还要更大、更广。

而这言螺殿便是其中最特殊的一派。

言螺殿的特殊，是因为这门派里的人全都是女子。

“江湖上有四大门派——雁北堂、言螺殿、天鲸帮和迎风阁。这迎风阁做的是杀人的买卖，据悉整个江湖最好的刺客和杀手都在迎风阁，所谓‘阎王叫你三更死，谁敢留你到五更’，所以……”

“所以有钱能使鬼推磨，只要交了钱，这世上，就没有迎风阁杀不了的人。”

后面这半句话，是徐延朔替宋慈说的。他是金刀名捕，打交道最多的，自然就是那杀人不眨眼的杀手。不过虽然这迎风阁手下的人命案多，可他们却并不招人讨厌，毕竟迎风阁杀的，很多都是该杀之人，就像刚刚楼下那两人说到的岳家公子。

徐延朔身为朝廷命官，有些话不方便明说，但他心里也有一杆秤。

“至于这天鲸帮就有趣了，他们常年在海上活动，据说帮派的创始人刘海生就是靠打捞沉船发的家，只不过买卖做大了，只靠捞沉船就不够了。”安盛平虽不是江湖中人，但他博览群书，认识的人也不少，从小到大，没少听这些江湖上的故事，“后来，他们把触手伸向了陆地，听说沿海一带的有钱人家下葬，都要先去拜码头，如若不事先拜过，保不齐前脚下了葬，后脚就被人挖了坟，掘了墓。”

宋慈点头，其实他对迎风阁和天鲸帮了解都不多，要真说起这四大门派来，他唯一实质接触过的，也就只有那一人而已。

“前几日赶路时，我恰巧经过了一处叫三里坡的村子。”

原本明明在说着四大门派，不知为何，宋慈突然话锋一转，跳到了看似毫不相干的问题上。是以安盛平和徐延朔面面相觑，也不知宋慈要表达什么。

倒是柳仙仙，一直沉默不语，静静地看着他，倒想看看他葫芦里究竟卖的什么药。

“三里坡，住着位叫七叔公的老者，他五十岁老来得女，生了三个漂漂亮亮的小姑娘。三个姑娘是三胞胎，身高样貌自然就像是一个人一样，十六年后，三人全都生得亭亭玉立，想不到竟又一起定了亲，索性连成亲的日子也选在了一天，三姐妹一起嫁了人。”

宋慈声线清冷动听，讲起故事来，也是娓娓道来，明明是件不起眼的小事，到了他的口中，竟也让人听了有种欲罢不能的感觉。

“那一天，天气晴朗，七叔公一大早就起了床，他扛着锄头，去后院挖出了三十岁娶妻那年便埋下的整整六十坛女儿红，他原本想着，婚后一年抱俩，两年得仨，谁承想一直到了五十岁，妻子才为他生下女儿，所以……”

柳仙仙笑了："所以，那六十坛女儿红，整整在地下埋了三十六年？"

徐延朔喜欢喝酒，仅仅只是这么听着，都仿佛闻见了那带着泥土的酒香……三十六年时间不短，那酒想必甘醇无比，若是不会喝酒的人，怕是一开封，只闻酒气，都会醉了。

"是啊，"宋慈带着微笑，继续说道，"七叔公高兴，于是他大摆宴席，没有好菜，就用好酒招待往来的客人，不管是谁，不管认识不认识，哪怕是路过，都可以去喝上一杯，沾沾喜气。"

安盛平也笑了，他本想问问宋慈喝了几杯，可宋慈的酒量他是知道的，这种酒，怕是只要一两杯，宋慈就吃不消了。

可谁知，宋慈却并没有提到自己，因为，他要说的是另一个人。

"那一天，有个人从天蒙蒙亮就一直坐在席间喝着，他从第一桌开始，喝到了最后一桌，从日出喝到了日落……这人穿着件粗布衣裳，头上戴着顶斗笠，一坐就是一天，一喝就是整整三十七坛酒。"

"三十七坛！"徐延朔简直不敢相信自己的耳朵，"你说他喝了三十七坛，而不是三十七杯！"

"三十七坛，我数着，七叔公数着，到了后来，村里所有人都来数着他喝酒，就连七叔公那三个女婿也忘了待客，三个女儿也摘了盖头，几百个人围着他，什么也不做，什么也不说，就这么默默地看着他喝酒。"

柳仙仙蹙起了眉，脸上的笑容变得有些无奈起来。她似乎已经想起了这个人是谁，是啊，这样的人，除了他，这世上哪还找得出第二个！

宋慈笑了："这人喝了三十七坛，只说了一句话。"

安盛平没见过那景象，但想也知道这人当时有多威风。黄昏时分，夕阳打在他的斗笠上，他一只脚跨在板凳上，一手举着个酒坛子……

"那人说什么？"

"他擦了擦嘴，说了一声，'好酒'！"

"哈哈哈哈哈哈！"安盛平抚掌大笑起来，"有趣有趣，这人真是有趣得紧！只可惜我没亲眼看到，不然真想和他交个朋友！"

徐延朔也瞪大了眼睛，若是这话从别人嘴里说出来，他只当是在吹牛，可偏偏说这话的，却是宋公子。

他相信宋慈，所以，那人必定是真实存在的！

柳仙仙似乎是彻底认了命，负气一笑："你说的这人，是不是叫铁鱼？"

"是，"宋慈点了点头，"他就叫铁鱼。"

"铁鱼？"安盛平虽然觉得名字有些耳熟，但一时间却怎么也想不起来，"你说的是哪个铁鱼？"

"他说的是雁北堂的堂主，"柳仙仙笑了，她知道，自己这一次是真的栽了，"除了他，这世上哪还有别的铁鱼！"

经她这么一点拨，安盛平立刻想起，那雁北堂的堂主，就叫铁鱼。

只是，这人虽是个奇人，却终年神龙见首不见尾，想不到宋慈来湖南的路上竟然有此奇遇，可以遇到他！

再看柳仙仙，脸上虽然挂着笑，但笑容却明显和刚才不同，似乎透着几分无奈，又带着些许的甜蜜。

虽然她年纪比起楼下那些姑娘来，要略大一些，可看起来，她仍旧是个风韵犹存的美人，而且身上带着股成熟女人才有的气度。若她换上一身衣服，洗去浓浓的脂粉味儿，就算不是倾国倾城、闭月羞花，可也对得起她“仙仙”的名字。

只是，不知这柳仙仙是不是她的真名？也不知，她和雁北堂的铁鱼到底是什么样的关系？

而她，显然也不想解释什么，她只知道，是铁鱼叫他们来寻的自己。

有他做担保，她还有什么不能说的？

可即便如此，她还是忍不住埋怨道：“他倒是大方，几杯酒下肚，就把我给卖了！”

宋慈见她误会，赶紧摇摇头，朝她行了个大礼：“老板娘您误会了，铁大哥并没有说您的姓名，也没有指明您的所在。他看了四郎写给我的信，知道了长乐乡发生的这几起奇案，只是跟我一起分析了案情，又说他有事在身，不能随行帮忙，且说如果我要是想打探消息的话，可以去找一间人多、热闹，又鱼龙混杂的酒馆。因为他那朋友不但长得漂亮，而且特别喜欢热闹，喜欢喝酒，所以去找这么一家酒馆准没错！”

“你倒不用替他说话，他没告诉你我的名字和我栖身的地方，这一点，不用你说我也知道！”柳仙仙红唇一撇，轻轻扬起笑，“老娘每到一处，做过什么，改了什么名字，他根本就不知道！不过，三年前一别，他知道我要来这长乐乡，自然也就只能告诉你这些而已。”

宋慈也笑了，因为他看得出，那柳仙仙和铁鱼之间，必然有着很深的羁绊，如若不是，刚刚他揭穿柳仙仙身份时，她便极有可能当场翻脸。此时她非但没有生气，还跟他们有说有笑，想来，这个忙，她是愿意帮的。

“可是小子，就算你瞎猫碰死耗子，真的碰对了地方，可芙蓉阁这么多人，你是怎么猜出我便是那死鬼告诉你的人？”

“因为，铁大哥还告诉我一件事。”

“什么事？”

“他说，那人虽是个打着灯笼难找的大美人，可偏偏，她眼睛是瞎的……”

柳仙仙蹙眉，虽然早就知道那厮说不出什么好话，可凭什么说她瞎！

好在，宋慈接着说了下去。

“他说，那姐儿一不爱金银，二不爱俏，一般姑娘喜欢的小白脸儿，她连瞧都懒得一瞧。”说到这里，宋慈似乎是觉得有趣，自己先忍不住笑了，“她啊，就喜欢我这种皮糙肉厚的粗人。”

“他真这么说？哈哈哈哈哈！”柳仙仙抚掌大笑起来，她这话虽然是问句，可答案，不用宋慈回答，她也知道。

不过听了这话，安盛平和徐延朔却只能苦笑了。

看不上小白脸，只喜欢粗人？

那他俩谁是小白脸，谁又是粗人？

宋慈这番话虽然逗得那位仙仙大姐很是开心，可却一棒子打死了一船人，把安盛平和徐延朔两人都给骂了。

“好了，废话不说了，你今天来，就是想问那方玉婷杀人挖心一案？”柳仙仙是个痛快人，既然话都说到了这里，自然也不藏着掖着了。她性格如此豪爽，倒是叫安盛平和徐延朔也有些刮目相看起来。

要知道，这言螺殿的消息，向来最广也最真实。

言螺殿的女子有的年轻漂亮，有的貌不惊人；有的是青楼名妓，有的是达官贵人的小妾、丫鬟；有的在江湖上呼风唤雨，一呼百应；有的不过是路边茶肆酒楼的厨娘、洗碗工……

她们每天都过着或是精彩纷呈，或是千篇一律的生活，而她们这样做的目的只有一个，就是要打探到那些不为人知的秘密，藏得越深，利用价值也就越大！

这世上，有些人不爱财，有些人不怕死，但是却没有人心里没有秘密，一个人的秘密就是他最大的弱点，只要你善于发现和利用，就能用这些秘密去控制别人为你所用。

“关于方玉婷，我知道得不多，我只知道，她生前和那江鸣赫有过婚约，后来江鸣赫金榜题名之时，她却莫名其妙自杀了，大家都传，说是因为她红杏出墙，遇到了另一个男人，结果却被人骗了，最后羞愤难当，所以才上了吊。不过……”柳仙仙蔑视地一笑，“这世上，看不得别人好的有的是，尤其是女人，漂亮的死去的女人，更是会被人套上些粉红色的段子，说你不贞洁，不守妇道，死了也是活该！”

对于她的说法，宋慈表示认同，方玉婷死了，活人尚且说不清，她一个死人，又能解释什么？自然，是别人想怎么说，就怎么是了。

“那她死后，江鸣赫又如何了？”

他不知道江鸣赫后来遁入空门，当起了和尚，关于这一点，安盛平在信中并未提及。

“他啊，他不是辞了官，跑去当和尚了？”

“和尚？”

“是啊，现在他法号释空，就在那法源寺，我听说，前些日子，两位大人还把他请去问话了不是？”

她说着，目光飘向安盛平和徐延朔。

安盛平点了点头，示意宋慈自己早就知道这个人，只是还没来得及告诉他。

“既然不知道方玉婷的事，那关于那几位受害者，柳姑娘可有什么内幕？”徐延朔一脸严肃地看着她问道。

柳仙仙笑了，这人从进门起就一直板着脸，也不知道他笑起来，会是什么样的表情？或者说，他根本就不会笑？

“那几个人，我倒是知道一些。”

“哦？”宋慈眼睛发亮，“那还请老板娘指点一二！”

柳仙仙凤眉微微一挑，脸上虽然还带着笑，却不知为何，好像有些故意刁难似的，双手抱住肩膀，长吁了一口气。

“这位公子，就算你是铁鱼的朋友，我也不能坏了规矩。”

“规矩？”

“是啊，既然你知道言螺殿，那就该知道，咱们做的是什么样的买卖！我们都是些妇道人家，这消息来之不易，所以……”

“所以如何？”宋慈默默苦笑，虽然明知道她是有意捉弄，却偏又没办法拒绝，“还请老板娘明示。”

“好！”那柳仙仙抚掌轻笑，“我就喜欢痛快人！既然如此，我就做一回亏本买卖，只要你们每个人告诉我一个秘密，今天我就知无不言，言无不尽，你想问什么，我就告诉你什么！”

她从刚刚开始，已经变了好几次表情，或是为难，或是凶狠，或是妩媚，或是豪放……但偏偏，她虽然变脸变得快，却又一点儿不让人觉得违和，好像每一个表情都是她心中所想，既生动又招人喜欢。

也许，这就是她年纪轻轻便能成为言螺殿骨干的原因。

这女人不但美，而且让人觉得真实。

哪怕，她所说所做的一切，都只是为了套出你心中的秘密。可即便明知如此，你还是会忍不住向她倾吐心声，告诉她她想知道的所有答案。

“这……”

宋慈虽然可以答应她，但毕竟这屋里不止他一个人，于是看了看安盛平和徐延朔。

安盛平本身就是个有趣的人，因此也不避讳什么，反而对这柳仙仙又生了几分好感：“我没意见，只是不知道徐大人意下如何？”

徐延朔和他们身份不同，他身为朝廷命官，知道很多黑白两道的内幕，所以这样的约定对于他来说，实在有些强人所难了。

“放心，我不会问徐大人什么犯了忌讳的事情的！”

柳仙仙红袖掩面，一双眼睛带着笑意在他脸上扫过，惹得徐延朔不禁蹙了蹙眉，却也只能无奈地默允了。

“既是如此，”宋慈见状，率先行了个礼，“老板娘想问宋某什么？”

“这个嘛……”她眼珠一转，“每个人心中都有秘密，既然是秘密，自然是不能随意告诉别人的。我虽然与几位做了买卖，但也不会勉强你们，所以，我就把我想问的写在纸上，你们写好答案告诉我一个人便是，彼此间，也不用尴尬，如何？”

"这个办法好！"安盛平率先表示认同。

"那就这么办吧。"徐延朔也跟着点了点头。

柳仙仙说做就做，居然真的翩然一转，进了里屋。不多时，她手里端着个托盘走了出来，托盘上放着三个信封，旁边还摆着一套笔墨纸砚。

"三个信封里，有三个问题，也不是特意针对谁，所以你们就自己选吧，选中了哪个，就在哪个下面作答即可。"

她说着，将托盘放到了桌上，笑嘻嘻地退到一旁，等着看他们选择。

这事既然是宋慈开的头，第一个选的，当然也是他。

他看了看三个信封，直接取了最上面一个。

这时，柳仙仙突然拍了拍手，咳嗽了一声。

安盛平与徐延朔对视一下，无奈地笑了笑，一起默默地转过了身。

身后传来宋慈拆开信封的声音，还有一声低低的笑。接着，他提起笔，在纸上寥寥写了几个字，然后装好，又放回了信封之中。

接下来，如法炮制，安盛平第二个进行了选择。

徐延朔一直背对着他们，什么也没有看，什么也没有想。待到终于轮到了他，柳仙仙用手轻轻拍了拍他的肩膀，示意他也去写下自己的答案。

于是，徐延朔按照约定好的，转过身，取了桌上仅剩的一个信封。

至于已经写好答案的宋慈和安盛平，并排站在一旁，正背对着自己，不知窃窃私语什么。

徐延朔也没有多想，直接拿起那信封打了开来。

那是一张带着花香的纸笺，左下角居然还印着一只栩栩如生的蝴蝶……虽然那柳仙仙妆容浓烈，打扮得也十分妖艳，但那纸笺却显得清淡雅致，好似是一个大家闺秀写给情郎的书信。

徐延朔拧紧的眉头微微舒展开来，直到，他看到了那纸上写的几个字……

那是一串工工整整的蝇头小楷，字迹娟秀柔美，而上面写的问题却叫人哭笑不得。

他原以为那柳仙仙会趁机问他一些朝廷的内幕，或是什么江湖上的秘密，谁承想，她居然只是问了他一句话。

她问："你觉得，我这坠子美不美？"

徐延朔抬起头看着柳仙仙，却发现她也在一动不动地盯着自己。那表情好似一只被人抓了现行的小狐狸，笑得既妩媚又狡黠。

而直到此时，他才注意到，她那胸前居然挂着条纯金的链子，上面吊着个鸡心的坠子。

那是块红色的宝石，垂在开得恰到好处的领口，随着她的呼吸上下起伏，好似有生命一般灵动。

而柳仙仙似乎还怕他看不明白自己所指的是什么，居然有意无意地，用涂着蔻丹的指尖轻轻抚过那宝石光滑的表面。

徐延朔顿时觉得一股热血直冲向头顶，羞涩之余，竟还有那么一丝丝的气愤。

难道，她问他们三人的问题都一样？

想到这里，他居然又一次蹙紧了眉头，提起笔，在那纸笺上写下几笔，然后将笔一甩，扔到了桌上。又将那写好答案的纸折好，塞回了信封里。

柳仙仙笑得似乎更加开心了，她不等徐延朔装好信，直接上前几步，抢了他手中的信封。

接着，又连同宋慈他们的信封一起，看也不看地塞回了衣袖之中。

安盛平笑了："老板娘不看看我们的答案吗？"

"你们走了，我自然会看，放心吧，我看完以后就会把它烧了，你们不用担心落了把柄在我手中！"

虽然嘴上这么说，但她所问的问题已经知道了答案，留不留下那张纸，又有什么意义？

不过这是她的要求，既然他们已经达成了，那他们也算是完成了任务。

"我们已经按照老板娘说的做了，那老板娘是不是也该回答我们的问题呢？"

柳仙仙也不含糊，盈盈一笑："当然，我柳仙仙说到做到，既然答应了你们，肯定不会反悔的！你不就是想知道那几个死鬼的事吗，别废话，咱们就一个一个来吧！前两天刚死的那位岳公子就不用我说了，你们在楼下也听见了，那人家里有钱，从小就是个纨绔，尽干些欺男霸女的事儿，别说让人挖了心，就是叫人扒皮拆骨，切成块儿喂狗也不值当替他掉一滴眼泪！"

她说的虽然是实话，可也未免太直白了些，听得徐延朔皱起了眉头，不知道的，还以为岳公子跟她有仇呢。而一旁的安盛平却越发觉得这柳仙仙有趣，她样貌好，声音也好，虽然说的这些话不中听，但从她那张娇艳欲滴的红唇里说出来，反而别有一番韵味，让人觉得又泼辣又漂亮。

“至于第一个死的秀才，叫什么来着……”

也许是隔的时间有点久，她一时间，居然想不起那人的姓名了。

“姓聂，聂之重。”安盛平赶紧接道。

“嗯，姓聂的，他在那几个死鬼里，算是最穷的一个了，可人虽穷，却一肚子的坏水，一点儿不比那几个少。”柳仙仙说着，柳眉一挑，“他家隔了半条街的地方，住了个姓金的寡妇，年少守寡，没孩子，公婆也死了，原本做着卖胭脂水粉的买卖，日子也过得去。他比那寡妇小了三岁，却跑去勾搭人家，说什么待到金榜题名时，就娶她过门当正妻！金寡妇让猪油蒙了心，还真信了他的话，把家当都给了他。可他呢，一没用那些钱买书来看，二也没用在疏通关系上，反而拿了去花天酒地，光我这芙蓉阁，他就来了好几回！乐梅那屋，睡一宿可是要十两银子的，一般没点儿闲钱的可是进不去的！他居然来了三次，三次啊！”

说着还用手比出一个“三”的样子，不停在几人面前招摇，俨然一副为金寡妇打抱不平的态度。

“后来呢？”安盛平有些好奇，“那姓聂的中了秀才以后，有娶金寡妇的意思吗？”

“呸，怎么可能，钱都骗光了！后来他又换了目标，跑去书院勾搭他老师家的二闺女去了。”

“啧啧。”安盛平咂舌，这姓聂的，果然是个斯文败类，真给读书人丢脸。

“还有那姓张的买办，他早些年死过一个老婆，这事儿，几位应该知道吧？”

“知道的，据说是病死的。”

“哪里是生病啊，是常年被那畜生打骂，活活熬死的。”

“什么？还有这事儿！”徐延朔去调查时，特意走访了邻居，可众口一词，都说姓张的老婆是生了病死的，怎么这会儿，又变成被姓张的虐待而死了？他虽是个男人，但却最瞧不起欺负妇孺的行为。

“都过了那么久了，大家都不想惹事吧。”

徐延朔想了想，觉得她说得也有些道理。毕竟他当时穿了官服，再加上许是当武官久了，身上总带着股煞气，就好像那天李小莲一案，他没穿官服，没带佩刀，都把李小莲的娘吓得不敢说话了。

“如此说来，这几个人，都是死有余辜了……”宋慈苦笑，“那位师爷又是如何？”

再怎么说，吴晋也是当差的，应该不会像其他三人这般为非作歹吧？

想不到，柳仙仙一声冷笑：“哼，他也算个人？”

听这话的架势，那吴晋的为人，怕是还不如另外三位了。

“到底怎么了，柳姑娘您说吧，”安盛平早就对唐县令没什么好感了，连带着，对吴晋也没抱什么希望，此刻声音冷冷地道，“我倒是要看看，这唐县令的好师爷做了什么不得了的大事！”

“好，那就恕奴家直言了，这吴晋啊，死都便宜了他，应该挫骨扬灰，把头挂在城门上，让老百姓进出时，都能啐上一口！”

“他到底做了什么？”这下，连宋慈也不禁好奇起来，柳仙仙为何对吴晋如此恨之入骨？

“三年前，隔壁村闹灾荒，那时候我刚到长乐乡不久，也是刚刚开了这芙蓉阁，姐妹们虽然挣得不多，可我们看不得那些老幼病残受苦挨饿，捐钱捐粮的事儿，我们也没少做。朝廷拨了银子，却被那唐县令和吴晋敛走了大半，到了灾民手里，就没剩下几个钱了。老百姓活不下去，只能卖儿卖女，吴晋见这事儿又是个敛财的机会，就半买半抢的，收了几十个孩子和少男少女，长得漂亮的，就留在自家院子里，糟蹋完，便打发人牙子去卖了。至于那些本来长相就一般，身子骨也不是太好，卖不出去的，就直接乱棍打死，扔在了城外的乱葬岗……”

“这个畜生！”

徐延朔气得用力一拍八仙桌，他内力太过深厚，居然一掌将桌子震开了一道缝。

“两位公子，我这就去抓了那姓唐的！”他是个急脾气，半点也不想等，既然吴晋做下如此胆大包天的事，那身为上司的唐松，自然也逃不开关系，“他们两个都不是好人，今天我非办了他不成！”

安盛平见他如此激动，赶紧伸手把他拦住：“徐大人息怒，这事儿咱们慢慢来，今天咱们先听柳姑娘把话说完！”

徐延朔看看他，又看看柳仙仙，只好先压制住自己的怒火，打算等她讲完这些人的丑事再做打算。

“总而言之，虽然你们一个个都觉得方玉婷是个厉鬼，是杀人不眨眼的女魔头，可在百姓心里，她却是个为民除害的女英雄！当然，有些人除外。”柳仙仙耸耸肩，那红色的薄纱随着抖动从她的肩头滑落，她站在徐延朔身侧，因此那裸露的肩头，正好印入徐延朔的视线，害得他赶忙转过脸去，只是不知为什么，他耳根竟有些发红。

这一幕，恰被站在对面的安盛平看到，他锁紧了眉，想笑，但是此时此刻，又似乎不太合适。

“最后再请教一个问题，像你刚才说的这样的人，这长乐乡，不知还有几人？”

宋慈这话问得很有先见之明，柳仙仙人脉广，消息灵通，这城里的男人什么样，她最清楚。如果想抓到那“女鬼”，必然要从她下一个要下手的目标开始找起。

他们在明，女鬼在暗，想要把她引出来，就只有这么一个方法了。

柳仙仙想了想，认真道：“其实要我说，这样的男人还真不少，可一定要说最符合这几点的，却只有六个人。”

“哦，哪六人？”

“一个是南城开酒楼的李员外，他今年四十有三，家有良田百亩，店铺三间，不愁吃穿，妻妾成群，但这人却是个十足的色鬼，仗着有钱，常干些强抢良家妇女、逼良为娼的丑事。”

宋慈摇了摇头：“这人不行，之前几个受害者，都是孑然一身，就算身边不缺女人，可名义上，却无妻无妾，所以才会收到那女鬼的婚书。”

“这么说的话，赵老爷也可以排除了……”柳仙仙掐着指头算了算，“还剩下四个，不过其中一个喜欢的都是男色，这人也不能算吧？”

宋慈苦笑：“自然是算不得数的。”

“那就只剩三个了，一个是常年在北市卖画的画师，这人姓柴，单名一个峻字，二十三四的年纪，生得唇红齿白，虽是个男子，却比女人还要漂亮。他打着给人画像的名义，不知勾搭了多少大家闺秀和富人家的妻妾，专靠女人拿钱供养。他也算有些本事，即便他风流成性，可偏偏那些个夫人小姐却又碍于面子，不敢承认与他有关系。我找他来给几个姑娘画过画像，她们也不知是怎么想的，一个个被他勾得没了魂儿，可依我看，不过就是个弱不禁风的小男人罢了！”

听她这么说，宋慈不由得想起了铁鱼说的那番话，果然，这柳仙仙不爱俏只爱糙。越是好看的男人越吸引不了她，她喜欢的，是像铁鱼和徐延朔那样的铁血真汉子。

“嗯，这人确实符合，那另外两个呢？”

“还有一人，今年应该是本命年，刚满二十四，他姓翟，名叫翟金玉，倒是真真人如其名，是个金玉其外，败絮其内的货色。若是我没记错的话，他好像是正风书院的一个管事，平时倒也用不着他来教书，他只是负责招生和收取学费罢了。据说他没少从中捞钱，才干了短短一年，乡下老家就盖了新房子。”

“听你这么说，他似乎只是贪财罢了，好像和女色并无关联啊？”

“谁说没关联！他可是骗婚的老手了，据说光是定亲就七八次了，可不知道为什么，最后都退了婚。说来也是奇了，别的男人定亲，都是大把大把的银子往外花，可偏偏他每次退了婚，家里就又比定亲前要更富上了几分！也不知是耍了什么手段，居然没有一个人来追究，好像都是女方心甘情愿退婚退聘礼一样！”

“哦？”安盛平好奇地问道，“那倒是奇了！想不到退婚也成了发家致富的营生了……既然如此，怎么还有那么多人愿意和他攀亲啊？就不怕闺女没嫁出去，还惹了一身骚吗？”

“呵，耐不住他藏得深啊！连我都不知道他用了什么手段，何况别人。再说他那职位好得很，有的是油水可捞，人长得也算过得去，怎么说都算得上前途无量了。这样的女婿，不知情的话，谁不想要啊！”

“也对，那这最后一人呢？”

“最后一人？”柳仙仙往屋外撇撇嘴，笑道，“说来也是巧了，就在这层。”

“这层？”

“是啊，就隔着两个房间，他包了迎春和早蕊的场子，现在三个人正快活呢！”

三个人……

宋慈和安盛平不禁对视一眼，这话实在太有辱斯文了，他们听着都觉得不好意思。再看徐延朔，更是憋得红了脸，全然没了刚刚的霸气。

“这人又是什么来头？”

“此人复姓上官，叫上官笠，他爹是谁，也不用我说了吧？”

“上官？”安盛平听到这姓氏，立刻沉了脸。

“怎么了？这人到底什么来头，公子莫非认识？”徐延朔不明所以，好奇地问道。

安盛平看看他，又看看宋慈，似乎不好开口，但犹豫再三，还是说了实话。

“家姐之前嫁给了已故的护国将军董昭的二儿子董疏城，这上官家，是董家的亲戚，所以这上官笠应该是……”

“应是董疏城的表兄弟。”宋慈替他说道。

只是，他说这些话时，脸上没有任何的表情，是以安盛平也看不出他到底是怎么想的。

虽然董家一族已经没了人，但这毕竟是他们的老家，免不得有几个沾亲带故的人。

只是，以宋慈和他姐姐的关系……

安盛平实在猜不出宋慈的想法。

“合着，那小畜生是你家亲戚啊！”柳仙仙看出安盛平与上官笠只是八竿子打不着的亲戚，因此也不畏惧，笑着打趣道，“那上官笠的爹就不是什么好人，打着董将军的名号在这长乐乡作威作福好些年了，如今，虽然董氏一脉都死光了，可瘦死的骆驼比马大，那上官家依旧天高皇帝远，什么都不怕。”

“你说他打着董家名号作威作福？”安盛平心头涌起一股无名火，姐姐一个人在这穷乡僻壤守寡已经够可怜了，还要替那上官家担上骂名，岂不是更加不值！

“哟，合着小公子你不知道啊！那上官笠可是放了话了，就算他表哥死了，表嫂还在，他表嫂是郡公家的千金，掌上明珠！有什么事儿，他上头有人，不怕！”

安盛平被她这话气得差点厥过去，合着除了董家，现在连他们安家也被这上官笠给惦记上了！

难怪他人刚到长乐乡那会儿，一直有风言风语传来，原来他人还没到，名声就先被那上官笠给坏了！

“气死我了！”这一次，不等徐延朔发作，安盛平倒是先怒了，撸胳膊卷袖子的，打算出去找上官笠大干一架。

“安广！”

只叫了一声，大门就被打了开来，那安广不知少主发生了何事，但看他这脸色，也知道他气得不轻。他和少主一向同心，现在别说打一架了，就算让他直接去要了上官笠的命，也就是安盛平一句话而已。

宋慈想劝住安盛平，但是手都举了起来，却又鬼使神差地，在几乎碰到安盛平衣角时硬生生地停住了。

他看着安盛平，终究没有说话。

“去！去……”安盛平不知上官笠在什么房间，扭头看向柳仙仙。

柳仙仙唯恐天下不乱，坏笑着指了指，小声道：“月香阁。”

“嗯，月香阁！去，去把上官笠给我带过来！”

安广应了一声，头也不回地冲了出去。

紧接着，就听到不远处的房间里一片鸡飞狗跳，摔盘子摔碗的声音，其中，还夹杂着两个女人的尖叫和一个男人的哀号。

不消片刻，安广就提着个几乎赤裸着的男人走了进来，他二话不说，直接把那男人往地上一扔，然后随手关了门，把包括福顺和阿乐在内的二层看热闹的几个人一起关在了门外。

“反了你了！你、你知道爷是谁吗？！”

那男人抬起头来，样貌倒也算得上周正，只是此刻身上几乎没穿什么，只在腰间围了块布单，显然，还是刚刚安广觉得男人光着身子太难看，所以才给他围上的。

他头发凌乱，脸颊和胸口还有不少淡红色的唇印，想必刚刚在月香阁，被迎春、早蕊两个姑娘伺候得正舒坦。

安盛平本来就气，再看这个男人，更是气得火冒三丈，走过去，对着男人胸口就是一脚。

“反了你了！你知道爷是谁吗！”

那上官笠虽然只是个远房亲戚，可安盛平初来这长乐乡时，他也是上门拜见过的。况且，以安盛平的样貌，凡是见过他的人，哪怕只看过一眼，都不可能会忘记，所以，当上官笠看清来人时，顿时傻了眼。

“说，你打着董家、安家的名义，到底在这长乐乡做了多少恶心事？”

安盛平一张脸憋得通红，脖子上的青筋都冒出来了。董家一门忠良，安家也都是圣上面前的红人，如今却被他这只小虫污浊了两家的威名，安盛平怎么可能不气！

“四爷饶命！四爷，我知道错了！”

上官笠匍匐在地上，抱着头，连看都不敢看他。

“彻查，给我好好查！”安盛平也懒得理他，直接吩咐安广把他收监，“让唐松给我好好审，不是说是我安家的亲戚吗？那好，那我今天就大义灭亲了！”

徐延朔扶额：“公子，这唐松不也……”

“先给我办了他！他的事完了，再收拾唐松！”说完，又不解气地踹了上官笠两脚，不顾他的哭号，叫安广直接把他提了出去。

宋慈认识安盛平多年，却从没见他如此失态过，不过想想也是情有可原，安盛平这个人一向把家族荣誉看得很重，而且，他和三娘之间的姐弟情也最深，若是他一人也就罢了，现在连带上了安家和安雨柔的名声，他又怎么可能咽得下这口气。

只是，自己刚刚明明可以拦住安盛平的，却不知为什么，偏偏停了手。

有些人，也许真的放不下吧？

“好了，现在你把这上官笠给扔进大牢了，咱们想找方玉婷下一个下手的对象，就只剩下柴峻和翟金玉了。”

听宋慈说完，安盛平才意识到自己刚刚实在是欠缺考虑，不过直到现在他还气得发抖，所以就算再来一次，他还是会这样做。

“两个就两个吧，还容易呢。”他有些破罐破摔地回道。

“容易？”宋慈笑了，“可万一，咱们撒错了网呢？”

“那也没辙！真错了，我再把那上官笠放出去，让女鬼替我办他！”

说完才发现，其实这个主意比抓了上官笠更好，不过后悔也晚了。安盛平索性闭了眼，不再说话。

倒是一旁的柳仙仙笑了，她不动声色地往徐延朔身上靠了靠：“徐大人，那月香阁打破的碗碟，还有被吓到的我的姑娘，您说可怎么办啊？”

徐延朔赶紧退了两步，想要和她拉开距离。

徐延朔有本事单枪匹马对付七八个大汉，却在面对柳仙仙这绕指柔时，完全失了方寸。

安盛平叹了口气，掏出锭银子放在桌上：“今天是我冲动了，我给柳姑娘赔罪。福顺，你善后！没什么事，我们就告辞了。”

柳仙仙拿起那锭银子，轻轻一掂量，笑了：“成，有空您再来啊！”

安盛平这才睁开了眼，他扶着额，掩着脸，头也不回地走了出去。

宋慈和徐延朔知道今天只能到此为止了，朝那柳仙仙点了点头，也跟着想要离开。

可谁知，就在他们刚要迈步出门时，柳仙仙突然叫了一声：“徐大人，留步。”

徐延朔停下脚步，回过头。

“姓徐的，有件事儿，提醒你一下！”柳仙仙斜倚在那被他拍出一道裂缝的八仙桌旁，纤腰盈盈一握，肩膀上的衣衫仍旧没有提上去，她掰着手指算了算，然后朝他嫣然一笑，“还有半个月左右，就是那方小姐的死忌了。”

徐延朔心头一动，面上却不动声色地朝她点了点头，什么话也没说，走了出去。

待到众人下了楼，这才发现仍在外候着的，却只剩下了福顺一人。

宋慈微微皱起了眉：“阿乐呢？”

福顺抿嘴一笑，脸上带着种暧昧，伸手朝大堂的角落指了指。

宋慈顺着他的目光，居然看到阿乐正站在墙角和那个绿裙子的姑娘说着话。

这大堂内推杯换盏，好不热闹，再加上距离有些远，因此根本听不到他们在谈论什么。不过从那女子的衣着打扮来看，她应该就是阿乐钟情的那位绿荞姑娘。

“呵，想不到阿乐也是个聪明的。”安盛平双手抱肩，斜倚在门边，似笑非笑道，“倒是比他家主子有魄力。”

安盛平话中有话，说话时，眼神也有意无意地在宋慈脸上瞟过，带着股挑衅的意味。似乎是在埋怨他不懂争取，对安雨柔一再错过。

除了苦笑，宋慈却不知该如何回答。

他迈步往前，想要唤一声，叫阿乐赶紧跟自己回去。可还没来得及开口却被安盛平一把抓住了胳膊，此时，安盛平脸上的笑容也化作了一缕难得的温柔："算了，他也不小了。"

一句话，倒让宋慈叫也不是，不叫也不是了。

"福顺！"安盛平叫了一声，也没刻意说什么，点了点头，又拉着宋慈，将他拖出了芙蓉阁的大门。

那福顺比猴子还精，当然明白主人的意思。他点头哈腰地将几位公子、大人送了出去，也没去叫阿乐，而是一招手，拉了个正在一层大堂内如彩蝶般穿梭的，稍稍有些身份的妇人。

"哎哟，这不是福顺嘛！"那妇人年纪要比身边的莺莺燕燕大一些，是跟着柳仙仙一起打理这芙蓉阁的。

福顺从袖口掏出张叠好的银票，递了过去："看见那个跟绿荞一起的小哥了吗？"

女子接了银票，打开看了看，眼睛瞬时亮了起来，再看他时，脸上的笑容也越发谄媚："看见了看见了！"

"好生伺候着，那是我们爷的贵客。"

福顺跟着郡国公家的那位四公子，这妇人是知道的，心中不禁对那阿乐的身份产生了几分好奇。她下意识地抬起头，望向二楼。

柳仙仙倚在扶栏上，微笑着注视这一切。她与那妇人的眼神对到了一处，微微颔首，却又不动声色地摇着扇子，翩翩然转了个身。

二楼的走廊上，因为上官笠被人赤身从房里抓出来而造成了不小的骚动。此时，那两位被上官笠叫去房中伺候的姑娘也穿上衣衫，委屈地从房里跑了出来，打算找柳仙仙诉苦一番。

"行了行了，多大点事儿啊！"她的笑，妩媚之中，又透着些跋扈，似乎根本不把金主被抓当作一回事，"哭什么哭，这么美的小脸儿，哭花了，多叫人心疼！”

一席话，竟又惹得走廊上几位客人也笑了起来，争先恐后地来讨好那两位年轻漂亮的姑娘。

而她俩也娇滴滴地破涕为笑。喧嚣热闹的芙蓉阁，再一次回到了歌舞升平、莺声燕语的繁华之中……

第五章　窦氏死亡之谜

那一夜，阿乐没有回客栈。

宋慈心里虽然觉得有些别扭，可也没有太过担忧。与安盛平、徐延朔他们离开芙蓉阁后，他便回了客栈，早早地就寝了。

谁知第二天一早却又被一阵急促的敲门声吵醒，他睡眼惺忪地披上袍子，打开门时，却看到了一脸焦急的福顺。

“宋公子！对不住，对不住！”他那张总是带着笑容的圆脸，此刻却愁容满面，“您快跟我去看看吧！”

宋慈的睡意顿时醒了一大半，下意识地迈出房门，朝着隔壁的房间看了看。

那是阿乐的房间，但此刻，即便他这边这么吵闹，那房门却紧紧闭着。很显然，阿乐根本不在房里。

一种不好的预感油然而生，他不由得蹙紧了眉头。

“怎么回事？”

“是阿乐……不、不对，”福顺苦着一张脸，无可奈何道，“他和那绿荞，出事了！”

芙蓉阁外围满了人，只是与夜晚时灯火通明、热闹非凡的感觉不同，现在的芙蓉阁，俨然成了个是非之所。门外的男女老少，全都不避讳地指指点点，一个个的，义愤填膺，恨不得冲进去拆房揭瓦。

福顺引着宋慈下了马车，远远地，宋慈便看到了正等在门口的安广。

他的衣着还是昨晚那样，并没有任何改变。面无表情地站在那里，虽然冷冰冰的，可看起来却仍旧神采奕奕，英姿飒爽。

只是，他唇边和下巴上的胡楂却出卖了他，宋慈知道，他昨晚必定是彻夜未眠，连夜提审了上官笠……

“宋公子，”他虽然对宋慈没什么好感，但该有的规矩还是要有的，何况，少主在等着宋慈。“请。”他说着，拨开人群，护送着宋慈走进了芙蓉阁。

大堂里坐满了人，不仅有芙蓉阁内的姑娘，还有几个夜宿未归的客人。

正所谓人间百态，这些人脸上的表情也都大不相同。有的姑娘三五成群，摆出一副娇滴滴又害怕的样子，有的客人虽然不耐烦，但也不敢有所表示，怕引火上身。不过也有那么一两个不怕事儿的，正站在大门口和把门的官差理论，想要赶紧离开。

宋慈进了屋，却并没有看到阿乐或是安盛平的身影，他甚至连柳仙仙都没有见到。

整个大堂，除了昨晚看见的穿着淡紫色罗裙的妇人外，宋慈再没有看到熟悉的面孔。

“在哪儿？”

他低低问了一句。

安广冷着一张脸，没有说话，带着他朝二楼走去。

宋慈觉得有些奇怪，昨日柳仙仙不是说这二楼是有些身份的姑娘才能住的吗？而按照福顺所说，那绿荞姑娘……似乎并没有这个特权。

带着疑问，他跟随安广上了楼。

结果刚到楼上，就看到了正站在走廊上的徐延朔。

他低着头，正与柳仙仙说着话。两人脸上的表情都相当严肃，尤其是柳仙仙，也许因为现在是白天的缘故，她脸上的妆容素雅，衣着也较之昨夜朴素了很多。

一件粉底碎花的裙子，桃红色褙子，腰上系着条银白的腰带，头上松松散散地绾了个发髻，除了一支金步摇外，再无其他装饰。

此时的她与那一身绛色常服的徐延朔站在一起，竟然不论是身高外形，还是面庞气质，都有种说不出的和谐。

徐延朔见了宋慈，朝着他的方向招了招手，示意他快些过去。而柳仙仙也全然没有了昨晚的恣意，敛起表情，微微一个万福。

一路上，宋慈已经听福顺说了个大概，知道现在的情况确实不太乐观。但当他真的看到眼前的一切时，却还是忍不住长叹了一口气。

这二楼有不少房间，而每一个房间都有个雅致的名字。他进屋前，下意识地扫了眼挂在墙上的门牌。

和昨晚抓了上官笠的那间月香阁有着异曲同工之妙，此房间的门牌乃是“暗香阁”。

宋慈摇摇头，说是雅间，可其实，还不是那些达官贵人纵情声色的场所……起这些雅致的名字，又有何意义？

推开门，便有股浓烈的酒气和腥臊传出，宋慈不禁皱起了眉。

待到他迈步进了屋，才发现这里凌乱不堪，显然昨晚经历了一场大战。

安盛平端坐在桌前，神情严肃，看到宋慈终于来了，脸上的表情这才有所缓和。

那名唤绿荞的姑娘就跪在安盛平的面前，低着头，正在轻轻地抽泣。她衣衫不整，翠绿色的裙子竟然被人撕扯得破了好几处，尤其是裙下摆，俨然被撕烂成了几条破布，露出了里面浅粉色的亵裤和一双水红色的绣鞋。

而阿乐，就站在她的身边。

安盛平没说话，朝宋慈努努嘴，示意他看向里间屋的大床。

宋慈明知道阿乐正朝着自己投来求助的目光，却连看都没有看他一眼，绕过他们，走进了里屋。

和外间屋打翻在地的酒菜、破碎的花瓶、推倒的屏风相比，里屋倒是整洁了不少，似乎昨晚所有的战场都集中在那张硕大的雕花大床上……

水色的锦被，凌乱不堪的床单，扔了一地的衣服，还有挂在床脚的几块翠绿色的布条……

当然，还有正赤身趴在床上，早已死透的窦天宝。

窦天宝，男，今年三十有一，乃是这长乐乡内最大的酒庄——天福号的二当家。

掌管天福号的，正是他嫡亲的哥哥——窦天福。

昨夜，安盛平看出了阿乐对那绿荞有心，但正如柳仙仙所说，那绿荞姑娘心气极高，一般的客人根本进不了她的眼。

但昨晚不知何故，阿乐居然真的和她说上了话，再加上福顺的打点和那张高额的银票，她居然破天荒地没有抗拒，而是牵着阿乐的手，一起走上了二楼的容香阁。

虽然一楼也有房间，但福顺给的那银票，便是想在这二楼的雅间住上个十天半月也是绰绰有余。所以，那接了银票的女管事不敢怠慢，立刻安排了好酒好菜，叫绿荞好生伺候这位安公子的“贵客”。

关起容香阁的大门，阿乐与绿荞单独相处了将近一个时辰，而后，不知是什么原因，绿荞姑娘居然一个人打开房门走了出来。

而她刚刚走出没多久，便遇到了喝得酩酊大醉的窦天宝。

窦天宝平日里蛮横惯了，此时似乎又饮了酒，看上去神情恍惚，极度地暴躁。再加上，他原本想要找的那位姑娘居然因为身体抱恙不肯接客！一时间所有的愤怒和疯狂一起爆发，不由分说地将绿荞拦腰抱起，直接掳回了自己所在的暗香阁。

那一夜，绿荞经受了非人的凌虐，最后甚至昏了过去。

可当她醒过来时，虽然浑身是伤，但她毕竟还活着。反而是那窦天宝，莫名其妙地死在了她的身边。

两人同卧一张床，她甚至无法解释他是什么时候，又因为什么而死。

所以现在她和阿乐都成了最大的嫌疑犯，因为除了他俩，再找不出任何人有杀死窦天宝的动机和机会。

宋慈站在房里，长吸了一口气，然后叹出。

昨夜他睡得并不好，拜访过柳仙仙后，他一直在思考着她说过的那些话。

结合女鬼挖心案的几个受害人，他觉得自己似乎已经有了些头绪。但是没想到今天还来不及去细查，便赶上了这么恼人的一起命案。

他暂时不想跟阿乐说话，虽然他相信这不是阿乐做的，也没迂腐到要去避嫌。可他却怕自己会因为阿乐的话而先入为主，影响了判断。

所以，比起盘问证人和疑犯来，他还是想要先自己看看，好让心里有个底。

正如第一眼所见，这房里最引人瞩目的，便是窦天宝陈尸的大床。床单凌乱不堪，被褥全都散开堆积到床角。而一路走进去，地上、床榻边，到处都散落着脱下的衣物。

这些衣服有的是死者窦天宝的，有的是绿荞身上的。

不过后来绿荞苏醒了过来，为了遮羞，便又把衣服穿了回去，因此现在还剩下的，也就是一些撕碎的布条了。

宋慈自己虽然没有经验，但也知道男女之间有时候会有些小情调……而这，俨然已经超越了“情调”二字，甚至上升为了犯罪。

他还没有去检验绿荞姑娘身上的伤，可仅凭这一片狼藉，也能大致猜到昨晚的情景有多惨烈。

绕开那些衣物，他走到了床边，马上就闻到了一股腥臭的味道。

虽然受害人正赤身趴在床上，可从他侧着的后脑勺看过去，宋慈一眼就注意到了他脸旁的一大摊呕吐物。

人喝多了，又进行了激烈的活动，会昏迷甚至呕吐也是正常现象，但这会不会才是他真正的死因呢？

宋慈下意识地伸出手，等了一会儿，却没有人回应。他这才想起平时负责为他递送验尸工具的阿乐此刻还站在门外，而且，还成了本案的嫌疑人。

没办法，他只得朝屋外招了招手，叫福顺进来并去把他平时验尸用的那套家伙取来。

福顺听了他的吩咐，点点头，跟阿乐要了工具，马上送了进来。只是临出门前，却又忍不住在宋慈身旁低低道了一句：

"宋公子，阿乐可是委屈了啊……"

宋慈笑笑，没说什么，点了点头，示意自己会看着办。

待到福顺出了屋，他这才戴好手套，又唤了徐延朔和安广进来帮忙。

二人将窦天宝的尸体翻了过来，宋慈一眼便看到了窦天宝额上有一道拇指长的伤痕，似乎是被什么利器划破的，受伤后，也没有刻意包扎，所以那伤口旁还带着些血污。不过宋慈认真地检查了一下伤痕的深浅度，应该不足以致命才对。

接着，宋慈又按了按他的四肢，试着想要弯曲他的关节，但这尸体显然已经出现了尸僵，从其僵硬的程度，再配上他身上的尸斑来看，死了应该已经超过三个时辰了。

宋慈心里默默算了算，的确，那正是他们离开芙蓉阁后，阿乐独自留在这里的时间段。

因为窦天宝死前曾有过房事，所以此时全身赤裸，并未穿任何衣物。纵使都是男人，可有洁癖的安广还是忍不住别过了头，他微微蹙眉，一脸的嫌弃。

就连徐延朔也表情尴尬，他犹豫了很久，才试探地问道："这死者，该不会是脱阳而死吧……"

宋慈一开始也有着同样的疑惑，但当他看到尸体的一刹那就明白，这窦天宝绝不是因为纵欲过度导致的脱阳。

“不是，”他说着，也不避讳，用手指着死者的下体，正色道，“虽然有句话叫酒后不入房，醉酒后行房也确实有着一定的危险，但徐大人请看，如果他真的是死于房事，那此处应是勃起状态，显然死者并非如此，所以应该不是这个原因造成的死亡。”

他这话说完，徐延朔这才松了一口气。芙蓉阁是个青楼妓院，闹出人命来，自然会叫人往这方面联想。而且看刚刚外面那个阵势，附近的居民怕是全都这么认为，所以想要借此为由，前来闹事。虽然这和徐延朔毫无关联，可不知出于什么原因，他似乎多少存了一些私心，不希望是因为这个才害死了人。

“他死前吐过，该不是被呕吐物卡住喉咙死的吧？”一旁的安广连头都没有回，冷冷道。

宋慈知道他面冷心热，也不希望这件事牵扯到阿乐的头上。

“是不是，看看便知。”

其实就算安广不提，宋慈也会检验的。这窦天宝没有什么明显的外伤，放眼望去，除了额头有一处伤口外，再无其他伤痕。现在又排除了脱阳症而死，所以呕吐物也成了需要排查的重要一项。

宋慈也不嫌肮脏，轻轻掰开了死者的嘴巴，那腥臭的味道着实令人闻着一阵阵恶心，可这是他的职责，不论是为了阿乐，还是为了真相，他都不会介意。

“也不是，死者口中并无呕吐物，喉咙干净，并不是被这呕吐物呛死的。”

“奇怪了，”徐延朔看看宋慈，又看看那正站在门外，不住朝里面张望的阿乐，“不是呛死，不是脱阳，好端端的，这窦天宝到底是因为什么才见了阎王？”

“阿乐来过这房间？”

就在屋内之人全都陷入沉思时，宋慈突然冒出这么一句来。尽管因为他和阿乐的关系，实在不好开口，但为了案子还是得问清楚。

“是，绿荞醒了以后，发现姓窦的死了，哭着跑回了昨晚阿乐留宿的容香阁，阿乐就跟着她一起进了这里，阿乐可能是想帮忙，但看到姓窦的已经没的救之后，就马上差人去报了官，通知了我们。”

所以，阿乐才有了嫌疑，因为他进过这间房，接触了死者。当然，更主要的是，他有这个杀人动机。

宋慈看着全身赤裸却又并无明显外伤的窦天宝，似乎在思考着什么。良久，他转过身，跨出了里屋的大门。

“福顺。”

“是，小的在，宋公子有什么吩咐？”

“你去帮我找一样东西，当然……”他说着转头，朝仍旧站在里屋的徐延朔和安广微微一笑，“可能还需要两位再帮一下忙。”

半炷香后，芙蓉阁后院。

今日天气很好，阳光充足，微风。

也许因为芙蓉阁多是女子，所以后院也打理得井井有条。绿树成荫，遍地鲜花，一阵小风吹过，拂起阵阵花香。连带着翩翩飞舞的蝴蝶，和那散落的花瓣，美得宛如一幅画卷。

而在美丽又整洁的花园里，却铺着一条毯子，那毯子呈暗红色，是福顺向昨日在一楼接了他银票的小妇人借的。

那小妇人姓赵，名叫赵金玲，是芙蓉阁一个有点身份的管事。

摊开的暗红色毯子上赫然躺着那窦天宝的尸体。不知为什么，宋慈居然叫人把他从暗香阁里抬了出来，粗暴地扔在了后院的地上。

虽然这里的女子都不介意，也都司空见惯，但为了雅观，宋慈还是在窦天宝的下身盖上了一块布，权当遮羞。

而此时，宋慈就站在那尸体面前，手中还打着一把红色的油纸伞。

那伞是崭新的，用油绢制成，乍看之下，倒像是女子所用，不知为何，这大晴天的，宋慈一个大男人却拿着把红伞站在院子里。

远处的阁楼上，碍于身份而不能到现场观看的柳仙仙和赵金玲一起站在栏杆旁，默默地俯视着这一切。

“老板……”赵金玲蹙着眉，朝着宋慈的方向撇了撇嘴，“这位公子怕不是有什么问题吧？”

柳仙仙手中摇着把小扇，虽然她也看不出宋慈到底葫芦里要卖什么药，可他毕竟是铁鱼介绍来的，若是能入了那厮的眼，说明宋慈肯定有些过人的本事：“谁知道呢，咱们静观其变吧。”

“是。”

后院中，安盛平也问了同样的问题。由于比较好奇宋慈接下来要做什么，所以他也跟着一起下了楼，来到了芙蓉阁的后院。

安广留在了房间里，负责看着阿乐和绿荞这两个“涉案人员”。

安盛平看着宋慈，实在有些哭笑不得：“你该不会是因为阿乐受了打击，所以傻了吧？”

宋慈神色如常，看着他。

“我是说，你干吗大晴天的打一把伞，而且还是大红色的？”

“怎么，谁规定晴天不能打伞，男人不能打红伞了？”

宋慈反问，竟然带了几分狡黠。

安盛平闭起眼，仰头吸了一口气，待到再睁眼时，脸上却换上了笑容 :“行，你说怎么办就怎么办，都依你，我没意见。”

宋慈也笑了，淡淡的，但却是发自内心。

他举着那红伞，又往前迈了一步，而待到他靠近窦天宝的尸体时，更是将窦天宝整个人都遮住，完全隔绝了那直射下来的阳光。

奇异的事情发生了。

原本看不出任何外伤的窦天宝，身上居然现出了淡淡的伤痕。那伤主要在他双膝之上，虽然浅淡，但却很明显。

“这是怎么回事？”

别说安盛平了，就连查案无数，见过不少死尸的徐延朔也瞬间睁大了双眼，一副不可思议的表情。

宋慈却又在这时退后了一步，随着他手中的伞离开，再也遮不住阳光，窦天宝膝盖上的伤痕又离奇地消失不见了。

“活见鬼了！”徐延朔用力揉了揉自己的双眼，“宋公子你会变戏法吗？”

“当然不是，肯定和这伞有关！”安盛平瞅着他，表情也由刚才的不可置信变成了佩服，“我没说错吧，惠父兄？”

宋慈点点头 :“正是，凡是受伤后过世的，如果受伤的时间不长，那伤痕就极有可能显现不出来。而这个时候，只要打一把红伞，在太阳下照一照，死者生前的伤痕就能悉数显现了。”

徐延朔拍了拍手，恍然大悟道:“我说干吗非把窦天宝的尸体搬到后院来呢！还是宋公子有办法！不过……”

他说着，话锋一转，索性蹲在了那尸体的旁边。

“窦天宝身上只有额头处有个被割伤的痕迹，就算再加上这膝盖处的伤，想来，也不至于会送命，至多能推断出他生前曾与人有过瓜葛。”

“徐大人这次倒是错了。”

“哦？”

宋慈苦笑，虽然有些不好意思，但却依旧解释道。

“刚刚我检查过死者的手掌和指甲，他指缝中有些绿色的线头，应该就是那位绿荞姑娘身上的。他指关节上有些瘀青和血污，这说明，他生前曾经和人发生过冲突，但是他除了手上，其他地方再无别的痕迹，这只能说明一个问题，在这场打斗中，他一直处于施暴的一方，对方毫无招架和还手的能力，所以他才没有任何防卫伤。此外，他虽然无明显伤痕，可却有三处例外：一是这膝盖；二便是他的背部，仔细看的话，不难发现他背上有几道淡淡的血痕……”

宋慈说着，将窦天宝的尸身翻了过来，果不其然，他背上确实有几条血痕，应该是被人抓伤的。

“我怀疑，这背上的伤，是昨夜绿荞姑娘所致，至于他的膝盖，可能是趴跪在床上造成的。”

此话说完，一片沉默。

宋慈这话里的意思实在明显不过了，窦天宝昨晚与绿荞有着激烈的房事，且在这过程中，窦天宝曾经对女方施暴，而那绿荞除了挨打的份儿，竟连一丝一毫反击的能力都没有。

本来几个大男人围着一具全裸的男尸就够尴尬了，结果现在还要讨论这些，实在是……

“咳咳！你说三处，那这最后一处，必定就是他头上的这个伤口吧？”

安盛平咳嗽了几声，背着手，巧妙地转移了话题。

“是，但是我的观点和徐大人一致，这伤口虽然新，还挂着血污，却不足以致命。”

“那也就是说，这窦天宝的死因，应该不是与人发生冲突，然后遭受外力伤害所致了？”

宋慈摇摇头：“倒也不是那么绝对，不过就表面现象来看，似乎不像是因为外力，可……”

他说着，仿佛陷入思考，沉默了一会儿后，又似乎突然想起了什么，顺手将手中的红伞递到了安盛平的手中。安盛平虽然不知道他要干什么，却下意识地接了过来。

然后，便看见宋慈又蹲下了身，似乎心有不甘地，又将那窦天宝的尸体从头到脚，仔细检验了一遍。尤其是死者的头部，他这一次居然直接将那窦天宝的发髻解开，用手在窦天宝头上一寸一寸地触摸，也不知在找些什么。

不知是因为后院的光线要比屋内充足，还是他这次检查得比较细致，总之，当他摸了一会儿后，终于有了新发现，原本蹙紧的眉头竟也微微舒展了开来。

“怎么样，难道有新发现？”

安盛平心里莫名一阵紧张，忍不住问道。

偏那宋慈却卖了个关子，并没有明确地告诉他，只是点了点头，却并没有吭声。

这回，反而轮到安盛平郁闷了，无奈地笑笑，倒也没有追问。

“不管怎么说，还是去问问当事人吧。”徐延朔是个急性子，而且他办案多年，对审讯犯人也比较在行，此刻，他很想问问绿荞和阿乐，昨晚到底发生了什么。

其实他也不相信阿乐和那个看起来可怜兮兮的小姑娘会做出这种事来，所以很想尽快将此案了结，也好还给他们一个清白。

“比起审问他俩，我倒是想先了解一下这窦天宝的底细……”宋慈说着，也不起身，而是转过头，蹲在那尸首前，朝着阁楼上的柳仙仙招了招手。

柳仙仙一直关注着后院的一切，此刻见宋慈对自己微笑招手，不由愣了。

“老板，”赵金玲也有些纳闷，“那公子是什么意思？他是想让咱们下去吗？”

“下去就下去，反正咱们行得端，做得正，这件事不是绿荞干的，谁也别想冤枉咱们。而且……”柳仙仙说着，微微一笑，“我也想看看这人到底有什么本事，居然能让那死鬼与他一见如故！”

“死人叫窦天宝，是长乐乡最大的酒庄天福号的二当家。”柳仙仙摇着扇子，坐在后院的石凳上，一边优哉游哉地品着一壶桂花茶，一边无关痛痒道，“他上面还有个哥哥，叫窦天福，下面有个弟弟，叫窦天赐。”

“既然酒庄叫天福号，想必是老大窦天福一手创建的吧？”宋慈虽然不认识他们三兄弟，但是仅听名字也能猜出个大概。

“是啊，那窦天福可是个吃苦耐劳的，早年为了这酒庄没少操心费力，结果他辛辛苦苦打拼，下面两个弟弟却一个比一个叫人操心，不仅没为酒庄出什么力，反而变着花样在外面花天酒地，糟蹋银子。”

像这样父母兄长在外操劳，晚辈却在外面败家的事情屡见不鲜，其实说白了，这种情况就是家里惯着，让他们这群败家子以为赚钱容易，所以才会这么变本加厉，不知好歹！

“那窦天宝娶妻生子没？”这次问话的是徐延朔。

“娶了，而且不止一个，他家有一妻两妾，不过孩子倒是没有，也不知是不是这厮不行……”

说到这里，柳仙仙冷笑一声。她这么说完没有丝毫的不好意思，反而是在场的几个男人都尴尬了起来。

“这窦天宝是你们这里的常客？”

“偶尔会来，他财大气粗惯了，把谁都不放在眼里，就更别说是花钱找的姑娘了。不过我们做的就是这样的买卖，只要别太出格，自然也不会把他赶出去。”

“这还不算出格？”徐延朔有些震怒，“那小姑娘险些就被他打死了！”

说到这个，柳仙仙也终于露出了悲恸的神情，只是那表情瞬间即逝，转眼又化作了愤怒：“我若知道昨晚房里发生了什么，也许不等有人结果了他，我就先要了他的命！”

她说着，用力将茶杯往桌上一摔，那茶杯顷刻间粉碎，碎片刺入她的手掌，竟然扎出了血……

“老板！”

原本在一旁默不作声的赵金玲忍不住惊呼一声，赶紧扑过去，拉住了她的手。赵金玲从怀中掏出块绣着花的手帕，盖在柳仙仙的伤口上，想要替她止血，却在翻过她手掌的一刹那，赫然发现那上面还扎着一块碎片。

“不碍的。”

柳仙仙面不改色，低下头，将那扎在自己手心的碎片取了出来，随随便便地往地上一扔，这才将手伸向赵金玲，任由她为自己包扎。

赵金玲急得都快哭了，偏偏柳仙仙的脸上却挂上了淡淡的笑，似乎是在安慰她一般。

见柳仙仙这样，倒也不像是装的，想来是真的不知道窦天宝竟然会施虐到这个地步，而且以她的身份，也不会是那种利欲熏心的老鸨，只在乎钱财，却不吝惜手下姑娘们的性命。

只是，认识她才不过短短两日，他们却仿佛在这女人身上看到了无数面。她时而妩媚，时而冷漠，时而爽朗，时而坚毅……仿佛千变万化，却又从未改变。

“我知道你们觉得我们什么消息都知道，但是很抱歉，窦天宝不是什么重要人物，所以我们知道得也很有限。而且，也不是整个芙蓉阁都是言螺殿的人，就好像绿荞，她就是个普普通通的可怜人。”

她目视远方，面容平静而忧伤。

宋慈他们也没有说话，明白柳仙仙对此案也知晓不多。

容香阁，也就是昨夜阿乐留宿的地方。

这里虽然是妓院的厢房，但和刚刚那一片狼藉的暗香阁不同，在宋慈看来，这里既整洁又干净。

不像是青楼娼馆，反而更像是普通年轻女子的闺房，既明亮又透着股淡淡的雅致。

床铺虽然也是掀开的，可很显然，昨晚那床上并未发生什么，至少，在宋慈看来是这样没错。

阿乐他们已经被叫回了这个房间，此时正和绿荞一起跪在几位公子、大人面前。他有些尴尬，想抬头看看自家公子，可是又不敢。他虽年纪轻，但却不是那种脸皮薄的人，因此平时看见漂亮姑娘也从不掩饰自己内心的欢喜，为了这个，宋慈没少说他。可他却从没想过人生中第一次来这种地方，就给自家公子惹了个这么大的娄子：“公子，我……我昨晚……”

他说着，偷偷抬眼看了看跪在自己旁边的绿荞。

绿荞昨晚被那畜生凌虐得十分凄惨，原本俏丽的脸庞，右半边已经被打得又红又肿，颧骨处高高耸起，左边甚至还挂了彩，据说那浑蛋完全不懂得怜香惜玉，给了她好几拳，直打得她昏死了过去……

“我跟绿荞一见如故，昨晚我们聊了很多，但是我喝不了太多酒，所以没过一会儿就醉了……公子您是知道我的，我醉了以后就会蒙头大睡，当时我就睡倒在这张大床上，后来发生的事情我都不知道。我虽然没什么本事，可是却看不得人家欺负弱小，要是我知道那浑账会强迫绿荞，您觉得我会缩头缩脑的，等到天亮才跑过去找他吗？”

阿乐说的都是实话，这些与宋慈对他的了解，是完全吻合的。

他确实不胜酒力，喝了酒，就爱睡觉。他虽然不会武功也没什么后台，但却有着年轻人热血的一面，遇事绝不会畏畏缩缩，而不去救助弱小。

更何况，对方还是他心仪的姑娘。

“你说你一直都在房里，没有出去过，可有人给你证明？”

徐延朔却在这时，公事公办地问出这么一句话来。

“这……”阿乐语塞，“我都睡得人事不知了，哪有人给我作证啊，徐大人，您这可是为难小的了！”

“没有人证也罢，那你且说说，你又是怎么跑去那暗香阁的？”

“小的睡着之后，一觉就到了天明，后来是绿荞把我叫醒的。当时她哭得十分伤心，而且好像非常害怕，说是有个客人死了！我看她满脸是伤，走路的时候也一瘸一拐的，我心里其实挺气的，可又一想，我们公子教过我，凡事要以人命为重。”

他说这些时，下意识地看着宋慈，似乎有些刻意讨好邀功的意思，倒是引得宋慈忍不住苦笑了起来。

“而且，我跟公子还有我家老爷学过些简单的医理，尤其是一般的急救，我都懂的！所以，我就马上和绿荞一起去了那什么阁，结果一进去，就看到那人光着身子趴在床榻上，我伸手一摸，发现他早就凉了，而且气息脉搏全无，根本没的救！所以我就赶紧叫人去报官，去找安公子和徐大人来做主了！”

这最后一句话说完，他便再不开口，规规矩矩往那里一跪，仿佛真的要等几位大人给自己做主一般。

安盛平和徐延朔面面相觑，这个阿乐，这不是摆明要把他俩也给牵扯进来吗？也不想想现在还有外人在，他这么一说，反而让他们更加为难了。

“既然如此，也请绿荞姑娘说说昨晚究竟发生了什么吧。”

宋慈不理会阿乐，而是朝着绿荞微微一笑，说道。

直到此时，绿荞才抬起了头。

和昨晚那个貌美如花的她不同，此刻她只能用“凄惨”二字来形容。

衣衫褴褛，妆容凌乱，尤其是昨晚那望向安盛平时多情的眼睛，此时此刻也微微肿胀着，导致她只能眯着眼睛，用一条小小的缝隙来看人。

宋慈看到她这副模样也是忍不住心疼起来。

而直到她抬起头，宋慈才注意到，她那原本修长的脖颈上，居然有几道红指印。指印印在雪白的脖颈上，更加让人觉得触目惊心。

昨夜，她险些就经历了死亡。

若不是她命大，也许今早在暗香阁的大床上发现的，就不止窦天宝一具尸体了。

“回公子的话，小女子真的没有杀死那位窦老板！”她脸上早就爬满了泪痕，但此刻还是忍不住呜咽起来，“求大人们给小女子做主，我真的是冤枉的啊！”

“你放心，这件事我们会查清楚的，若不是你做的，也断然不会冤枉了你。所以，你务必要一桩一件把昨晚的事情都一一道来，千万不要有所隐瞒！”

“是，小女子绝不隐瞒！”

“好，那你就从昨晚和阿乐一起进到容香阁开始说起吧。”

“是，”绿荞趴在地上，朝着他们叩了个头，然后开始娓娓道来，“昨夜小女子本来是在大堂里陪着散客饮酒的，谁知金玲姐突然来找我，说是有位贵客看中了我，想要我去二楼陪酒，于是，我便见到了阿……啊，不，是这位大爷……”

她说着，眼神瞟向了阿乐。那不是爱慕，也不是诱惑，反而是种信任，经历了这场意外，她显然已经把阿乐当成了自己可以依靠的人。而且，从她刚刚的话语来看，她似乎想直接称呼阿乐的名字，看来，他们两人竟真的相处得不错。

“我与这位爷聊得很开心，但是他却不胜酒力，只喝了不到一壶酒就醉了，于是，小女子便服侍他上了床……”她说着，不自觉地抿了抿嘴，似乎有些羞涩，“大爷睡得很熟，也不知是不是醉得太厉害。我就先从容香阁出来，打算去叫人给他拿一碗醒酒茶，谁知，我刚刚出了屋子，就被个客人扯了手臂，硬生生往其他房间拉……咱们这芙蓉阁是有规矩的，不管大爷是醒着还是醉了，我既然收了银子，就是大爷的人，哪能在这个时间段去接别的客人！可那位就是不听，最后还、还……”

见她越说越激动，之前被她爱慕着的安盛平怜惜地一笑，柔声道：“无妨，你慢慢说。”

绿荞昨晚就对他一见倾心，此时被他如此温柔对待，更是感动得几乎落了泪，但她现在这副形象实在是自惭形秽，因此也完全没了昨夜直视他时的自信，只能默默低着头，悄悄地拭去眼角的泪痕。

“回公子，奴家一介女流，哪有能力与那喝醉了的客人抗衡。他叫窦天宝，我知道他是那天福号的二当家，有钱有势，而且他平时都是找蓉蓉姐的。不过我听说蓉蓉姐最近身体不太好，可能不方便接客。我也不晓得他是不是因为这个，再加上他喝醉了，所以就随便扯了我去……我不从，他就狠狠地给了我一巴掌！因为月香阁的事，二楼走廊上没有什么人，楼下又乱，所以根本没有人看到，他力气太大，不容我反抗就把我拦腰抱了，去了那暗香阁……”

接下来的话，不用她说，大家也都能从现场的惨烈状况，以及她这一身一脸的伤，猜出个大概，所以，她只是呜呜哭着，也没有细说。

“我被他卡住脖子，渐渐觉得连气都喘不上了，脑袋一片空白，眼前一黑，就昏了过去……待到我再醒过来时，他已经趴在一旁不动了。开始，我还以为他是睡了，第一反应就是赶紧跑，叫老板为我做主……结果我下床时，不小心摔了一下，当时动静还挺大的，我心想完了，那窦老板要是醒了，还不得活活掐死我！可谁知……谁知过了半天，他却连一点动静都没有！我觉得不对头，去探了他的鼻息，才发现他居然没气了！”

“然后，你就去叫了阿乐来？”宋慈并不觉得她在说谎，只是有件事他不明白，“为什么你发现出了事，第一时间不是去找芙蓉阁里的人来帮忙，而是去找阿乐？”

绿荞愣了一下，其实她也不知自己为什么会这样，只是那时候，她下意识觉得，只有昨夜那位憨憨厚厚，笑起来甚至有些傻呵呵的客人能帮自己。

“小女子也不知道，不过昨夜我和这位大爷聊天时，他说他总是和死人打交道，我想他或许可以帮忙……”

话未说完，宋慈的眉头却又拧紧了几分，直到此时，他才第一次和阿乐的目光对视。

阿乐有些尴尬地用手搔了搔鼻子，低下头，什么话都没敢说。

“绿荞姑娘，我再问你一次，昨夜你与窦天宝纠缠时，可有还手，与他搏斗？”一旁的徐延朔却在此时问道。

绿荞很肯定地摇摇头：“没有，我虽然有所抗拒，但却根本称不上搏斗，大人明察，像我这样的弱女子又怎么可能打得过一个大男人呢！”

“那他头上的伤……”

“哦，那伤是他进来时便有的，虽然已经止了血，但我看他前襟上还有不少血渍，着实把我吓得不轻！”

“此话当真？”

“自然是实话，大人若是不信，可以去问问芙蓉阁大门口的贾老三，他是专门负责把门的，昨夜肯定也见了！”

她说得在理，而且以现有的证据来看，她确实不太可能是杀人凶手。

但为了安全起见，宋慈还是为她验了伤，和窦天宝身上的攻击型伤痕完全不同。绿荞的身上全是防卫型的伤痕，尤其是她那手臂外侧的伤，显然是被窦天宝殴打时，她一直用双手护着脸面所致，但即便如此，也没能令她那张俏丽的脸庞幸免于难。

至于她那指甲……也真的发现了一些血污，按照她自己描述，她确实是在反抗无果后，于行房的过程中，挠了窦天宝的后背。

这一点，与宋慈的猜测基本吻合。

看来，造成窦天宝死亡的，的确另有其人。

只不过，唯一令宋慈不解的是，按照绿荞的口供，这窦天宝进屋后根本没有饮酒。虽然那房间里有个打翻的小酒壶，可流出来的酒水却并不多，那房间里以及窦天宝身上浓重的酒味又是从何而来呢……

“老板娘，您知不知道窦天宝昨夜是几时来的芙蓉阁，他进门时又是什么样的状态？”

审问阿乐和绿荞时，他们并没有避讳，因此柳仙仙和赵金玲也在旁边听着，随时准备待命。

宋慈刚一问完，就见柳仙仙柳眉微挑，似乎想了一会儿，却又转头看了看身侧的赵金玲。

“金玲，你说吧，大堂一向是你负责打点的，所以你比我清楚。”

“是，老板！”赵金玲也是见过世面的，并不会因为被几位官老爷问话就吓得语无伦次，“昨夜安公子和徐大人走后，福顺跟我说，要让绿荞来伺候安公子留下的贵客，之后我便安排他们上了二楼的容香阁。大概半个时辰之后，窦老板来了，他来的时候已经喝醉了，摇摇晃晃的。哦，对，他头上确实有伤，不过已经不流血了，我还问了句有没有事，需不需要看大夫，结果却被他推了一把，真是好心让狗吃了！后来他叫我去找蓉蓉姑娘伺候……但是蓉蓉最近染了风寒，咱们这行，最忌讳把病传染给客人，所以她最近都没有接客人。不过我见窦老板喝得醉醺醺的，他脾气也不小，我怕他闹事，就先安排他去了暗香阁等着，打算找他平时偶尔会找的早蕊，可谁知道我上了楼，却发现他那时候已经自行找了别的姑娘在那屋……唉，若是我当时仔细听听，或者是敲门进去，也不会发生这事了！”

她说着，颇感内疚地看看仍旧跪在那里的绿荞，轻轻叹了口气。

不过宋慈关心的却不是这些：“你说他来芙蓉阁之前，已经喝醉了？”

“是。”

“那他当时酒醉的程度如何？”

“这个……他身上的酒气确实很重，走起路来也有些东摇西晃的，不过我看他神志还算清楚，只是一直捂着头，眼睛也微微眯着，似乎头疼得厉害。”

“哦？”宋慈听了她的描述，眼神发亮，似乎立刻产生了兴趣，

“那他来的时候，身边就没个下人跟着？”

“您这么一说还真是！那窦老板也算是半个熟客了，他平时来的时候，总会带个叫阿海的小厮，可昨夜，他却是自己一个人来的！我就觉得哪里别扭，可却想不起，这么一说就对了！”

“那我再问你，这芙蓉阁的房间，是不是随便进出的？尤其是这二楼，除了贵客，楼下的客人有没有机会进来？”

“这个我倒是可以回答，”不等赵金玲开口，一旁的柳仙仙却笑了，“咱们这里最讲究的就是客人的隐私，这雅间若是有了人，自然是不会随随便便叫什么人都能进了！”

“话虽如此……”

“我知道宋公子的意思，话虽如此，但毕竟没有上锁，若是有人进去，我们也自然不会知情。不过……”她说着，微微一笑，她做这行，每天要接触多少客人，若是不懂得察言观色，又怎么可能有今天的成就，“这事是不是与我们芙蓉阁有关，想必宋公子心里也已经有所判断了吧？”

宋慈知道自己瞒不了她，于是也笑了。他没回应，也就等同于默认了。

但他们却不能因为这样就结案，因此徐延朔便忍不住问道：“宋公子，那我们接下来要如何？”

“接下来，自然是去查查那窦天宝喝醉酒的源头，我认为，这第一站，便是窦府……”

因为证据不足，又不能总是扣押着芙蓉阁昨夜留宿的客人，因此在简单的例行询问，并留下地址后，原本聚集在大堂里的客人便都被放走了。

而安盛平则命人一路沿街询问，打听窦天宝在来芙蓉阁前，究竟去过哪里。没想到，打探的结果，昨日窦大宝总共就只去过三个地方。

一是他自己家，二是他大哥开的天福号酒庄，三便是他殒命的芙蓉阁。而一直到他离开酒庄前，其实都是有人跟着的。跟着他的人，便是他那贴身的小厮阿海。

“小的都伺候二爷好些年了，所以他每天去了哪里，见了什么人，我全都知道！”

阿海看起来没有福顺聪明，也不像阿乐那般质朴，虽然跟了多年的主子死了，却看不出他有半点的悲伤难过。他朝着安盛平和徐延朔点头哈腰，活脱脱一副狗奴才的嘴脸。

“你说你都知道？”他原想对着几位大爷谄媚，谁承想，安盛平却最见不得这种货色，“好，既然如此，你就给我把这窦天宝从早上睁眼到他死，都干过什么，见过谁，全给我说一遍！哦，对了，我忘了你没跟着去芙蓉阁，所以，你怕是也不知道他究竟是怎么死的，什么时候死的吧？”

“这……”阿海知道自己的马屁拍在了马腿上，赶紧叩头道歉，然后也不敢隐瞒，按照安盛平的吩咐，将自己所知道的一切都一一道来。

“二爷出事前夜是睡在三姨娘的房里的，一直到日上三竿才起床，他在三姨娘屋里用了早午饭，又去了二奶奶房中谈了些事情，至于相谈的内容……”他撇撇嘴，似乎有些不好意思，“前些日子，二姨娘和三姨娘争风吃醋，二姨娘仗着自己辈分高，打了三姨娘，三姨娘不依，跑去二爷那里告状，也不知是吹了什么枕头风，愣是说动了二爷，要把二姨娘扫地出门！所以二爷打算让二奶奶寻个由头，把二姨娘赶出去，顺便想把二姨娘身边一个丫鬟扶了正，纳做妾室。”

这大户人家的后院，争风吃醋的事情总有发生，因此也是见怪不怪，但安盛平还是忍不住问了一句：“怎么这二姨娘的丫鬟，还和你家老爷有染吗？”

阿海呵呵一笑：“爷，这您就有所不知了，咱们二爷平时就好两件事，一是喝酒，二是女人，后院里哪个房他不是说去就去，哪个女眷，他不是说睡就睡啊！莫说是咱们院儿了，就连三爷住的南院……”

话未说完，突然意识到了什么，赶紧闭了嘴。

不过这倒是引起了宋慈的注意：“你说窦天宝和他弟弟院里的女眷也有关系？”

“这……”阿海适当性地抽了自己一个嘴巴，装作一副不小心说漏嘴的样子，抬头朝着宋慈挤眉弄眼一笑，低声道，“公子可别说是我说出去的！不过，咱们窦府上上下下，可能除了几位主子，其余人都知道了！我们二爷和新进门的那位三奶奶啊，可是老相识了！”

原来，这位窦府三爷窦天赐最近新娶了一位夫人，此女姓邱，单名一个荷字，乃是天福号的一个伙计家的小闺女。

听说，她经常去酒庄给爹爹送饭，一来二去的，就被窦天宝看中。某天窦天宝趁她不备，将这邱荷堵在了酒庄的后巷里……

其实这邱荷跟她爹也不是什么好东西，之所以会让闺女来酒庄送饭，为的就是能找机会勾搭上主子，好飞上枝头变凤凰。据说他们原意是勾上窦天福，当上窦家的主母，毕竟他们掌柜的一把年纪却还是孑然一身，身边连个通房都没有，说明他不擅长与女眷打交道，兴许好上手！

可谁想，窦天福一心一意只在生意上，根本连看都不看她一眼。万般无奈下，又正好被那窦天宝给轻薄了，于是便半推半就地从了。

可偏偏事与愿违，窦天宝占了便宜，却迟迟不肯负责，总是拿些小恩小惠的来打发她，反而比那外面找的姘头还不如。

邱荷也是个有心机的，知道在他这里捞不到好处，就转而去勾搭窦天赐。

窦天赐虽然不像他二哥那般好色，但也不是个好东西，整日不知上进，从小就喜欢在外面惹事。而且性格十分火爆，动不动就和人打得你死我活，所以这些年，他大哥没少替他去赔医药费。不过这厮脑子有些蠢笨，而且因为接触的女子比较少，没经验，竟然真的对邱荷动了情，相处不过短短几月，邱荷便珠胎暗结，有了身孕。

他不知邱荷与自己二哥那段过往，便当真觉得自己要当爹了！兴冲冲地求了大哥，八抬大轿的，迎娶了邱荷过门。连带着，邱荷老爹也跟着沾了光，升职成了天福号的掌柜。

“二奶奶平日里就看不惯二姨娘，自然愿意应了二爷的意，可是她却不答应让二爷纳了二姨娘房里的燕儿，结果闹得不欢而散。二爷一气之下，就去了天福号找大爷拿钱。”阿海说着，又拍了拍自己的脑门，“哎哟，看我这记性，去天福号之前，二姨娘还收到了消息，哭着给燕儿跪下了，想让她帮自己说好话，别把她赶出门。燕儿嫌烦，就跑来找二爷诉苦，两人当着二姨娘的面，那亲昵劲儿啊……总之，二爷后来就带我去了天福号，我们原本出门都是坐马车的，老徐能给小的作证！他是咱们家的车夫，平时不管去哪儿，都是他赶车。”

“后来，我们就到了天福号，您不知道，窦家唯一能挣钱的啊，就是大爷。他当年白手起家，才有了今天的成就。二爷一向花天酒地，只会花钱不会赚，三爷当年年纪小，也根本帮不上忙。所以他们两兄弟就养了个习惯，每逢月底，就去找大爷拿零花钱，原本这个月还有几天才到拿钱的日子，可二爷心里烦，打算去芙蓉阁好好乐和乐和，又怕钱不够，所以才去了大爷那里。”

“既然如此，你们大爷给他钱了吗？”

“自然是给了的，虽然照样骂了他一通，可我们大爷心软，嘴上再怎么骂，该给的时候还是会给的！只是……”

见阿海支支吾吾，似乎不知该如何开口，徐延朔眉毛一挑，手按在腰间的佩刀上，开始施压：“只是什么？”

阿海看到徐延朔凶神恶煞的样子，不禁咽了口唾沫，自然不敢再有所隐瞒：“只是我们出门时，遇到了邱掌柜，也就是那三奶奶的爹！我们二爷和他开起了玩笑，说再过几个月三奶奶便要生了，却不知该恭喜的是自己还是三爷！”

其实，窦天宝这么多年都没有子嗣，心里早就对这方面没了想法，再加上，他也知道邱荷与自己三弟有染，所以当她跑来跟自己说有了身孕时，他只是冷笑一声，只道谁愿做便宜爹谁去，反正他绝不背这个锅。

但偏偏，他却又拿这个开了玩笑，结果说者无心，听者有意了。

他和邱掌柜说笑的时候，自己的三弟居然不知何时也进了天福号的大门，就站在他们身后……

“你们家三爷真的从不知道这件事？”

“当然不知道，若是知道，也不会娶了自己二哥玩剩下的女人啊！何况咱们三爷这么多年都没成亲，这次还是明媒正娶的正房夫人！”阿海叹口气，接着道，“三爷的脾气可比二爷还火爆，他眼里容不得沙子，当场就跟二爷闹翻了！整了个小酒坛子，直接照着二爷的脑门就砸了过去！那酒洒了二爷一身，血哗哗地往下流啊！要不是当时我眼疾手快，拦了三爷，又喊了大爷来，指不定当场三爷就得把二爷打死了！”

听他说完，徐延朔却是眼睛一亮，因为他想起了窦天宝额上的伤疤：“竟有此事！那他们打起来没有？”

“那倒是没打起来，我一直抱着三爷不敢撒手，大爷这时候也赶来了，二爷刚想还手，就被大爷给拦了。”

“窦天赐居然就这么饶了他二哥？”

“不饶能怎么样？二爷也是暴脾气，一看被打得脑袋开了花，见了彩，气得要和三爷拼命，不过还是咱们大爷有魄力，直接挥手给了二爷一个大嘴巴子，打得那叫一个狠！二爷被打得摔在了地上，爬起来的时候，嘴角都流血了。接着，大爷就喊了一声滚！吓得我们都惊了，连三爷都傻了！”

宋慈却在这时打断了他的描述：“你说你们大爷当时把他推倒了？”

“是啊。”

“他是脸朝下摔倒的，还是脸朝上？摔倒之时，有没有碰上什么东西？”

“这……小人还真没注意。”

见他回答不出，宋慈只得惋惜地摇了摇头，但也没有生气。

“那后来呢，窦天宝便一个人离开了？”

“回公子的话，是啊，当时我们都在天福号拦着三爷，生怕三爷追出去，毕竟这件事传到外面，就不太好看了！当时一片混乱，等到我想起去看二爷的伤势时，却发现他已经自己离开了，于是小的赶紧追了出去，一问那赶马车的老徐才知道，二爷一个人朝着芙蓉阁的方向去了。我想着这样也好，他愿意去芙蓉阁散心就去吧，而且天福号距离芙蓉阁也就两条街的距离，他就算是走着，也出不了什么岔子，谁会想到他居然会死在了那窑姐的床上……”

“好，那我最后再问你一句，你家主子，在独自去芙蓉阁之前，有没有什么不对劲的地方？”

“不对劲？”

“对，我指的是他有没有觉得身体不舒服，或者是头昏脑涨，走路不稳当？别急着答，你想清楚了再说。”

“这个……”阿海按照宋慈的要求，仔细思索了一番，最后摇了摇头，“他被三爷打了以后，我没瞧见，但其他时候，好像和平时也没什么两样。”

而正在他们这边的审问告一段落，宋慈正想着要去会会阿海口中，与窦天宝发生过争执的几位人物之时，却见安广蹙着一双剑眉，从屋外走了进来。

他俯身在安盛平耳边低低说了几句话，安盛平顿时变了脸色，将原本手中拿着的茶杯，重重地摔在了桌上。

“怎么了？”宋慈问道。

安盛平用手按着自己的额头，仿佛正强压着怒火：“又是那唐松。”

“唐松，他又做什么了？”

“他提审了窦家兄弟，还有窦天宝的几位妻妾，如今窦家的二奶奶，也就是那窦天宝的夫人已经承认自己谋杀亲夫了！”

“什么！是二奶奶？”不等宋慈反应，倒是阿海先惊得大叫一声，“不能啊！据小的所知，几位夫人当中，唯独二奶奶对二爷是真心实意地好！”

“哦？”他这话说得，反让安盛平有些意外，“何以见得？”

“公子您看，”阿海说着，从随身携带的荷包里掏出一个小盒子，他将那盒子打开，里面放着三粒药丸，“这是二奶奶请安神堂的大夫特制的醒酒药，一直都让小的随身带着，就是怕二爷喝醉了，好给他醒酒用的。而且每隔几日就要换上新的，说是不想二爷吃了沉药，怕对身体不好。”

安盛平见状，倒是愣了一下。脸上的表情也阴沉至极，似乎有什么话想说，却又堵在胸口，说不出来。

宋慈随即伸了手，要过了那几粒药丸，一边放到鼻子旁边嗅了嗅，一边问道：“既然二奶奶说是自己害死了窦天宝，却不知，她说没说是用什么方式将他害死的？”

“呵……”

直到此刻，那安盛平才苦着脸笑了。接着，他伸手指了指那药丸。

那是一粒黑色的药丸，个头不大，故意搓成了小粒，以方便饮用。若是嫌苦不愿意咀嚼，直接以水送下也是可以的。由此可见，那位二奶奶也算是体贴入微、用心良苦。

“二奶奶招了，说她给窦天宝下了毒，毒就在他平时吃惯的醒酒药中，下的……是砒霜。”

县衙内，唐松端坐正中，安盛平和徐延朔作为贵宾，坐在大堂的一侧，一同参与审讯。

至于宋慈，不知何故，姗姗来迟。他没有功名和官职，这满堂的人只等他一个，不知道的，还以为他是多大的官儿，居然能有这么大的面子。

可令堂下跪着的一众人等所不解的是，这个让他们好一通等待的年轻公子居然并无功名，他谦卑地给县令行了礼，也没有落座，只是站在了安盛平旁边，仿佛一个无关紧要的旁听者。

此时唐松还没有被革职，也不知道安盛平一心一意要查办自己，昨夜为安盛平法办了那打着董家和安家名声招摇撞骗的上官笠，还以为自己立了大功，牢牢抱紧了郡公府的大腿，因此喜不自性，就连脸上的表情也比往常要明媚了几分。

而对比他那笑容，堂下跪着的人却都是一脸的苦涩。

为首的，自然是那窦家两兄弟，原本的三兄弟，如今却只剩下了老大和老三。

窦家老大窦天福一张国字脸，脸色偏红，倒不是因为难过或是紧张害怕，只因为他平时就是这样的肤色。不过除此之外，他长得也还算相貌端正，只是对比两个弟弟，饱经风霜的他看起来更多了几分坚毅。

那窦天赐比两个哥哥要年轻许多，如今也不过二十出头，他小时候就喜欢和人打架，因此脸上有个指甲大的伤疤，正印在左边的眉角处。

此外，堂下还跪着一众女眷。窦天福虽然年近四十，却并未娶妻，孑然一身。窦天赐的妻子邱荷又因为怀有身孕，不方便到县衙过审，所以此时跪着的，只有死者窦天宝的妻妾，以及他想要纳了的，那个叫燕儿的小丫鬟。

再往后，跪着邱荷的父亲，天福号的掌柜邱吉祥，阿海和那车夫老徐，以及另外两个当天在天福号见证了窦家两兄弟大打出手的小伙计。

至于窦天宝的夫人何氏，趴在这些人的最前面，她此时穿着件素色的襦裙，因为刚刚用了刑而血迹斑斑。她额头和脸颊都是湿的，也不知是汗还是泪，虽然样貌不算出众，但苍白的一张脸，却又让人忍不住心疼。

唐松对她用的是拶刑，这是当时对女子使用的，最常见的一种刑法。

说白了，就是用一块特制的夹板，夹住女犯的手指，迫使其供认自己的罪行。

所谓十指连心，这拶刑虽然看起来不会造成多大的伤，了不起也就是折断手指，可真的用过此刑的人才知道，那种痛，根本不是常人所能忍受的。

而且被用了此刑罚之人，事后也要养上好长一段日子，生活完全不能自理。是以，对于穷苦的劳动人民来说，再没有比这个更可怕、更恶毒的刑具了！

何氏比窦天宝年幼几岁，乃是他的发妻，至今成亲已有十余年，虽然感情早就淡漠了下来，但恩情仍在。此刻她却已经哭干了眼泪，也不知是因为绝望，还是因为来自身体的疼痛。

反观另外两房姨娘，二姨娘董氏和三姨娘方氏，各怀鬼胎，巧妙地用袖子遮着半张面颊，乍看之下哭得十分伤心，但仔细观察，又觉得似乎并不是想象中那般痛苦。甚至，还多少存了些幸灾乐祸的心态。

而令人没想到的是，此时哭得伤心欲绝的，竟然是董氏的贴身丫鬟燕儿。

但仔细想想也知道，她之所以会如此伤心也是情理之中。毕竟，窦天宝若是再晚上几日送命，她便能成功挤走董氏，成为新任的姨娘，结果好不容易等到这天大的机会，却功亏一篑了！

所以，就算如今二奶奶认了罪又如何？她一个丫鬟，连名分都没有，如今又彻底和二姨娘撕破了脸。昨日二姨娘还跪在她面前求饶，想不到一夜之间，就风水轮流转，竟轮到她无处依靠了……

“窦何氏，你且把你是如何毒害亲夫的过程，再当着大人们的面，给我从头再说一次！”

唐松一早便得了消息，知道窦天宝死在了芙蓉阁，也知道虽然绿荞和阿乐有嫌疑，却都被洗清了。

他之前得罪过宋慈，如今知道宋慈是安公子的旧友，就连徐大人也对那宋慈如此看重，他自然不敢怠慢。

阿乐是宋慈的人，他势必要护着阿乐，所以，这有嫌疑的，也就剩下窦家自己人了！

但是他却万万没想到，他刚刚只是稍作震慑，那窦家的二奶奶就慌了阵脚，一副惊慌失措的样子。即便他唐松没什么真本事，可也当了好几年的官，大大小小审过不少案子，因此他二话不说，便对窦何氏用了刑，不到一炷香的时间，刁妇便招认了自己谋杀亲夫的事实。

“是、是……”窦何氏此时支棱着十根肿得好像萝卜一样的手指，趴在案前，好不容易止住的泪水，又一次涌了出来，“是民妇杀了自己的丈夫，是我、是我……”

安盛平一向讨厌对女子用刑，再加上本身就对唐松的人品以及办案能力有所怀疑，因此反而有些可怜起那堂下的妇人来。

“你说是你干的，那总得有个前因后果吧？还有杀人的手段方式，也一一招来吧。”

“是……”窦何氏垂着头，仿佛铁了心一般，回道，“小女子十六岁便嫁与了窦天宝，那时候，他窦家还没有如今这般富贵，三弟又年幼，家里只有我一个女人，又当嫂子，又当娘，辛辛苦苦维持着这个家……大哥在外忙生意，他窦天宝不帮忙，整日在家好吃懒做，全让我一人伺候。我熬了多少年，终于熬出了头，大哥的天福号开了张，家里有了银钱，窦天宝居然从外面给我找了个贱人回来说要纳妾！都说糟糠之妻不可弃，他确确实实也没有休了我，但他却早就嫌弃我这黄脸婆了！若不是我，谁把三弟养大，谁来管他们三兄弟吃喝？若不是我紧巴巴地捏着那点儿家用，大哥这些年的辛苦钱，岂不是早就被他败光了！”

她越说越气，猛地抬起了头，那张脸确实不如二、三姨娘，更比不上哭得梨花带雨的丫鬟燕儿，岁月过早地爬上了她的额头，很明显，她为了操持这个家，付出了自己最好的年华。

“纳了一个妾不够，还要再纳一个。不仅如此，那后院的丫鬟，但凡有些姿色的，哪一个没有爬过他的床！院子里的不够，又跑去外面嫖……我也是有爹有娘的，正经人家的闺女，当年不嫌弃他们三兄弟穷，嫁进这家里受了多少苦，多少委屈！可他还给我的又是什么？如今董氏不能顺他的意，他便要休了去，再纳那燕儿进屋，只见新人笑，哪见旧人哭？是不是有一天他倦了，连我这个正房也要扫地出门？所以，我不能让这样的事情发生，只有杀了他，他死了，我才能保住窦家二奶奶的地位！大哥、三弟都对我不薄，他们绝不会因为窦天宝死了，就把我赶出去！”

她说的确实有道理，一个女人年纪大了，难免会担心丈夫厌烦自己。何况，那窦天宝也不是什么好货色，因此这种概率也就更大。

“你说你把砒霜下在了醒酒药丸之中？”宋慈刚刚已经叫人把那药丸拿下去检验了，虽然他之前也怀疑过窦何氏是被唐松屈打成招，可没想到的是，那药丸里，居然真的有砒霜的成分。

“对，那药丸我早就准备好了，却一直没敢用。一日夫妻百日恩，不到万不得已，我也不会走这一步。”

“可是，据我所知，那醒酒药丸乃是安神堂制作的成药，你又是怎么把砒霜加到那药丸之中的？”

“呵……这还不好办？我说房里有耗子，叫丫鬟去买了一包砒霜，然后将那粉末揉进药丸之中，再放回盒子里。那醒酒药平时也是我叫人去买的，每隔几日，我便拿了交给阿海，反正那浑蛋在外吃喝嫖赌惯了。他若是有天死了，也只能是死在外面，不可能死在我房里。”

听她说完，宋慈和安盛平对视一眼，两人脸上都露出无奈的苦笑。虽然这妇人有心杀夫，但是很遗憾，她却不是真凶。

“你说那药平时都是你交给阿海的？”

“是啊，如果给窦天宝的话，他根本不会记得吃。”

“可是，你丈夫昨晚根本没有吃药。”

此话一出，窦何氏瞬间呆愣在当场：“你、你说什么？”

“我说窦天宝昨日根本没吃醒酒药，不信你问问阿海。”安盛平说着，用手指了指阿海，示意他把实情说出来。

阿海听到大人说自己的名字时，便小心听着，此刻见那位贵公子将手指向自己，赶紧叩了个头："是，回大人，这醒酒药阿海确实随身带着，是昨儿个出门前，二奶奶亲自交给小的的。可是，昨天在酒庄闹了一出后，二爷就自己离开了，小的也没去追，因此二爷昨日是肯定没有吃那药的。"

"什、什么！"

阿海话音刚落，却是一声巨大的敲击桌面的声音。紧跟着，便看到县令唐松居然拍着案几站了起来。

是啊，如果窦何氏不是杀人凶手，这就是他在短短几天内，第二次当着几位贵人打自己的脸了。

若是判案判错一次还情有可原，可他却连着判错了两次！

他实在不能接受这个事实，因此惊得站起了身。

"他没吃……"对比那唐松的惊讶，窦何氏只是低着头，仿佛喃喃自语般，面上却不带任何的表情。

谁也不能理解她此刻的心情。

是庆幸，还是不甘心？虽然她的心愿达成了，那窦天宝终于还是死了，可杀了他的却不是自己……

"不、不！我不信！如果他没吃，那他到底是怎么死的？"

"这就要问问你身后那几人了。"

宋慈没有功名，在这堂上，没经过大人们的允许，也不好越俎代庖，因此此时替他代言的，乃是安盛平。

"这……"窦天福不愧是白手起家的生意人，反应极快，而且不卑不亢，马上接了安盛平的话头，"这位大人何出此言？既然我二弟不是被二弟妹所害，那他死在了芙蓉阁，自然要去找芙蓉阁的人来负责，怎么不见提审她们，反而审讯起自家人来了？”

“这个你放心，如果没有十足的把握，自然不会叫你们来问话。”安盛平笑了笑，突然将目光投到跪在后排的，窦天宝的三姨娘方氏身上，“方氏！听闻前日窦天宝是夜宿在你房中的，一直到用过了早午饭才去了窦何氏那里，可有此事？”

三姨娘嫁进窦家之前，曾经在青楼做过娼妓，因此并不惧怕这些当官的，见那坐在县令大人旁边的年轻公子如此大的排场，连唐县令对他都要礼让上三分，早已猜到他势必来头不小。

不过她也不怯场，直接叩了个首：“回大人，二爷前晚确实是睡在奴家那里的。”

“好，那我再问你，这窦天宝在你房中之时，可有什么不妥之处？”

“大人，您这话是何意思？”

“意思便是，那窦天宝有没有什么不舒服？”

“没有，”方氏眼珠滴溜溜一转，答道，“二爷和往常一样，不论是饮酒吃饭，还是在小女子的床上，都生龙活虎的，身体好得很！”

“放肆！”

她这话说得毫不避讳，莫说在场的叔伯兄弟，就连跪在后面那几个伙计也不禁红了脸。

一旁的唐松这时候反倒回了神，眉头抽了抽，狠狠地拍下了惊堂木。

“注意你的措辞！”

“大人，小女子又没念过书，自然是大人问什么，小女子就答什么，半点不敢隐瞒！”

"这……"

她这么说，好像也算有点道理。

"总之，他离开你那里之后，便去了窦何氏那里……"安盛平说着，眼神又回到了趴在地上，仍是一脸难以置信的二奶奶身上，"是否？"

窦何氏没有回话，但却闭着眼，默默地点了点头。

"你们又是否因为他要休掉二姨娘董氏，纳了燕儿一事产生了争吵？"

结果这一次，不等二奶奶回话，后面的董氏却先号啕大哭起来："大人、大人可要为小女子做主啊！"

她的样貌虽然不如三姨娘那样美艳，年纪也比那丫鬟燕儿要大上不少。可比起窦天宝正房夫人来，还是要年轻些，也俏丽些，因此看得出当年窦天宝也是宠过她一段日子的。此刻，她哭得情真意切，若不是大家都清楚她是这场死亡里最大的受益人，又有谁会相信她此时这番伤心欲绝的样子竟是装出来的！

"禀大人，那燕儿就是个坏胚！她勾引主人，不是什么好东西！我和二爷当年也是你侬我侬，恩恩爱爱，就算这些年感情淡了，可恩情还是在的，若不是她从中挑拨，二爷又怎么会萌生把我休了的念头？"

"既然如此，那也就是说，这件事是事实了？"

"这……总之我不信，二爷肯定就是做做样子，我们夫妻这么多年，他怎么可能说不要我，就不要我？"

"呵。"

却在这时，只听窦何氏冷笑了一声："夫妻？我才是窦天宝明媒正娶、拜了天地的妻子，你不过是个妾，有什么资格这么说？”

她虽然声音冷淡，但却颇有一番震慑力，可见这位窦何氏平时在这后院里也是说一不二的。

安盛平没有成亲，也不擅长处理这些女眷争风吃醋的事情，因此不耐烦地咳嗽了一声，原本还想要反驳的董氏也只好闭了嘴，再不多说半句。

“后来他就带着阿海，坐着马车去了天福号，既然如此……”这一次，他将问题转到了天福号的几位男丁身上，“你们谁给我说说窦天宝到了天福号以后，究竟发生了什么？”

回答他的，自然还是天福号的当家窦天福。

他和之前阿海所描述的相差无几，可见不论是他数落窦天宝不知上进，还是窦天赐与窦天宝发生了口角，用酒坛子砸了窦天宝的额头这件事，都是事实。

但唯独，他却没有说到自己曾将窦天宝推倒的这件事。

安盛平看着他，突然觉得这人有些深不可测起来。

他看起来十分诚恳，但人说“无商不奸”，他若没有一些心机，又怎么能白手起家，做起这么大的生意？

因此，看他面容恳切地复述着昨日发生的一切……却又唯独漏下了推倒窦天宝这件事，反而更加让人猜不透他是刻意隐瞒，还是觉得无关紧要，所以干脆没说。

而这个时候，那一直被窦天福保护的，窦家最小的弟弟窦天赐也终于开了口。

“对，我是用酒坛子砸了窦天宝！谁让那浑蛋嘴上没有把门儿的！他好色这件事已经是全城皆知了，却还要搭上我夫人，占嘴上便宜！这种人，死了也是活该，他根本不配当我二哥！”

想不到，这窦天赐居然如此单纯，事到如今，还是相信窦天宝所说的全是虚言，毫不可信！

“大人，您给句痛快话吧！如果我二弟不是被我二弟妹毒害的，那他究竟是怎么死的？他死因是什么，又是谁害了他？”

安盛平叹了口气，往椅背上一靠，歪着头，看着站在自己身侧的宋慈：“是啊，惠父兄，你也别卖关子了，刚刚查到了什么，你不妨直截了当地说了吧。”

宋慈没说话，看了看徐延朔。

虽然这里主审的是唐松，但就官职而言，徐延朔却是等级最高的。因此，徐延朔才有最终决定的权力。

而徐延朔根本不在乎什么繁文缛节，只想着尽早破案，缉拿真凶。

于是，他也赞同地点了点头。

“好，”宋慈朝着他微微一揖，便不再推脱，往前几步，站到了堂下，立于众人面前，“那就由在下来解答发生在窦天宝身上的一切吧！”

宋慈此时一袭水蓝色长衫，立于公堂之上，虽然并无功名，但言谈举止间却又透着几分令人不容小觑的威严。是以宋慈一下子就吸引了所有人的目光，就连那一直呆望着地面，仿佛已经彻底绝望的窦何氏也被他泉水般的嗓音吸引，抬起头，默默地仰望起来。

“几位也许有所不知，在下今早参与了窦天宝的初步验尸工作，而刚刚之所以迟到，也是因为我又进行了进一步的检验……据现有的证据来看，窦天宝确实是赤身死在了芙蓉阁一位姑娘的床上，但根据我的检验，他却并无脱阳。而且，虽然他当时有过呕吐，却也没有被呕吐物卡住喉咙，因此窒息的死法便并不成立。至于二奶奶说过的下毒之事，就更不可能了。首先，那窦天宝昨日并无机会服用加了砒霜的醒酒药丸。其次，若真是中了砒霜之毒，也会伴有口干、恶心，以及呕吐的现象，而且必定腹中疼痛难忍！中毒者会不由自主地撕挠自己的身体，尤其是腹部和喉咙，更有甚者，还会因为无法得到解脱，对自己做出更加可怕的自残行为！然而，窦天宝却并无明显外伤也无任何其他中过毒的迹象，因此，他绝对不是中毒而亡。”

“这也就是说，我二嫂真的没有害死那畜生！”

窦天赐毕竟是被窦何氏养大的，所以心里对她还是存着些感激，并不愿意她为了窦天宝之死而担上人命官司。

宋慈微笑着摇了摇头：“没有，二奶奶确实不是凶手。”

“那就好！”

窦天赐也是个直肠子，实心眼儿，这时候居然还笑出了声，朝着他二嫂奋力挥了挥手，反而惹得窦何氏忍不住痛哭出声。

不过窦天福却只关心另一件事：“既然公子参与了验尸，那我二弟到底是怎么死的？”

宋慈朝他微微颔首，示意自己很快就会做出解答，仍旧按照刚刚的节奏，不紧不慢地说出接下来的发现。

“其实，我一直觉得窦天宝是喝醉了酒的，因为他身上以及最后陈尸的房间里，酒气都十分严重。再加上所有昨晚接触过他的人，都说他走路东倒西歪，摇摇晃晃，而且时不时眯着眼睛，用手捂住额头……这些乍看之下，都是喝醉了的表现。”

“是啊，我家二爷喝醉以后，确实是这样的！”窦天宝的三姨娘忍不住在一旁念道。

然而宋慈却没有理会她，而是径自说道：“但是，我问了芙蓉阁的管事以及他最后接触的那位姑娘，二人均称窦天宝进了芙蓉阁后并未饮酒，虽然他出事的那个房间里准备了酒水点心，可他却连一口都没喝！”

“这有什么奇怪的，也许是他在去芙蓉阁以前，先到哪个店铺里吃了饭，饮了酒？”唐松忍不住问道。

“不，我们沿街做了调查，窦天宝离开天福号后，直接去了芙蓉阁，他在路上并没有任何接触酒水的机会。”

“那又有什么奇怪的，他可是晚上才去的芙蓉阁，说不定晌午在家时喝了酒呢？”

“哦？是这样吗……”宋慈说着，将视线转向那窦天宝的三姨娘董氏。

三姨娘蹙眉想了想，认真答道：“回大人，午饭时，二爷确实饮了酒，但是只喝了半壶，他下午要去大哥那里要钱，喝太多了，怕大哥不喜欢。”

这时，跪在最后一排的阿海也跟着点了点头，应道：“是啊，二爷没敢多喝，就喝了半壶，而且他酒量向来很好，这点酒根本不在话下！”

窦天福见状，也回忆了昨天下午时的情景：“的确，二弟来天福号找我时，我并没有看出他有喝醉的迹象。”

唐松虽然不想再与宋慈对着干了，可仍旧忍不住被他的问题所吸引：“既然没喝酒，怎么会有酒醉的状态呢？”

“他虽然没喝酒，可大家别忘了，他在天福号时，却结结实实地挨了自己的兄弟窦天赐迎头痛击的一壶好酒！”

“哦，我明白了！”阿海用力一拍自己的双手，“大人的意思是，我们二爷身上的酒气，全是因为被洒了一身的酒才造成的！”

“没错，就是这样，窦天宝被淋了一身的酒，那酒水渗进衣服，自然就有了浓浓的酒气。”

“可即便是这样，也和二爷的死因没什么关系啊？”

“谁说没关系的？”

却在这时，一直端坐在堂前的安盛平突然灵光一现，似乎明白了宋慈的意思。安盛平打断别人的质疑，朝着宋慈道：“惠父兄，你继续说！”

“好，”宋慈朝着安盛平看了一眼，他知道安盛平信任自己，“既然窦天宝是因为身上沾了酒水而散发着酒气，又有人证说他并未饮酒，那何以他会做出一副喝醉的姿态呢？意识到这一点之后，我不禁产生了疑问，而后，我突然想起人脑部受到撞击后，也会呈现出与酒醉相似的反应。”

这一次无人打断，他环视四周，刻意停顿了一下，这才继续道：“当一个人头部受到了外力撞击，轻则头晕眼花，重则会导致头颅内出血，而这也解释了为何窦天宝明明没有饮酒，却会出现走路摇摆、头痛、眼睛睁不开，甚至呕吐的这些症状！当然，头部受到的外力撞击无疑也是造成他死亡的最根本原因！”

此话一出，大堂内鸦雀无声。

过了一会儿，窦天赐才突然反应过来似的，一下子站起了身：“你什么意思！你是说我杀了二哥？”

他此时心急，竟也忘记了自己与那窦天宝的宿怨，改口称呼窦天宝为“二哥”起来。

“三弟你不要激动！”窦天福虽然这么说着，但神情也十分的紧张，他一把拉住自己的弟弟，然后看向宋慈，眼神仿佛闪耀着火焰，像是要把宋慈活生生烤死，“你这人说话到底有没有凭证？无凭无据，凭什么说我二弟就是因为头部受伤而死？”

“实不相瞒，这头部受伤而死的案件，在下也曾遇过一例……”

当然，确切地说，是他父亲，宋巩宋推官遇到过。当年，若不是父亲明察，也许便会落下一段冤案，害无辜之人枉死。

“在我的故乡，曾出过这样一起案例。当时一位姓黄的樵夫协同一位姓张的邻居一起上山砍柴，黄姓樵夫在砍柴的过程中失足滚下山，当时他的后脑曾被一块石头撞到，并引起了短暂的昏迷。不过因为并没有流太多的血，再加上他不久便苏醒了过来，因此两人便都没有放在心上，如常回到了家中……但是从那天起，那姓黄的樵夫便总是出现头昏脑涨、眩晕恶心的症状，而且脾气也越发火爆，性情大变，妻子也回了娘家。这种情景，一连发生了多日，他也索性待在家里没有再出门。直到邻居来找他时，才发现他已经死了。邻居火速报了官，仵作验尸完毕发现樵夫已经死了多日，而他暴毙那日，正好是他妻子回老家之日，因此他的妻子变成了疑犯，遭到了拷问。可无论如何严刑逼供，那樵夫的妻子都不肯承认自己杀夫，万般无奈下，负责此案的大人只好请来了当地一位颇有名望的推官——我的父亲。父亲验尸后发现，死者的后脑部有一鸽子蛋大小的肿块，因此怀疑死者是遭到硬物撞击而死，但经过盘查，死者生前虽然与妻子发生过冲突，但却并没有受伤，而他身上那些皮外伤，均是从山坡滚落所致！故而推断出，他是因为被那石头磕碰了后脑，这才导致了颅内出血，血液堆积到一定的数量，得不到流通，便造成了死亡。”

宋慈说完，低下头，凝视着窦家两兄弟。而直到此刻，这两人竟然还不明白宋慈真正的意思。

“这、这简直是无稽之谈！那樵夫都磕碰了好几天了，怎么可能一直没事？要是会死，当时怎么没死？”

“因为血液无法流通，当时受了伤却没有及时医治，这才造成血液堆积阻塞，而樵夫那些天的反常，也恰好说明了他当时头颅中有伤！”

“可是，我就是用酒坛子砸了他一下！我发誓，就一下！怎么可能这么巧！再说他当时流血了，血都流出来了，还会堵在脑袋里吗？”

窦天赐越来越激动，几乎要冲过去与宋慈拼命，窦天福死死拽住窦天赐，却也终于渐渐明白了。

窦天福看向宋慈，眼中的怒火也转变成了不可置信和痛苦的绝望。

“不、不对……”他转过头，再看向自己的三弟时，居然已经含了泪，“不是你，是我。”

他说着，缓缓站起了身，动作极为缓慢，仿佛一瞬间苍老了许多。

宋慈看着他，心里也不好受，毕竟他是无心之过。不过如果没有确凿的证据，宋慈也不敢妄言窦天宝真的仅仅因为跌了一跤就这么送了命。毕竟发生在老家的那起案件也是偶然现象，并不代表窦天宝也是这个原因而死。

可事实就是如此，宋慈刚刚之所以会迟到，便是因为前去查看了那窦天宝的尸体。

这一次，他切开了窦天宝的头颅，清清楚楚地看到了堵在窦天宝后脑的那一处血块……

原本要将死者切开解剖这种事，是需要家属应允的。但此案很特殊，所有和窦天宝有关的家属，全都有作案的嫌疑。

如果事先知会他们，怕他们会持有反对意见。所以这一次，便由安盛平做主，来了个先斩后奏。完全没有征求任何一位家属的同意，宋慈就进行了最终的尸检。

“是我杀了二弟，我当时推了他一把，他摔倒了，刚开始我没有注意，后来他走了以后，我听到虎子收拾的时候说了一句，那柜台上有血……”

“啊，对，对！”跪在最后一排的一个小伙计猛地抬起了头，看着自家老板，怔怔地说着，“二爷走了以后，我们就赶紧把他们打过架的地方都给收拾了，李柱当时在扫地，我负责收拾柜台上的酒壶碎片，在擦柜台时，我发现那抹布上有血！当时我还以为是二爷被打破头时，血溅到了上面，可现在想想，二爷当时明明就是背对着柜台的！”

这话说完，所有人都明白了。

几个女眷惊得捂住了嘴，那邱掌柜和另外一个伙计也吓得瞪大了眼睛。唯独窦天赐，他看着站在身侧的大哥，愣了好一会儿，然后，他仿佛突然下定了决心，猛地一把将他的大哥推开，冲着宋慈跑了过来。

窦天赐面露凶光，仿佛要将宋慈生吞活剥了一样，而就在这时，徐延朔却从椅子上一跃而起，闪身到了宋慈的跟前。他举起了手中的配刀，但是却并未将刀拔出刀鞘。一个整日打架斗殴的小混混，还犯不上让他拔刀。

可是，所有人没有想到的是，窦天赐却在距离他们不到一臂的距离的时候，猛地往前一扑，硬生生跪到了两人的面前。

“大人！大人您明察啊！杀了窦天宝的是我，是我！绝不是大哥！大哥对我们两兄弟极好，他省吃俭用，起早贪黑，一直都是为了我们窦家！要是没有他，我们两兄弟十几年前就饿死了！还有二嫂，她对我比亲娘还亲！所以他们都不是凶手。是我砸了窦天宝的脑袋，是我杀了他！都是我！大人，您砍我的头吧，我不怕死，我杀了人，我得偿命……是我，真的是我！那窦天宝侮辱我的妻子，给我戴绿帽子，所以我早就想杀了他，我恨不得将他碎尸万段！”

他不住地叩首，说着连自己都不相信的话，好像多说几次，就能成为现实一样。

没有人阻拦他，也无法阻拦。

公堂之上，除了他嘶哑的喊声，还有窦何氏呜呜地哭咽声，便再无其他声响。

整个世界仿佛一瞬间都陷入了安静。

当窦天福被官差带走之时，窦天赐仍旧不要命地磕着头，仿佛这个世上除了磕头，他再也没有别的可做。

杀人未遂的窦何氏在被收监之前，跌跌撞撞地走了过来，她跪在窦天赐的面前，用那双仍在淌血的手，牢牢地抓住了他的肩膀，迫使他停下来，看着自己。

她看着这个自己一手养大的孩子，看着他磕了满头的鲜血……仿佛一瞬间，他终于长大成了一个男人。

这一刻，她突然觉得很欣慰。

她勉强挤出一丝笑容，看着泪流满面也血流满面的窦天赐，轻声说道：“你二哥生不出孩子，邱荷的孩子……是你的。天赐，你好好活着，你当爹了！窦家以后……就靠你了。”

因为窦天福并不是蓄意谋杀，只是一时失手误杀，再加上认罪过程十分顺利，因此从轻发落，被判发配沧州牢役，五年后可以归来。窦天宝的妻子窦何氏，虽然有心毒害亲夫，却并没有真的害死人命，又念在她一介妇孺，已经被唐松施了拶刑，所以只判了个杖责四十。

这刑法虽然听起来不算什么，但用在女子身上，十有八九是要被打得皮开肉绽，好似在鬼门关走了一遭。而有些身子弱的，甚至可能直接送了命。不过安盛平可怜窦何氏，所以便悄悄放了话，千万不能要了窦何氏的性命。

衙门里当差的，一个个比猴子还精，自然明白大人的意思。因此两个执仗刑的差人手下留了力，纵然打了足足四十大板，那窦何氏也无非是受了些皮外伤，只需养上几日便好。

窦何氏虽然有心毒害窦天宝，但她于窦家来说，却比窦天宝这当二哥的还要更加尽责。所以窦天福临行前特意嘱咐了三弟，切不可对她心存芥蒂，一定要把她接回窦家，好生照养。

而窦天赐本就对二嫂感恩，经过此事之后，叔嫂间的关系也更加融洽，相信在窦何氏的辅助下，窦天赐定能早日振作，重整天福号的生意。待到五年后窦天福刑满归来，也一定可以看到一个崭新的未来。

至于绿荞和阿乐……

绿荞虽然洗刷了嫌疑，但毕竟窦天宝是死在了芙蓉阁，因此免不得被乡民指指点点，处于旋涡中心的绿荞更是成了众人指责的焦点。

不过她这次受伤不轻，倒也算是因祸得福，柳仙仙体恤她，让她在后院好生养伤，暂时不用接客。

安盛平本想着要不要趁此机会替她赎身，但思来想去，又觉得真赎了身，好像也无处安置这姑娘。难不成真把她送给阿乐？还是说，要把她带回府里，留在自己或是姐姐身边伺候？

不过绿荞也是个叫人省心的好姑娘，她虽然心气高，想要嫁个好人家，但也不会因为这个就讹上别人。阿乐与她共患难过，安盛平和宋慈为了帮他们洗刷嫌疑也出了不少力气，她无以为报，也只好做到尽量不给他们找麻烦。所以不等安盛平开口，她便主动说出了自己仍想留在芙蓉阁的想法。

至于阿乐，事后比平时更勤快了，对宋慈越发照顾有加。最后连宋慈都有些不适应了，连连叫他打住，不用再溜须拍马，只要以后好好做人即可。

最令大家意想不到的是，这次的事件过后，他们居然也有了个小小的收获。

原来，那晚阿乐与绿荞饮酒时，因为酒醉而口无遮拦地说了他们正在寻找一个身高七尺有余、走路外八字、身材魁梧的男人。而这个男人，便是破获女鬼挖心案的关键。

阿乐当时喝得几乎忘了自己的姓名，因此一觉醒来早就不记得此事。可谁承想，绿荞居然放在了心上，一边在芙蓉阁的后院养伤，一边暗中跟自己的几位姐妹打听，居然，还真让她打探到了一些消息——

大概两个月前，这芙蓉阁里，来了几位特殊的客人。

而其中一个，便正好符合阿乐的描述。

那人三十岁左右，身高七尺多，身材十分魁梧，生得一副宽肩，虎背熊腰，面容僵硬，似乎完全不会笑。而他走起路的时候，恰恰也是外八字。

“虽说这身高和外八字的特征都符合，但那位姑娘又怎么知道此人就是我们要找的那个轿夫？”徐延朔不解地问道，“再说，都已经过去两个月了，怎么可能记得这么清楚？难道告诉绿荞这消息的，也是那言螺殿的人？”

毕竟，这特征虽然明显，却也极为普通。他派人调查的过程中，也遇到了好几位符合这些特征的，但经过排查，却全都不是他们要找的人。因此，他不太相信绿荞她们这么快就找对了方向。

“是不是言螺殿的姑娘我就不得而知了，不过她说的话倒是极为可信。”宋慈担心转述不清，所以亲自去芙蓉阁见了告诉绿荞这消息的，名叫小玉的姑娘。

“哦？那姑娘到底说了什么，竟然真的可信？”

宋慈点点头：“她说，那人并不是独自前来，他来的时候，身旁还跟了三个同伴。”

“三个？”徐延朔眉头微蹙，“你说他们一共四人？”

那帮着方玉婷抬轿子，或者说是抬棺材的，岂不正是四人！

“是啊，一共四人。而且……除了那人之外，其余三人从头到尾连一句话也没有说。”

“不说话？”安盛平觉得有些不可思议，“我没听错吧，还有人去喝花酒的时候不说话！他们难道哑巴了？”

谁承想，宋慈却点了点头：“没错，就是哑巴。”

他说着，仿佛又想起了那位小玉姑娘惊恐的眼神。

那一日，她站在宋慈的对面，瞪着一双水灵灵的大眼睛，用一种好似见了鬼的表情看着他，怯怯地说道——

“我看见了，他们其中一个人一边喝酒一边笑，他笑的时候抬起了头，我恰好看到了他的嘴……他的嘴里没有舌头……”

是的，这些人并不是天生的哑巴。

为了让他们保守秘密，那幕后主使硬生生地割掉了他们的舌头。

这是多么残忍的手段！

安盛平和徐延朔都不知该说些什么。

“鬼嫁娘”一案本就十分诡异。随着调查的深入，越是接近答案，谜团也越多……

只是，真相还没到来，新的案子却又来了。

第六章　无名人头案

安雨柔有两个贴身的丫鬟，一个是她从娘家带过来的映月，一个是到了董家老宅才提拔到身边的淑香。

映月几乎是跟着安雨柔一起长大的，整日除了围绕着自家小姐，便再没有什么自己的生活。

可淑香不同，淑香今年十七，说大不算大，说小倒也不算太小。

她是两年前卖身到了董家老宅的，不久后，安雨柔来了这里，成了这座老宅的女主人。

淑香并不是一直为奴，她和董家签的是五年的契约，如今已经过了两年，再等上三年，她便可以出府去了。

当然，若是她在这期间可以凑足了银子，而主子也同意的话，也能提前解除契约。

不过淑香自己却没有这个意思，一来她当年之所以会卖身为奴，是因为家里确实穷得揭不开锅了。母亲得了重病，父亲一个人种地，每年的收成仅仅够交了租子后一家人吃喝，哪有闲钱给母亲请郎中、抓汤药……她虽然还有个妹妹，但是却比她还小了三岁，她卖身进董府时，她那妹子才不过十二。年纪太小，她实在舍不得让妹妹出来受苦，即便主子再好，也毕竟是为奴为婢，做着伺候人的活儿。二来，她不得不承认，这安雨柔对待自己，确实是不错的。

原本她只想进董家当个粗使的丫鬟，可也许是因为她年纪轻，又也许，当年那董夫人也是初来乍到，她想着比起从董家原有的老奴中找一个来伺候，还不如提拔个新人，慢慢培养，也能成为自己的左膀右臂。

淑香伺候安雨柔这些日子，一直捎带着小心，生怕自己没经验，哪里做得不够好，惹了主子不高兴。不过也因为如此，安雨柔似乎对她也格外宽待，并没有过多地为难。

就连安雨柔身边的映月和周嬷嬷也都十分和气，相处起来完全没有架子，也并不会欺负或是瞧不起她这乡下姑娘。

这样的日子，她过得十分惬意，而挣来的银钱也确确实实帮了家中不少的忙。

至少，母亲的病情已经得到了控制，渐渐朝着好的方向发展。再加上董家在这长乐乡的声威，也有不少人想要巴结，最明显的就是妹妹今年才不过十四，却已经有几个媒婆来上门提亲了。

淑香知道，那都是董夫人的面子，也是自己的福气。

这样的生活，原本是她最向往的，如果可能，她甚至想要永远留在夫人的身边。可是最近，她却渐渐地有了一些动摇……

而她之所以想要离开，是因为一个男人。

那人姓田，名叫田力，是为董府送菜的一个菜商家的小儿子。

淑香被安雨柔收进房里做丫鬟前，曾在后厨做过三个月的帮工。也是那个时候，她认识了田力。

两人年纪相仿，几次交谈下来，彼此也都对对方留下了不错的印象。虽然后来淑香去了安雨柔那里，他们见面的机会就少了。但安雨柔的饭菜，通常都是淑香负责和后厨交涉的，所以难免还是会和田力有一些接触。

比如主子明天想吃个新鲜的莲藕，淑香就会嘱咐田力第二天一早摘了新鲜莲藕送过来。又或者，主子最近想念故乡，想吃些在临安城时吃惯的青菜，淑香也会提前告知，让田力努力找来，好缓解主子的思乡之情。

这一来二去的，两人竟渐渐有了种默契，而后来他们的交涉也不仅仅停留在为主人着想之上了……

有时候两人闲聊，淑香会提及小时候在荷塘边吃过的莲子，于是第二天再到厨房时，便会看到那里已经放了几个莲蓬。莲蓬上还带着水珠，一问才知道，竟是那田力采了，劳烦某位厨娘捎给她的。又或者，府里的规矩是不会让下人们随便外出买零嘴儿的，那田力便会从外面带一包烤栗子或是山核桃，趁人不注意的时候，偷偷从怀里掏出来，塞给她就跑。

再到了后来，他甚至会帮她往家里捎东西，有时候母亲或是妹妹有什么要给她的，也会由田力帮忙带过来。

原本安逸的日子，因为有了和他的见面，竟也变得甜蜜了起来。

甚至有几次轮到淑香休息时，她也会在回家探望过后，再单独跟田力在外面见个面，聊聊天。

今日恰巧是淑香回家的日子，明天一大早，她便要回到董府，直到下个月的此时，才有机会再回来住上一日。

明日回府前，田力约了她一起赏月，说是有事相商。

她心里隐隐觉得，他大概是要问她赎身一事。

这事，田力也曾和她提过两次，说是家里催得紧，希望他赶快成婚，继承家业。田家虽不是大富大贵，但相比一般人家，也算是小康水平了。而且田力的父母似乎也知道他二人的事，明知她家境贫寒，又是个丫鬟，却也不嫌弃，这一点着实令淑香感激。

但田力的父母却总是催着他尽快成亲，想要早点抱孙子，偏偏淑香的卖身契是签了五年的，还要再等上三年才能出府……

三年的时间太长，这中间最怕出什么变故。所以田力索性提出为她赎身，他见过董夫人一次，觉得她是世上最温柔善良的贵妇人。一个这么好的人，肯定不会为难他们，所以只要淑香同意，他愿意去求董夫人早日放淑香出府。

天色已经渐渐晚了，月亮也悄悄地爬上了夜空。盛夏时分，空气里带着股潮湿的感觉，好在因为日头沉了，这才稍微凉快了一些。

淑香穿着件淡紫色的襦裙，这本是安雨柔出嫁前的旧衣，但因为保养得极好，再加上安雨柔一向为人低调，衣服不喜太过奢华，所以尽管这裙子质料上乘，但却并不出挑，即便是淑香这个身份穿了，也不会让人觉得她是刻意显摆。反而更衬托得她肤色白皙，恬淡之中，又带了一丝温柔，秀美的同时又添了一分娇俏。

这裙子，淑香本来也舍不得穿，但是一想到今晚田力可能会央求自己嫁给他，出门前竟然没来由地小鹿乱撞，悉心打扮了好一阵。

此时，她梳着个双丫髻，鬓角插了朵出门前采的丁香。淡紫色的丁香花正好与她那裙子的颜色呼应，而且微风拂过，还带着股香甜的味道，更衬托得她人比花娇。那圆润饱满的耳垂上，别着对小巧的珍珠耳环，这是映月姐姐在她生辰时送给她的，虽然不大，但她很是喜欢。

一想到主子和映月、周嬷嬷对自己的好，淑香就觉得鼻子有些发酸，她舍不得离开董府，更舍不得离开朝夕相处了一年多的几个人。

但她不可能跟着夫人一生一世，映月将来也会嫁人……她总不能放着一辈子的幸福不要，一直留在她们的身边。

心中这么想着，她也越来越烦躁，如今她已经在这路边的凉亭等了将近一炷香的时间了，怎么那田力直到现在还没有出现？

正想着，却听到远处一阵脚步声，她以为是自己的情郎终于赶来赴约了，抬起头，努力朝着那脚步过来的地方望去……可片刻之后，那远处却只走来一个步履蹒跚的老婆婆。

不知是谁家的老人，这么晚了，竟然还要一个人赶夜路。她这么想着，不由多看了几眼。

谁知不看还好，这一看，心里立刻凉了一大截。

原来那老婆婆不是别人，正是自家邻居一位姓刘的大娘。

这刘大娘是个碎嘴，而且极喜欢传话。若是自己和田力在这路边凉亭幽会一事被她知道，不出几日，怕是整个村子就全都知晓了。

淑香急得直跺脚，恨不得现在就赶紧跑了。可田力人还没到，要是他来了看不到自己，那该如何是好？

眼瞅着，刘大娘越走越近，而且似乎有意无意地抬头往凉亭这边瞧了过来，淑香知道，她不能再犹豫了。

提起裙摆，她全然顾不得形象，转身迈下台阶，顺着小路朝着林子里跑了过去。

那是一片茂密的杨树林，此时一片漆黑，她纤瘦的身子躲在那些粗壮的树干后，只要不离得太近，那刘大娘应该是不会注意到自己的。

只要她能等到刘大娘离开，到时候再从树林里走出来就好了。

心里这么想着，她加快了速度，迅速闪身到一株杨树背后，然后小心翼翼地探出半个头，注视着这边的一切。

刘大娘因为老眼昏花，没有注意到淑香藏身的这片树林。只是，她步伐太慢，竟是走了半天仍未彻底离开淑香的视线。

这时候田力却来了……

他跑到凉亭里，却又根本没见到淑香的踪影。于是，田力急得团团转，甚至干脆快跑了几步，追上了那刘大娘。

杨树下的淑香觉得自己都快气晕过去了！这不是羊入虎口吗？

正在她纠结气恼之际，突然，从上面掉下了一滴水。

那水滴正好滴在她的脸上，淑香下意识地望了望外面的天，小声嘀咕道："倒霉，怎么还下起雨了！"

其实南方的七月，本来就是多雨水的，可她看今天天气不错，再加上又穿了件这么漂亮的衣服，因此就没有拿伞。可谁承想，怕什么来什么，她怕那刘大娘发现自己，偏偏田力还跑去跟人家搭话！她怕下雨，这老天爷就这么不作美，真的下起了雨！

跺了跺脚，也没有别的办法，她只能站在原地默默等着。

过了一会儿，田力一人傻兮兮地又跑回了凉亭，他焦急地东瞅瞅、西看看。

淑香见那刘大娘终于走远，这才抿着嘴，从树林里闪出了身。

天色如此昏暗，她穿一件淡紫色的衣裙，在那夜色之中，显得尤为美丽。因此，田力很快就看到了她，并朝着她的方向挥起了手。

所有的埋怨都被他那傻乎乎的举动化解，淑香笑着加快了脚步。

"怎么这么晚才到，我都等你半天了？"

"对不起，对不起！"田力说着，从袖子里掏出一个油纸包，"我想起你爱吃夜市的杏仁饼，就绕道去买……"

他的话没有说完，整个人突然愣在了原地，手中那包杏仁饼也直接掉在了地上，瞪着一双眼睛，死死地盯着淑香。

淑香抿嘴一笑，还当是自己这身衣裳太美，把他看得呆了。

于是，她轻移莲步，缓缓地提着裙摆，走上了凉亭的台阶……

田力却在此时一个箭步冲了过来，紧紧地将抓住了她的肩膀。

淑香一愣，这、这反应也太激烈了吧？

就在她蹙眉之时，田力突然开了口："你没事吧！怎么脸上都是血？"

"血？"

淑香有些纳闷，她好好的，哪来的血？

这么想着，不由用手往脸上一摸。那滑嫩的皮肤上，好似有什么东西晕染了开来。

确实，她刚刚在树下躲着的时候被雨淋了，脸上湿了几块，不过她也没有在意，毕竟雨不大，可待到她轻抚过自己的脸颊，再看那右手时，却和田力一样，整个人都呆了。

她的指尖居然红了，手上那红色的东西分明就是鲜血！

"怎么会这样！"

她大叫着，疯狂地用双手在脸上涂抹起来，而直到此时她才发现，不仅仅是脸上，她的衣服上也有几处红色的血点子。宛如一朵朵红梅，在淡紫的布料上绽放。

"你疼不疼，有没有事？"田力想用手擦擦她的脸，可又怕她有伤口，会弄疼她，只能急得干跺脚。

淑香却再也经受不住打击，吓得昏了过去。田力只好把她送回了家。

第二天，淑香没有回到董府，她吓坏了，几乎一夜没有合眼。

她回想着昨晚的经历。当时，她站在树下，以为天上下了雨，虽然只有几滴，但她却实实在在地感觉到了雨水滴在自己的脸上。

可老天又怎么可能会下血雨呢？

如果这血不是从天上掉下来的，那就是她藏身的那棵大树了……

她不敢想象那时候她头上有什么，如果她当时抬了头，不知道会看到什么吓人的情景……

她真的怕极了，怕得连房门都不敢出，怕得搂着不明所以的母亲，完全不愿意撒手。

她麻烦田力恳求夫人可以让她在家多留几日，也恳求安公子和徐大人能帮忙尽快解决此事。

这突发的事件又一次打乱了安盛平等人的安排，只能将方玉婷的案子暂时搁置。

由于淑香居住的那个小村子比较偏僻，如果坐马车的话，可能会因为道路不够宽敞而十分颠簸。于是，安盛平和安广骑了马，宋慈骑着他的那头小毛驴，一起朝着那片树林赶去。

徐延朔带着一队官差已经提前赶去。而福顺和阿乐另有任务，所以这次并没有跟随在他们左右。

一路上，他们有一搭没一搭地聊起了方玉婷的案子。因为此处人烟稀少，倒也不怕被人听了去。

那四个轿夫的事情他们已经吩咐了下去，原本只有一个人的体貌特征也许不太好找，但是现在知道了其余三人都因为被割去舌头而不能说话，那找起来，就相对要容易一些了。

虽然这四人也不一定什么时候都在一起，但只要顺着这条线，安盛平相信，他们很快就能摸到幕后的黑手。

那个名叫柴峻的画师，还有那位在书院做事的名叫翟金玉的后生，也被暗中监视了起来。当然，这只是为了确保他们的安全，一旦那女鬼有所动作，他们也好尽快出面，将她捉拿归案。

不过，最令宋慈在意的，却不是这些。

他一直心心念念的，想要去看看那方玉婷的坟墓。顺带的，也想要拜访一下曾和方玉婷有过婚约的大和尚释空。

不知为什么，他总觉得那释空会知道些什么。

毕竟释空和方玉婷两人曾有过那么深的羁绊，若是她真的就这么死了，他为她遁入空门也就罢了。可现在，她却从坟墓里爬了出来，并且已经连续害死了好几条的人命！

即便这件事从头到尾都只是一场阴谋，是有人假借了方玉婷的名号……可释空为了她，连荣华富贵、红尘乱世都可以不要，怎么此时却能淡定得不闻不问，完全不想为她洗清罪名呢？

宋慈虽然没见过释空，但也听过一些关于释空的传闻。他曾是最令世人艳羡的状元郎，曾经舌战百官，连当今圣上都折服于他的才情。这么有理想、有抱负、有口才、有智慧之人，真的能在短短几年间磨平了自己的心性，甘心沉寂在这么一个小地方？

安盛平自然明白宋慈的心思，他一手牵着马缰，微笑目视着远方："放心，等忙完这边的事，我会安排你去见那释空的。"

三人又绕过一个土坡，终于来到了淑香昨晚所在的那片树林。

远远的，就看到了那个凉亭，而亭子再往前几十步路的地方，就是出事的杨树林了。

兴许是已经结束了搜查，以徐延朔为首的几个官差正站在树林前的空地上，在那里等着他们了。

“安公子，宋公子！”徐延朔的脸上一副愁容，似乎刚刚的发现很是令他头疼，“你们看看吧，这件事，怕是不太好办了。”

宋慈开始时只当是个小案子，但现在听到徐大人这么说，心里不禁也有些担忧起来。

“怎么个不好办？”安盛平问着，也凑了过来。

徐延朔仍旧苦着脸，回头指了指身后的一棵杨树：“就是这棵树，我们在树下的土地上，还有那树干上都发现了血迹，然后爬上去一看，竟然找到了这个。”

他说着，将他们引着又往前走了几步，那地上有块布，也不知道包着什么，鼓鼓的，看着就像块大石头。可那布包的周围却飞满了苍蝇，“嗡嗡嗡”，很是恼人。

徐延朔点点头，示意一个官差去把那布包打开。那人得了命令，赶紧弯下腰，咧着个嘴，很不情愿地将布包打开。

一股血腥气随即扑鼻袭来，没了遮盖，那群苍蝇更是疯了一样，朝着那东西飞了过去……

直到此时，宋慈他们才意识到，那血淋淋的，竟然是一颗面目全非的人头。

“我怀疑是被野兽啃食过了，所以现在这头都残破不全了。”徐延朔指着那脑袋，眼睛微微眯起，虽然他就是干这行的，但这画面也确实血腥了一些，“鼻子已经没了，耳朵也被咬掉了一只，脸上基本就没有一块好肉了，头发都乱糟糟的，连个发髻都没有！现在别说长相，就连男女都看不出！”

他说着，又索性蹲下身，将手在那人头上抹了抹："宋公子你看，这头明明是我们从树上取下来的，可是上面却沾满了泥沙，你说这是什么情况？难不成，这颗头在上树之前，还被人当成空心皮球踢过？"

"应该不是，"宋慈蹲到他的身旁，专注地看着那面目全非、血肉模糊的人头，"我觉得徐大人说的没错，这头看起来确实是被野兽咬过。四郎你瞧！"

宋慈叫了一声，示意安盛平过来看。

"你看这鼻子的部分，断掉的伤口看起来似乎是狼或者野狗的牙齿咬的。至于为什么会有土，有两种可能，一种是那野狗——姑且就说是野狗吧，可能拖拽着这颗头颅行走了一段时间，这期间又一直不停地撕咬，所以才导致这颗头颅上沾满了沙土。而另一种，就是这头本来是被埋在地下的，却因为埋得不够深，被那野狗闻到了味儿，所以把它挖了出来！"

"等等等等！"安盛平扶额，"这些都不是重要的吧，重要的应该是这头怎么会上树才对吧？"

"那可能性就更多了，也许是那野兽刚好会爬树，还有可能是人为……不过按照这头颅的头围大小来看，我觉得这人应该是个成年男子，而且你们摸一摸他的下巴，好像还能感觉到有些胡楂。"

他这么说完，徐延朔也很认真地伸出了手摸了摸那头颅的下巴。接着，又用另一只手摸了摸自己的。

安盛平站在一旁看着，突然有种哭笑不得的感觉："那这人怎么死的，惠父兄你能看出来吗？究竟是野狗挖了死尸来吃，还是有人被野狗袭击……"

“还真不是野狗！”

孰料，安盛平话还没说完，就被人打断了。当然，打断他的，必定就是那宋慈。

“你瞧，他脖子的切口处很平滑，这不是被野狗咬伤造成的，而应该是用了刀具。这不是死后造成的，皮肉微卷，伤口发红，说明他是在活着的时候被人砍了脖子！”

“没错！”徐延朔可是用刀的老手，他其实也注意到了这一点，所以赶紧补充道，“这刀很锋利，不是一般家里做饭时用的那种菜刀，也不是砍柴用的砍刀。如果我没看错的话，这刀一定经常打磨，即便不是杀人利器，也一定是剔骨专用！”

“就像刽子手或者是屠夫用的那种刀？”

“嗯，极有可能！”

见他俩你一言我一语的，好似对这颗面目全非的头颅十分感兴趣，安盛平苦笑着摇了摇头。他直起身子，环视四周，原以为那发现了这头颅的小丫鬟也在场，可看了一圈儿，却根本没有发现任何女眷的身影。

“奇怪，那个叫淑香的怎么没来？”是叫淑香吧？如果他没记错的话。

“回大人，淑香她昨夜给吓着了，所以说什么也不敢再来了！”

回话的，是个年约二十的后生。他身量不算高，穿着件青蓝色的布衣，低着头，正小心翼翼地给安盛平行着礼。和周围穿着官服的那些差人站在一起，他显得有些格格不入。

“你是？”

“哦，这是田力，昨晚，淑香姑娘就是和他约了在这地方见面的。”徐延朔替他答道，“那淑香胆子小，不敢来，所以今天是这位田力兄弟帮我带的路。”

“哦！”安盛平听姐姐说这件事的时候，好像也听到过这个名字。

“大人，草民虽然不住在这附近，但是也听淑香提起过，说这附近有些野猴子，所以草民以为，那头颅之所以会上树，可能就是这些猴子所为。”

听他的言谈，还像是读过几年书的，因此安盛平对他的好感又胜了几分。

“不过这人已经面目全非了，就算宋公子推断出他是个成年男子，要找到他的真实身份恐怕也不太容易吧？”徐延朔边说边站起了身，“而且，我更在意的是另一件事。”

“什么？”安盛平问道。

“既然有脑袋，那这人的身子又去了何处？”

宋慈没有理会，在田力的陪同下，又去了发现人头的大树下查看了一番。

待到他查看完毕，再回到田埂前的空地时，表情也更加严肃了。

“怎么样，有什么新发现吗？”

他摇摇头，说出来的话，居然有些丧气：“我觉得我们可能很难查到这个人的身份。”

安盛平和徐延朔都愣了：“怎么说？”

“虽然被野兽啃食导致很难判断这个人遇害的确切时间，但以树干和地面上的血迹来说，应该是死了没多久，所以现在我们去查失踪人口的话，这么短的时间，不一定有人报案。而且……确实如徐大人所言，以现在仅有的这颗头颅来看，要判断出死者的身份也是一件极其困难的事。”

“困难？可刚刚你不是推断出了他是个成年男子吗？”

宋慈没吭声，因为实在不知该如何作答。这证据也太少了些，仅仅一颗头，别说他了，怕是父亲来了也没办法……

徐延朔也低头看着那颗头颅，却突然眼睛一亮，仿佛自言自语一般道：“虽然我们不行，但也许他可以……”

“他？”

“对，我认识一个人，他是个泥塑高手，不管什么样的人或物，他只要见上一眼，就能惟妙惟肖地捏出来！而且，他还有个本事，那就是能捏骨！”

宋慈好似明白了他的意思，但又觉得有些不可思议：“捏骨？”

“没错，我曾亲眼见他去参加过一个孩子的满月酒，当时，他看着那个孩子捏出了个小泥人，说是那孩子长大些的样子。开始时，我们都不信，可过了三年，我又见了那孩子……居然，真的跟他捏出来的泥人一模一样！”

“一模一样？这怎么可能，怕不是徐大人您记错了……”

安盛平本来不信，可话一出口，这才想起徐延朔也有个本事，那就是不管什么人，只要徐延朔见过一眼，就永远也忘不掉。所以，若是别人还有可能记错那泥人的样子，偏偏徐延朔不会。

这也就是说，那人真的有捏骨的本事！

“既然如此，那还等什么！徐大人赶紧把那高人请过来啊！”

“这……”徐延朔有些为难起来，“他倒是离长乐乡不远，若是快马加鞭，有个两天一夜，怎么也能把人带来了。可是却不知他愿不愿意帮忙。”

“人命关天，哪有不帮忙的道理！”

“他早年被人陷害，吃过官司，所以最痛恨官场，若是换个人去求他还好，我去……怕是不行。”

“可只有徐大人才认识他啊！”

“这……”

沉思片刻，徐延朔又突然想起了什么，脸上又展现出了笑容。他抬头看了看宋慈：“也许宋公子可以帮忙！”

宋慈一愣：“我？”

“是，我说的这人，名叫王敬，乃是雁北堂的一员。”

此话一出，安盛平也瞬间明白了过来，他拍拍宋慈的肩膀：“是了！惠父兄不是认识他们堂主嘛！只要你开口，他应该没有不帮忙的道理吧！”

听到这里，宋慈也笑了。

其实那一日宋慈遇到雁北堂的铁鱼，二人确实相谈甚欢。后来又经由他的介绍，宋慈认识了柳仙仙。

这柳仙仙虽然不是雁北堂的人，但交流起来也没有丝毫的不愉快，相反，她爽朗霸气的性格反而给宋慈留下了不错的印象。

所以，宋慈对这雁北堂又多了几分向往，希望有朝一日，可以多认识几个像铁鱼这样既爽朗，又有趣的人。

“如果是这样的话，那我这里倒是有样东西，说不定可以帮上忙……”宋慈说着，从怀里掏出平时携带的香囊。那是母亲亲手缝制的，有些重要的东西，他会放在这香囊之中贴身带着。

而他此刻从香囊里拿出来的，却是一个看似毫不起眼的铁片，那铁片被雕刻成了鱼的形状。

“这是……”

宋慈笑了：“铁鱼。”

其实那日相见后，铁鱼就将此物交给了宋慈。这“铁鱼”与他名字一样，乃是他身份的象征，如果拿着这信物去见雁北堂的成员，他们便会见此物如见铁鱼本人，竭尽所能帮忙。

只不过柳仙仙却并不是雁北堂的成员，所以那一日宋慈也没有将此物拿出来。

“徐大人只需拿着此物前去，那王敬见了，定会帮助我们的。”他想了想道，“另外这一来一回怕是要耽误不少时间，而且手边没有合适的工具可能也会影响捏骨的效果，我看，徐大人不妨直接将此头颅带去，也省了麻烦。”

徐延朔听完，低头看看那血肉模糊的头颅，不由愣了愣神：“直接带着？”

“当然不是这么带去，”宋慈摇头笑笑，“我会处理一下，只带头骨去就可以了。”

“只带头骨，可以吗？这样那位高人也能捏出来吗？”安盛平简直不敢相信自己的耳朵，看看宋慈，又看看徐延朔。

“应该是可以的。”

“嗯，反正这皮肉也凌乱不堪了，就算不直接带去，等那位过来……以现在这个天气，怕是也没法再看了。”

“这么说确实也有些道理。”

“既然如此，那就事不宜迟，马上行动吧！”

当天傍晚，带着那颗处理好的头颅以及宋慈给的“铁鱼”，徐延朔上路了。他马不停蹄，居然只用了一夜就赶到了。

事情比徐延朔想象得还要顺利，当看到那“铁鱼”时，王敬二话没说，直接接过那颗头颅，转身便进了自己的书房……

当徐延朔那边正心急如焚地等着王敬对那颗头颅进行修复之时，宋慈他们这里，也有了新的进展。

回到县衙后，安盛平亲自叫人去统计了一下最近的失踪人口。没想到，仅仅今年年初到现在，这长乐乡然竟然失踪了三十多人！

这些失踪的，除了一位三十岁左右的女子之外，其余的，竟然都是正值壮年的男子。

这一点，就很难不引人遐想了。

抛开受害人的身份先不提，他与脑袋分家的身体，也一直没有任何消息。

安盛平派人在这小村庄附近仔仔细细地查了个遍，就差把这片地区掘地三尺，挖一个底朝天了！可还是没能找到任何与这头颅有关的躯体……当然，他们终于还是找到了一开始埋着那颗头的土坑。

那坑洞不大，周围还有不少犬类的足印，连带着旁边的泥土上还有些血迹和撕咬后的肉块。这无一不说明了宋慈和徐延朔的猜测是对的，这颗头颅是被人埋在了地下，只因为血气太重，埋得又不够深，才被野狗或是豺狼发现，刨开土，挖了出来。

不过，就在他们为了找到尸身而一筹莫展之时，那身体，或者说是部分身体居然自己送上门来了。

原来，这长乐乡分了东西南北四个区域，相对于北城的繁华与南城的人口众多，西城相对就比较贫穷，居住在这里的，也多是些社会底层的穷苦百姓。他们多数人衣不遮体，连温饱都成问题。

这天，住在西城的周老汉在出门时居然捡到了一个装有许多鲜肉碎块的纸包。

纸包内的肉挂着血，味道也还很新鲜，显然是剁碎不久。

当时天色也就是蒙蒙亮，周老汉怎么也想不到会在自家门口撞到这般大运！

他有一年多没有吃过肉了，像现在这么多的肉，更是多少年都不曾见过……可这西城住的都是穷人，又有谁能买得起这么多肉呢！

兴许，是哪位有钱人抄近路，路过这里时不小心遗落的吧？

他虽惴惴不安，但贪念却还是战胜了理智，看看四下无人，便把那包肉往怀里一揣，偷偷地回了屋。

周老汉恐在家煮肉引来邻居的怀疑。于是，他带好调料，又拿了家里仅存的一口还算不错的小锅，牵上了自家那瞎了一只眼的老婆子，朝着城门外的小树林走去……

树林偏僻，平时会经过的人不多，而且那里有一条小河，周老汉把锅用枯树枝支好的时候，他婆娘半睁着还算看得清的一只眼睛，蹲在河边洗肉。

可洗着洗着，却发出一声惊叫。

周老汉心里也是一惊，赶紧跑了过去。结果就看到自己老婆瘫在河边，正吓得瑟瑟发抖，再看那袋子肉居然全都撒了出来。

周老汉那个心疼啊！也来不及去扶老婆，赶紧去捡肉。谁知道却被他老婆一把揪住了，她看看周老汉，又指了指河边那堆碎肉，神神道道地念道：“你、你看……那是啥……”

周老汉顺着她手指的方向往那河边一看，就见到那堆碎肉里，居然夹着一根手指。

那是人的手指，和他那瞎老婆不一样，周老汉年纪虽然大了些，但眼神却好得很。此刻，他甚至清清楚楚地看到了那指头上的指甲……

周老汉赶紧跑来报了官。

几个时辰后，阿乐蹲在衙门的后院，看着地上散布的碎尸块，沉沉地叹了一口气。

他这两天一直没闲着，虽然他没有跟宋慈一起去那树林子，可是他却拿着在岳公子府上拓下的鞋印，跑遍了长乐乡大大小小所有的鞋铺。

按照他家公子的推测，这几人既然是受雇来做这差事的，身边肯定没有女眷。而看那些鞋印，这几人穿的是一样的鞋子，只是鞋码有些不同，想必这些鞋子是在成鞋铺买来的。所以，只要他们能找到买鞋之人的线索，就极有可能会找到几个抬棺材的人。

至于福顺的任务跟他差不多，只不过找鞋铺换成找棺材铺。

几位受害人家中的棺材一模一样，花纹和材质一看就是出自同一个棺材铺，所以，福顺带着棺材上拓下的花纹，还有一块木板，以及他事先量好的尺寸，正在一家家地去找制作了这几口棺材的铺子。

福顺那边进展得并不顺利，找遍了长乐乡的棺材铺也没找到一家认识这棺材的。所以他最近干脆出了城，打算在临近的几个乡镇也找找线索。

和福顺相比，阿乐幸运了许多，这几日的罪也没白受，居然还真的找到了卖出这几双鞋子的店铺。

店铺的老板是个体形偏胖的中年人，似乎特别怕热，他剃了个光头，一边跟阿乐说话，一边摇着个大蒲扇，看着就像是寺庙里的弥勒佛。

那老板说，这样的鞋子他半年前卖了十二双，因为很少有人一下子买这么多，所以他便记住了那人的样貌。

那人身材魁梧，个头特别高，虽然长得十分平凡，但是他左脸上有颗豆子大的瘊子，而且他当时也不是自己来的，还带了一个人来试鞋，那人从头到尾都没说过话，不知道是不是个哑巴。

后来那两人离开时，他还听到那个子高的人叫那不说话的先拿着鞋回去。而且，个子高的说他要绕道去趟老妖怪那里，便朝着城南的方向去了。

几个装神弄鬼抬棺材的面具人，又要去找什么老妖怪？老妖怪是谁，他究竟住在哪里？在这场连环谋杀案中，又到底扮演了什么样的角色？

阿乐原以为自己这次立了功，能抵了上次在芙蓉阁留宿的罪过，说不定公子一高兴，能体恤他这两天的辛苦，给他放个假！可谁承想，他连个懒觉都没睡，连顿好饭都没吃，居然就被拽到了这里，要帮着公子来拼那尸体的碎块！

“唉……”想到这里，阿乐忍不住长长地叹了一口气，“造孽啊！”

“造孽，你说谁？”

一个熟悉的声音从背后响起，阿乐回过头，一脸尴尬地看着他家公子毫无表情的脸。

“公子好，我说这凶手呢！他们太过分了，杀了人也就算了，还把人碎尸万段，把脑袋都砍下来还不够吗？还给剁碎成这么多块儿，这也太造孽了，也不怕死了会下地狱啊！”

“呵。”宋慈笑了笑，阿乐那点儿小心思他还看不出吗，不过这孩子脑筋转得倒是快，这都让他给圆过去了，也算他机灵，“少废话，赶紧拼吧。早点儿拼完，也能早点儿休息。”

阿乐苦着脸：“哪能早啊，这么多……”

宋慈蹙眉，这个阿乐，平时油嘴滑舌的，一让他正经干活儿就打岔。

“又不是让你给我拼出个人形来，你只要给我分分类，好推测出大概是身体哪个部位就好。再说了，又没让你一个人拼，我这不是过来帮忙了。”

“哦，那就容易多了！”

他倒是挺容易满足，痛快答应了一声，便真的不再说话，索性跪在了地上，开始按照皮肤和肉块的纹理来给这堆肉分门别类。

于是，当安盛平带着安广走进衙门后院时，便见到了他们主仆二人一跪一蹲，正在地上拿着一堆尸块认真地研究，而且时不时地，还传来这样的对话——

“这是手指，这块也是，这好像是脖子……嘿嘿嘿，公子你看，这是胸口吧？这人胸上还长着毛呢！”

“阿乐，你能不能认真些？”

“嘿嘿，公子我错了，噗，这肯定是胸没错，您看我找到了什么！”

“阿乐，你再这样我生气了啊！跟你说过多少次了……”

“是是是，我们要尊重死者，就算是尸体，也要抱有敬意。”

“既然知道，那就好好干活，别废话！”

“遵命！”

安盛平摇头苦笑，这对主仆，也真是够了。不过想到这里，安盛平又突然回过头看了看安广。

安广有洁癖，也一直不喜欢血腥的东西，如果他看到那遍地的尸体碎块，怕是会觉得恶心吧？

“少主？”安广见安盛平一直看着自己，还以为他有什么事情要吩咐。

安盛平想了想，觉得还是算了，他太了解安广。

“没事，”安盛平笑了，眼神中溢满了温暖，却又夹杂着那么一丝丝的无奈，“我们过去吧。”

夏日的闷热天气中还带着潮湿，随着越走越近，那股难闻的腐臭味扑面而来。安盛平下意识地皱了皱鼻子，不用回头也知道，安广此刻的表情，一定也十分“精彩”。

而再看宋慈主仆，也不知是不是常年与尸体打交道的缘故，居然面色如常，完全看不出有任何的不适应。

宋慈听到脚步声，抬起头，看着他俩。见到安盛平脸上的苦笑和安广蹙紧的眉头，也明白他们是嫌弃这些尸块的恶臭，所以才远远地站着，不肯靠近。

“天气热，有什么事情你不用亲自过来的，”宋慈说着站起身，朝安盛平微微一笑，“有事差人来找我便是了，或者下次你非要自己过来看，记得提前在嘴里含上一片生姜，再在鼻子下面涂上些麻油，这样相对的，就不会觉得难以忍受了。”

“这倒是个妙法，惠父兄怎么早不说？”安盛平似乎有些适应了，于是又往前走了几步，来到那堆摊开的尸块前，“除了这个，还有没有别的法子可以去除尸臭的？”

“当然有了！”不等宋慈回答，分拣尸块的阿乐却抢先一步回答道，“安公子您不知道吧，凡是验尸之前，先取一些苍术和皂角，放在火里烧了，那味道就能遮尸臭，效果好得很呢！”

“哦？既然如此，那你们怎么不用？”

“嘿嘿，我们这不是习惯了！别说这点儿尸块了，就是那大夏天泡在河里都快肿成猪头的尸体我们也见过，那味道才叫厉害呢！”

阿乐说着，似乎又想起了那个味儿，居然有些干呕。

安盛平虽然没见过阿乐说的那种尸体，但想想也觉得恶心，好像一闭眼，都能闻见那股腐烂的味道一样……

他不敢再想下去，只能赶紧将视线转向宋慈的脸，不知为什么，这一刻，他突然觉得宋慈长得特别可爱。至少，要比那泡发脸的尸体和遍地的尸块要可爱上好几倍！

“有什么发现吗？”

“暂时没有，不过按照尸体的破损和腐烂程度来看，这些碎尸块和徐大人带走的头颅，确实有可能是同一个人。不过实话说，这些尸块太细碎了，根本看不出什么有用的线索。你那边呢，关于失踪人口方面，有没有什么新的进展？”

安盛平摇摇头。

“哇！公子，您看我找到了什么？”

正在宋慈陷入沉思之时，阿乐却像是捡到宝贝一般，突然回过头，大叫了一声。

宋慈和安盛平闻言，赶紧走了过去。

只见阿乐的手中拿着一块粉灰色的肉块。

“这是……”安盛平凑近一步，此时此刻，他也顾不得嫌尸体恶臭了。

“是刺青！”

宋慈眼睛一亮，他其实没想到尸体身上会有这么明显的痕迹。

要知道，凶手势必是不想让人发现死者的身份的，不然也不会残忍地连死者的头也砍了，而且还做了分尸这么可怕的事。

“这可是个关键！阿乐你再找找，看能不能拼出这刺青的图案来！”

得了自家公子的赞许，阿乐也来了精神，答应了一声，又继续埋头找了起来。

功夫不负有心人，虽然那尸体被切得很碎，但经过宋慈和阿乐的努力，还是将那刺青上的图案拼凑出了一小部分。

“怎么好像是个虎头？”

“你确定是老虎吗？我看着，怎么像是个猫！”

“谁会刺个猫在身上？”

“也对。”

“不过这块皮肉是哪里，后背还是前胸？”

宋慈看了看：“应该是手臂。”

“那也就是说，这些尸块，主要是受害人的上半身了？”

“嗯，包括那天找到的那个头颅在内，都是上半身。”关于这一点，宋慈倒是很肯定，“不过你不觉得奇怪吗？”

“哪里奇怪了？”

安盛平对人体的研究远不如宋慈，因此根本看不出有什么异样。

而宋慈却笑了，那是个意味深长的笑容，让安盛平看了都有种不寒而栗的感觉。他说——

“你没发现吗，这些碎块虽然都是上半身，可却没有内脏。”

是的，这尸块被切得细碎，但是几乎每一块都带着骨头。那是一把吹毛利刃、削铁如泥的好刀，切碎这尸骨时，几乎毫不费力。

可偏偏，这些尸块之中并没有掺杂着受害人的内脏。

这不禁让人产生了疑问，究竟，这人身体的其他部分，都去了哪里？

又是一天半之后的午夜时分，徐延朔回来了。

他去的时候，背着个包袱，那里面装了一个木制的盒子，盒子里放着被宋慈处理好的头骨。回来时，他仍旧背着那个包袱，只不过，里面的盒子却比去时的那个要大了两圈。

他连夜敲开了宋慈所在的客栈房门。而后，两人又一起赶往了董府，去见了正睡得迷迷糊糊的安盛平。

三个人，点上了几盏灯，把原本阴沉的黑夜也照得仿若大白天一样明亮。

徐延朔的表情十分严肃，甚至可以说是虔诚。

他把那一直背在身后的包裹打开，将那盒子取出，放在了桌上。

然后，他看了看安盛平和宋慈，脸上带着股淡淡的，却又充满自信的微笑。

接着，他打开了那个盒子。

盒子里，与那被徐延朔带走的，只有一副骨架的头颅不同，这一次，他带回来的，是个五官清晰的人头……

那头颅仿佛被人填上了血肉，除了没有颜色，没有睁眼外，其余的一切都和真人无异。

即便是宋慈也没有想到，雁北堂的王敬竟然有这个本事！他不仅仅帮他们捏骨，复原了那死者的样貌。更是直接在这头骨上捏出了一张脸孔，一张让人只要看一眼，就能立刻联想出那原主样貌的脸！

“这、这是在那白骨上直接做出来的？”安盛平简直不敢相信自己的眼睛，若不是亲眼所见，他简直会以为自己见了鬼！

“没错，这泥里面，便是那颗头骨。”

徐延朔边说边伸出手，小心翼翼地将那头颅从盒子里取了出来。泥塑像的脖子处是平的，完全可以直接摆放到桌上。此时，那些灯光从各个角度照过来，在塑像的脸上打出了阴影，就好像那是个睡着了的人，随时都可能睁开双眼一般……

人像的脸形十分消瘦，颧骨很高，眼睛虽没有睁开，却仍能看出狭长窄小，双目之间的距离也比较短。因此只看这脸孔的话，着实没有什么特色，是个扔在人群里就找不到的、中等偏下的容貌。

而且，宋慈之前分拣尸块的时候也注意到了，此人的身材应该是偏瘦的。他身上几乎没有什么肥肉，有些地方甚至可以用皮包骨头来形容。

如此一对比，倒是真的和他这脸形相称，绝不会是什么高大强壮之人。

“太神奇了！这居然真的是用泥巴捏出来的！太神了！太神了！”一旁的安盛平几乎不能自已，除了反反复复地感叹，他甚至想不到别的词汇来形容此时的心情。

临安城那么多的能工巧匠，他从小又生在权贵之家，见识过不少精巧的工艺品和雕塑，但却从没有一次能像现在这般震撼！他已经彻底折服在了这惊人的技艺之中，甚至忘却了他们找人复原这颗头颅真正的目的。

“那王敬……”宋慈也长吸了一口气，“居然这般厉害！”

“是啊，我也没想到他有这个能耐！原本只盼着他能帮咱们把那头骨的脸恢复出个六七成的样子，谁知道，他居然用了这么短的时间给我捏出这么个东西来！”徐延朔说着，从怀中掏出那枚“铁鱼”，“说到底，还是得感谢宋公子这信物。若是没有这个，怕是我说烂嘴皮子，王敬也不会答应我的。”

宋慈接过那枚“铁鱼”，又转头看着桌上的泥塑像，终于忍不住感叹道：“这雁北堂，真真都是能人啊！”

“一个捏泥人儿的都这么大本事，你说的那个铁鱼堂主，能让这么多人服他，想必这人更是前无古人后无来者的大能了！”安盛平有些羡慕地看着宋慈，然后拍了拍他的肩膀，“有机会，可要惠父兄帮小弟引荐引荐，让我也开开眼才好！”

宋慈苦笑着摇摇头，心道，铁鱼神龙见首不见尾，就连他们本帮派的弟兄都不是说见就见，我一个外人，哪有那么大面子和本事？不过，一想到两人明明只有一面之缘，那铁鱼却帮了自己这么大的忙，看来，若是真的有机会再见面，他还真是要好好感谢感谢人家了。

“现在有了这泥塑像，又有了那人手臂上的虎头刺青，看来要找到这人的身份也不是什么难事了。”安盛平道，“我明日一早就叫人去照着这泥塑像把他的脸画出来，到时候贴满大街小巷，肯定有人认识他！”

第二天一早，安盛平便按照昨夜所说，带着那颗头去了衙门。

可谁知道，他们还没来得及找画师，就已经知道了那颗头的身份。

“回爷的话，这人叫吴通，家住普兰巷，是个开卤味店的。”

认出那颗头的不是别人，正是安盛平的小厮福顺。福顺人缘极好，在这长乐乡的时间虽然不算长，但却走遍了大街小巷，几乎什么人都认得。因此，他只看了那头一眼，便认出了头颅的身份。

“不知爷记不记得您先前爱吃的那樟茶鸭子？那便是小的从吴通家开的吴记铺子里买的。”

安盛平思索了一会儿，还真想起来了，他刚到这长乐乡时，曾经因为水土不服，吃得又不对口味而郁闷了一段时间。那时候福顺给他变着花样地找了许多当地的美食来，其中就有这樟茶鸭。

那时候他好像还挺爱吃的，所以福顺前前后后买了好几次。于是他有一天好奇，就顺口问了一句，如果没记错的话，那吴通开的应该是夫妻店。店铺里除了他和他娘子外，就只有一个负责切熟食的小徒弟，说白了也就是个帮忙打杂的伙计，再无他人。

等等，切熟食……

他突地想起了那一日在树林外徐延朔与宋慈的对话。他们当时说，吴通的头是被一把极锋利的刀砍下来的。也许是屠夫或是刽子手……那有没有可能，就是那切卤味的刀呢？

事不宜迟，他马上叫人去把吴通的娘子和那小徒弟叫到衙门里来问话，问问他们为何这吴通失踪了几日，却不见他们来报官？难不成，他们心里有鬼，早就知道那吴通死了，所以才压着他失踪的消息，不肯上报给官府？

吴通今年三十有八，而他的妻子吴杨氏却只有二十一岁，居然相差了足有十七岁，倒真是一对老夫少妻。

和吴通平凡无奇，甚至可以说有一点点其貌不扬相比，吴杨氏却是一朵娇花，她肤色白皙，体态丰腴，虽然穿着身质朴的布衣，但却遮不住那一身媚骨，好像个嫩得能掐出水的花骨朵一般，眉梢眼角都带着万种的风情。据说，这吴杨氏在坊间还有个绰号叫作“卤水西施”。也是因为她的缘故，吴记的卤水铺子生意才能那么好，居然可以紧邻着长乐乡最气派的酒楼——悦仙楼，而酒楼的生意也被吴记抢去了不少。

再看那跪在她一旁的乃是吴通的徒弟丁虎，倒也人如其名，真真是个虎头虎脑、虎背熊腰的愣小子。他今年整整二十岁，比吴杨氏年龄还小上一岁，但可能是因为平时总是起早贪黑地干粗活，切卤肉，所以长得极为精壮，倒是看着比吴杨氏还要略大一些。虽然样貌也不算英俊，却有种年轻人特有的阳刚之气，从某些意义上讲，确实比已近不惑的吴通要更加吸引女性。

所以，看到这二人往堂下一跪，不用说什么，众人就已经先入为主，觉得这二人很可能有私情，然后一起联手谋害了亲夫。

“吴杨氏，我且问你，你丈夫明明已经失踪了多日，怎么不见你来报官？”

吴杨氏明明已经知道了丈夫的死讯，却并没有显示出过多的悲伤，她跪在堂前，微微俯身一揖，却又恰到好处地显露了自己那傲人的身材，可看她脸上的表情，又不像是刻意勾引，好似这么做已经成了习惯。

“回大人，当家的只说去外地进货，他临走前，还是小女子帮他收拾的行李，他人还没有回来，我又怎么知道他是在路上，还是失了踪？”

“你说他去外地进货，还是你帮他收拾的行李？”安盛平皱了皱眉，“那他是去哪里，做些什么？”

“回大人，咱们吴记卤味有一道招牌樟茶鸭，那鸭子的腌制过程很是复杂，光是香料就要用上二十几种，其中有一味密料是从玉潭镇上一个叫王老六的人那里进的货。这卤鸭子的秘方，我丈夫从不肯告诉别人，就连我这个当娘子的也不知道。所以每隔大概一个半月，他就会独自去王老六家一趟，亲自把香料背回来。这一来一回，大概要五天时间，有时候他和那王老六喝起酒来，就忘了时间，还要再耽误上几日，故而小女子才不能确定他是出了事，还是去跟那王老六瞎混了。”

“好，既然你说他去找那王老六了，那除了你之外，可还有其他人能证明？”

“这……”吴杨氏想了想，“他每隔一个半月就去找那王老六的事，我们整条街都知道，但是那天他走的时候天刚蒙蒙亮，所以除了小女子之外，他有没有在路上遇到什么人，我就不晓得了。”

说完，又转头看看丁虎：“阿虎，你快跟大人说说，当家的是不是去那王老六家了！”

丁虎有些木讷，似乎想了很久，这才点点头：“是，当家的临走前一天刚好给我发了这个月的工钱，我还纳闷，怎么这个月提前了两天？然后我记得，他当时说，最近天气不好，所以要提前去找王老六，走之前先把工钱给我，免得拖后。”

“既然如此，那我再问你，你丈夫身上可有什么特征？”

“身上有特征？”吴杨氏似乎不太明白他的意思。

安盛平叹了口气，只能说得更明白些：“他身上是不是有个刺青？”

“嗯，还真有一个，就在他左胳臂上，不过大人，您既然说小女子的丈夫死了，那也该让我认认尸吧？”

“这……”安盛平看了看一旁的徐延朔和宋慈，神色有些为难。

这个时候，徐延朔显得更加有经验些，他瞅着堂下跪着的吴杨氏和丁虎，正色道：“你丈夫死得蹊跷，那尸体乃是证据，岂能随随便便叫你们观看！”

“蹊跷？”

吴杨氏没有说话，反而是一旁的丁虎有些好奇：“大人，我师父他到底是怎么死的？”

“这个有待查明，本官再问你们，这吴通平时可与他人结怨？生活中或是生意场上，有没有什么仇家？”

徐延朔此时故意显示出官威，也是为了震慑二人。他判案无数，自然看出吴杨氏有些不对头。虽然她佯装不知情地问起了吴通的尸首，可按照正常来说，一般人知道自己家人死于非命，第一反应便是追问死因。

就好像那丁虎，又如之前窦天宝一案中的窦何氏，她知道窦天宝不是被自己毒死后，反应也相当激烈，马上追问窦天宝是因何而死。

可偏偏，这吴杨氏却没有，她这个反应，是不是因为她早已知道自己的丈夫是怎么死的？而她想要去认尸，是不是因为她也早就知道那尸体已经无法辨认？

“仇人？我们老老实实做生意，哪有什么仇人？”

虽然师娘想要岔开这话题，可丁虎却不识趣，直接拍了拍脑门：“谁说没有仇人的，那隔壁酒楼的石长青不就是？”

谁知，他不说还好，这一说，吴杨氏的脸上顿时变色，竟当着大人们的面，在下面偷偷伸了胳臂，狠狠地拧了丁虎的后腰一下。

丁虎“哎哟”一声，像个傻子一样地看着吴杨氏，又是委屈又是无辜道：“师娘你掐我干啥？”

他在吴记做了好几年了，跟着吴通的时间比吴杨氏嫁进来的时间还要长，再加上他这师娘与他年龄相仿，所以对待她并不像对待吴通时那般尊敬，也不用“您”来称呼。

吴杨氏更气了：“你瞎说什么？”

“我没瞎说！”丁虎也来了脾气，反驳道，“谁不知道石长青跟师父不对付！他老瞎说当年和你青梅竹马，跟你多亲近，为了这个，师父跟他吵过多少次了！那人没脸没皮，保不齐就是他把师父给害死了！”

因为生气，丁虎也不顾吴杨氏的阻拦，大声在公堂之上嚷嚷了起来。这一吼，还真说到了点儿上，一下子就吸引了徐延朔他们的注意力。

“大人，大人休要听他胡说！丁虎脑子不正常，他说话不可信的！”

吴杨氏阻挠不成，只能赶紧开脱道。

“吴杨氏，你切莫阻挠，妨碍公务，你担当得起吗？”徐延朔喝止她，继而问那丁虎道，“丁虎，这石长青究竟是何人，与吴通夫妇又有何仇怨，你且一一说来，切不可有所隐瞒！”

“是，大人！”丁虎听话地点点头，也不去理会吴杨氏正朝自己使眼色，如实回答起来，“那石长青是我师娘的表哥，他现在在我们吴记隔壁的悦仙楼里当账房，整条街都知道，他和我师父不对付，两人一见面就吵。”

此话说完，引得众人把目光都投向了吴杨氏。

吴杨氏简直百口莫辩，她憋红了一张脸，想了好久，这才趴在地上，朝着堂上的几位大官磕了一个响头。

“冤枉啊大人！小女子确实与石长青是表兄妹，但是我们并无苟且，我十七岁就嫁给了吴通，成亲后也一直恪守妇道，绝没有半点私情！石长青也是去年才到我家铺子隔壁的悦仙楼来当账房的，之前我们已经好多年不曾见过了！是，我夫君是怀疑我俩，就连那些街坊邻居也总是瞎传，可这也要有凭有据才行吧？”

她越说越气，最后竟然把视线转移到了丁虎的身上，一双眼瞪得老大，眼睛里还带着凶光，仿佛在埋怨他多嘴，害自己惹上了嫌疑。

不过她说的也确实有些道理，抓人要抓赃，抓奸要抓双，他们有没有奸情，当然也不能仅凭一面之词就草草地断定。因此，徐延朔做主，先将那吴杨氏收了监，丁虎暂时放了回去，等待进一步的调查。待到回了后堂，这才叫了人去查石长青。结果这一查，居然还真叫他们查到了一些不可思议的事情。

如丁虎所言，石长青与吴杨氏确实是青梅竹马的表兄妹，也对彼此都有些好感，不过因为石长青的母亲不喜欢吴杨氏，所以才没有定下亲来。

后来那开卤味店的吴通上门求亲，他虽然年纪大了些，但家境不错，所以吴杨氏的父母便答应了下来，让他俩成了亲。

两人感情还算和睦，吴杨氏嫁到吴家的第二年也有了身孕，只可惜怀孕四个月的时候却意外跌了一下，滑了胎。那之后吴通心疼少妻，怕她身体吃不消，两人一直也没有再要孩子。

一直到了去年年中，吴杨氏的表哥石长青突然来了悦仙楼，还当起了算账的先生。

吴杨氏成亲后，似乎便与那石长青断了联系，因此再度相逢都免不得惊喜。那石长青也是个痴情的，居然这么多年都没有娶妻，仍是孑然一身。

吴通本来就介意他俩那段过往，再加上石长青嘴上没有把门儿的，在悦仙楼做事，几杯酒下肚，就到处胡说八道，说自己当年与那吴杨氏花前月下、郎情妾意……

开始时，吴通还只是敢怒不敢言，顶多旁敲侧击地提醒他注意一下。结果日子久了，吴通反而被石长青认为是个软柿子，被欺负得越来越厉害。

吴通终于忍不住，和石长青狠狠地打了一架。那一次闹得很厉害，石长青被悦仙楼扣了两个月的工钱，他和吴通也都挂了彩。不过也许是因为他俩一个是干体力活儿的，一个是账房先生，所以相比较而言，石长青伤得要更厉害些。

“两个人本来就有宿怨，这一次石长青又吃了亏，所以心中愤恨，想要报仇也是情理之中的，看来，那吴通还真有可能是死在他手里的！”听完调查结果后，安盛平越发觉得吴通之死，这石长青的嫌疑最大。

徐延朔的看法和他一样，只是更注重细节：“话虽如此，但连打架都是吴通占了上风，而且，吴通一个开卤味铺子的，耍刀的功夫怎么都比石长青要厉害吧！就算他一时失手，真的是被那石长青害死，可是我看了那些肉块，手法极老练。安公子，你注意到没，那些肉块的大小，几乎没有什么区别，你觉得一个算账的能有这本事吗？”

他这么一说，倒把安盛平给问住了：“难道，那分尸的是吴通的老婆？她一个女人家，肯定没少下厨房，再说跟了吴通这些年，那铺子不也是他们一起打理的，搞不好，尸体是她切的。”

这话说完，连他自己也不禁有些怀疑，吴杨氏看起来弱不禁风的，虽然是媚了些，可怎么看也不像是敢杀人分尸的主儿。

“应该不是，”不等徐延朔回答，一旁的宋慈替他答道，“那吴记铺子不是专门请了个切卤味的伙计吗？仔细看，丁虎的右手要比左手更健壮些，那是长年累月握刀造成的。而且按照我们的调查，吴通应该是非常疼爱他那小妻子的，又怎么会有伙计不用，却让吴杨氏来做这种粗活？”

因为吴杨氏还在被收监，徐延朔便下令将石长青叫来了衙门问话。

和样貌普通的吴通相比，这石长青确实年轻得多，也英俊得多，当然，这也仅仅是和吴通比较而言。

不过令所有人都感到意外的是，石长青居然受了伤，左手手臂缠着布条，看他包扎的那个程度，好像伤得还不轻。

他毕竟是读过书的，此时虽然行动有些不便，却仍旧没有失了礼，一上堂就施施然行了个礼。不过他没有功名，行礼过后，仍撩了衣襟，跪在地上。

“石长青，”安盛平蹙眉，盯着他那手臂，“你这手，是怎么伤的？”

“回大人，草民的手，是被奸人所害，还请大人为草民做主啊！”

也不知道这石长青是不是提前得了消息，知道那吴通死了，所以早就有所防备，料到官府会找自己问话。此刻，他居然不急不躁，非但没有丝毫的紧张，反而还一副怒气冲冲的样子，急着要找人告状。

原来，这短短的一个月内，他居然两次遭到暗算。

安盛平觉得他的话有些不可思议，若是达官贵人被人暗杀也情有可原，他一个市井小民，谁会杀他！

“你想清楚了，是不是真的有人要杀你？如果是的话，你且细细讲来，自然会有人为你做主。”

“是，回大人，这绝不是草民信口雌黄，此伤就是最好的证明！”

他说着，居然在堂上扯下了自己手臂上的布条，露出那仍旧没有痊愈的伤口。

“这刀伤便是吴通干的！除了他，不会有别人！”

原来，那次与吴通发生口角，继而大打出手过后，石长青便长病不起，一直在家里养了半个多月才回到悦仙楼。他实在不想与吴通再遇上，但悦仙楼和吴记卤水铺子只有一墙之隔，就算他刻意回避，也不可能真的全都躲过去。

果然，不出所料，他复工的第四日，就在巷口撞见了出来办事的吴通。

吴通受伤不算重，只是被抓伤了手臂，这才见了一丁点儿血，相比，石长青却被揍得很惨，在家休养了很久。

这次见面，吴通对石长青冷嘲热讽了一通才离开。而且他走的时候还一副高高在上的姿态，仿佛那场架过后，他更加认定了石长青就是个百无一用的书生，根本不把他放在眼里。

石长青很气，但气愤过后，却仍旧没有办法。

吴杨氏已经嫁给了吴通，他们早就没了可能，而且就算他读过书又怎样，他在悦仙楼这样的大酒楼做事又怎样？说到底，他不过是个伙计，哪像吴通，有着自己的店铺和生意，不管挣得多还是少，好歹也要被人尊称一声老板、掌柜的。

因此，石长青也没了和他继续斗下去的心气。只想着以后好好在悦仙楼干，等到自己攒够了银子，积累了经验和人脉，说不定过上几年，也能自己开个饭馆儿，到时自然也扬眉吐气了。

他这么想着，自然也收了心，不再与吴通周旋。可谁知人算不如天算，他虽没有害人之心，但吴通却早就对他起了杀意。

大概半个月前，酒楼生意极好，收工的时辰要比往常晚了一些。

当时天色已经全黑了，而且外面还稀稀拉拉地下着小雨，石长青本来想在酒楼一层大堂里打个地铺凑合一宿，但是一想到家中还有老母，又怕彻夜不归母亲会担心。只好硬着头皮，撑了把伞，连夜往家里赶。

路上一个人都没有，除了自己的脚步声和雨声，他几乎听不到任何的声音。

可就在他即将转过最后一个巷口时，却突然从路边闪来一个黑影。那人动作极快，再加上雨天，夜黑，石长青根本什么都没看清，胳臂上就实实在在地挨了一刀。

那人下手快狠准，根本不带丝毫的犹豫，显然就是冲着他来的。鲜血当时就喷涌而出，要不是他手里还握着一把伞，赶紧用伞头抵着那人的身子，朝着路边的石墙怼过去，说不定他早就没了命！

那人虽然力气大，刀法准，但貌似下盘不稳，被他这么一推，居然直接摔了个仰八叉，半天没起来。

石长青捂着受伤的胳臂，掉头就往回跑。一边跑还一边叫，大半夜的，他这扯着脖子喊救命的架势，立刻惹得附近邻居都点了灯，纷纷探出头……等到他确认了安全，再带人回去时，雨巷中除了那把染血的油纸伞和一柄明晃晃的杀猪刀，就再也找不到别的了。

看到那刀，石长青脑子猛地炸开了，因为，他一下子就联想到了吴通。

吴通开的是卤味铺子，那铺子里除了鸡鸭之外，也卖酱肘子和猪心、猪肝、猪尾巴这些吃食。虽然多数时候，那些肉都是买来的，但谁知道吴通兴致好时，会不会直接买上些活物，带回来自己宰杀？

石长青平时虽然交际广，可恨他恨到要动刀子的，思来想去，也就只有吴通一人了。

他没有声张，包扎好伤口就回了家。接着一连休了七八天，这才回去悦仙楼上工。

石长青明白，吴通人太狠，他确实惹不起，所以他也不想追究这事，只希望这次吴通解了气，能放过自己。

可谁想到，吴通暗杀一次不成，居然还搞起了第二次。

“初三那天是草民的生辰，那一日，悦仙楼的几位兄弟帮我庆祝，我随手打开了一坛陈年老酒，打算敬大家一杯，结果……”

“结果什么？”

“结果恰在那时，一只猫从房梁上跳了下来，舔了洒在地上的酒，居然直接抽搐倒地，不多时便死了！”

“死了？”安盛平问道，“你确定那酒是吴通放的？”

“不确定，当时人太多了，没有人注意是谁把酒放到那里的。不过吴通也晓得那一天是草民的生辰，再加上他离悦仙楼很近，所以要偷偷混进来，把毒酒放进去，也是很容易的。”

石长青虽说得如此笃定，可毕竟没有真凭实据，实在很难叫人信服。

徐延朔立即安排人走访了石长青家附近的那条巷子，并且去问了几个那日他生辰时在场的悦仙楼的伙计，想要看看他说的是否属实。

结果居然句句属实!

“他被人砍了的那天确实下着雨，而且天色已经很晚了，有很多邻居当时已经睡下了，所以印象比较深。”安广负责走访了那一片的居民，有很多人都能证实石长青没有说谎，“我还去找了给他包扎的大夫，都可以证明他的话。”

“是啊，我看了那伤口，确实是刀伤，而且以恢复的情况来看，想必那晚打斗也是十分惨烈。”宋慈苦笑着摇头，同时也觉得有些遗憾，因为那伤已经结痂，时间也太过久远，导致他不能看出更多的细节。

“酒楼那边查了吗？”

“查了，”这次说话的，是衙门里一个姓赵的小吏，便是他负责带人去了悦仙楼查问，“和那石长青说的一样。而且，那些人本想要报官，却被石长青拦住了，于是便有人怀疑是他和吴通的私仇，既然当事人都不肯报官，他们也不想多事。那件事以后，就没人接近石长青了，怕被他连累，送了命。”

安盛平耸耸肩，这石长青确实像个扫把星，要不是那猫，说不定当时跟他喝了酒的几个人，现在全都见阎王了，不过……这是不是变相说明，他被逼急了，要开始反击了？

“狗急都能跳墙，这石长青两次都险些被杀，莫不是他受不了了，所以去找了吴通，来个先下手为强？”

“以他那身手，可能吗？”徐延朔一手抱肩，一手托着下巴，想了想道，“除非，他是买凶杀人，根本不是自己动的手。”

“我还是怀疑他与那吴通的老婆有私情，总觉得，吴通老婆知道吴通死讯不是很伤心的样子。”

“确实，那一日在公堂上，她并没有问过吴通是因为什么死的。就连那伙计也禁不住好奇，脱口而出问了吴通的死因。但她作为妻子却没有问，要么她早就知道吴通是怎么死的，要么就是根本不在意。”

说到这里，徐延朔转头看向宋慈：“宋公子，有没有可能从吴通的尸首推断出他死亡原因和确切的时间？”

宋慈自己也很想知道这些，但仅凭现有的证据，实在是……

“抱歉。”

“那我们接下来要怎么查？”安盛平彻底没了头绪，实在不知该如何是好了，“现在连吴通的尸体都找不全，而唯一有嫌疑的，结果可能反而是受害方！”

他无心的这句抱怨却一下子提醒了宋慈。

“你说什么！”

“我说，那石长青根本就是受害者啊！”

“没错，就从这里入手！”宋慈抚掌大笑起来，“吴通虽然死了，可石长青还活着。既然他说是吴通要害他，那我们就去查查，到底是不是真的！”

徐延朔似乎明白了他的意思：“你是说，先不去管是谁害死了吴通，咱们将思绪反过来，先去调查吴通是不是真的要害石长青？”

“对，我就是这个意思！”

要查吴通是不是有意害石长青，首先要看他有没有不在场的证明。

虽然事隔有些久远，但石长青被袭击的那个雨夜，吴通确确实实没有在家，这一点，吴杨氏和丁虎都能证明。

“我记得很清楚，那天我洗了衣裳晾在院子里，当晚我在洗澡，结果天突然下了雨，我就叫当家的去收衣服，结果喊了几声他都不回应。我起身一看才知道，他也没和我说一声就跑出去了。”说到这里，吴杨氏似乎还有些埋怨，“害得我只能自己去院子里收衣服，本来都快晾干了，结果全都湿了！”

丁虎虽然不住在吴通家，但是却比吴杨氏还要更清楚他家老板的行踪，想不到随便一问，就轻轻松松地回答了出来。

“那天我师父去和夏掌柜喝酒了，他回来的时候还带了个猪头，不过他不缺肉吃，第二天就赏给了我。虽然有时候店里卖剩下的卤味我也能带走些，但是整个猪头，还是第一次拿，所以记得很清楚。”

他口中那个夏掌柜，就是和吴通有生意往来的一个肉铺老板，说白了，就是个屠户。

虽然是个杀猪的，却有个很文雅的名字，叫夏望山。他和吴通只差了两岁，算是故交。自打吴通开了卤水铺子，就一直在他的肉铺进货，所以两人算是无话不说的朋友，感情相当深厚。

一听到吴通居然有这么一位朋友，宋慈眼睛一亮。

要知道，分割吴通尸体的手艺绝不是任何人都能有的。正如之前宋慈和徐延朔讨论过的那样，能切割成大小一致的尸块的这种事，怕是只有屠夫和厨子才可能办得到。

夏望山就是个屠夫，吴记铺子开了很多年了，既然吴通一直与夏望山合作，那也说明，这夏望山有着多年的经验，已经是个老手了！

“不过，他们既然是朋友，又没有什么矛盾，为什么会对老友下手呢？”关于这一点，安盛平实在搞不懂，他叫人查了夏望山，知道两人合作得一直很愉快，并没有金钱上的纠纷，而且夏望山也不是好色之人，应该不会是看上了吴杨氏，见色起意杀了自己的朋友。

“没有矛盾，也可能杀人的，”徐延朔经验丰富，“有时候可能是喝醉了酒，有时候也许是意外失手……总之，人为了掩饰自己的过失，有可能会犯下更大的罪行。”

安盛平却还是无法相信，他看看宋慈：“惠父兄，我还是觉得没可能啊，就好比你我，就算哪天我失手误伤了你，也肯定会马上送你去就医的，难道我不但不救你，还要把你剁碎了毁尸灭迹吗？”

虽然明知道他有玩笑的成分，但宋慈却笑不出来：“你不是他，你怎么知道别人怎么做？不过，你们有没有想过，有没有可能，那晚去伤人的，根本就不是吴通？”

毕竟，吴通平时主要是做卤味的，就算偶尔也会杀只鸡，宰只鹅，但是一来体力不行，二来经验也不太足，所以手法肯定不会太好。

但石长青说雨夜袭击自己的人，手法快准狠，就算吴通有杀人的动机，也不见得有杀人的本事！可夏望山不同。夏望山和吴通是好朋友，也许能替吴通杀人……

“再说石长青生辰那天是初三，吴杨氏证明了一大早，吴通就买了一壶酒回来。吴杨氏以为他是买了自己喝的，就收到了柜子里，结果吴通回来找不到，还叫骂了一通，吓得吴杨氏赶紧将酒找了出来，他这才罢休。”

“后来那酒去了哪里？”

“不知道，吴杨氏说再没见过那酒，兴许是他拿到朋友家喝了。”

“如此说来，那给石长青下药的，还真有可能是夏望山。”

徐延朔沉思了一会儿，道：“既然吴通几次三番想对石长青下黑手，却都没有成功，那怎么可能就这么善罢甘休？”

“也许是他想通了，悬崖勒马了？”

“不可能！若是想通了，就不会有第二次，他是一次不得手，马上又起了新的杀意。”徐延朔无法认同安盛平给自己的这个回答，他太了解这样的人了，尤其是两次失手后，这人已经完全暴露了，更不可能留着石长青在这世上，“如果不杀了石长青，吴通根本不可能罢休！而且事已至此，已经不仅仅是因为石长青觊觎自己的妻子了！恐怕，还有不甘心的成分，失败的次数越多，也就越加重了杀死石长青的决心。”

安盛平从没有过这样的想法，不禁觉得，这吴通有些死心眼儿：“这么执着，为了个女人，至于吗？”

“你觉得不至于，是因为吴杨氏不是你的妻子。”宋慈虽然也无法感同身受，但是将自己带入其中，多少还是有些明白吴通的心思的，“等有一天你也遇到了无法失去的人再说吧。”

“无法失去的人……”

这话仿佛一根刺，刺进了安盛平的心里。

这世上，真的有他放不下的人吗？

释空放不下方玉婷，宋慈放不下姐姐，姐姐却又放不下董疏城……人啊，为什么总是被情所困？

如果感情是这么负累的东西，那他情愿不要。

“几天前，那吴通却是自己离开的，按照吴杨氏和丁虎的口供，他这次去找王老六进货要比平时早了两天。关于这一点，我也找人去问了王老六，他说吴通并没有来过，也没有跟他说过这个月要提前两日。其实……有没有可能，进货只是个幌子，吴通是想寻找机会，伺机再对石长青下手？”徐延朔考虑良久，终于说出了自己的猜测。

他这想法很大胆，但仔细想想，也不是没有道理。

“那夏望山这几日又在干什么？他有没有什么不对劲的地方，或是有没有不在场的证明？”

“说到这个也是奇怪，”那赵姓小吏答道，“夏望山前几日突然关了铺子，没有开张，说是得了伤风，可是小的带人去他家查看的时候，却并没有看到任何生病的痕迹。”

“哦，此话怎讲？”

“回安公子，一般伤风感冒之人，总要吃些药吧？可那夏望山家中找不到药渣，也没有熬药的味道，甚至连张擦过鼻子的纸也不见。伤风感冒至少也要几天才能痊愈，他又直接关了张，想来定是十分严重才对！可小的说的那些，在他家全都没有发现，这件事，肯定有蹊跷！”

安盛平点点头，对这小吏颇有好感。

“既然没有伤风，又关了铺子，那看来是可疑啊！怎么样，惠父兄，要不要亲自去夏屠户家走一走，看看有没有什么不对劲的地方？”

宋慈正有此意。

吴通的尸首目前只发现了一小部分，大部分究竟去了哪里，他们还不得而知，也许走上这一遭，当真会有所发现。

于是，一行人不再耽误，直接备了马车，去了夏望山的家中。

夏望山此时虽然还没有被收监，但作为嫌疑人，已经被官差控制了起来。如今这群大官要来他家中查看，他也只有被押解着，随时等着被问话的份儿。

他是个屠夫，家中自然免不得有些动物残骸，再加上年过三十却并未娶妻，生活上也邋邋遢遢，因此这院子里有股扑鼻的恶臭，实在是非常脏乱。

"呵，这味道……"安盛平掩着鼻子，觉得喉咙里有什么东西一阵阵往上翻涌，"怎么比那天那堆尸块儿还恶心！这么难闻，你一大活人怎么住得下去啊？"他边说边看着被拴着双手、一身肥膘的夏望山。

夏望山名字虽然风雅，但样貌却与那名字完全不符。他又高又胖，肥头大耳，那张胖脸也油光光的，下巴上长了不少疙瘩，一看就是平时吃得太好，所以才胖成了这副尊容。

他没有回安盛平的问话，狰狞着一张脸，似乎在无声地抗议，为什么会有这么多官差到他家里来乱翻，还把他绑了，好像他犯了什么大罪似的？

"公子你看！"阿乐今天也跟了来，帮着宋慈一起搜查夏望山的家，因为他接触过吴通的尸块，所以有发言权，"这些肉的大小……"

宋慈顺着他所指，便看见案几上扔着一把剁肉用的菜刀，旁边还零零星星地，放着几块碎肉。

肉块的大小确实与他们那日整理了大半天的，吴通的尸块极其接近。再仔细观看，就连那整齐的边缘也十分相似。

"这些到底是猪肉还是人肉？"安盛平小声问道。

宋慈信手拿起一块肉放在手中，观察了一会儿后才回道："猪肉。"

"你说，他有没有可能把人肉混在猪肉里，拿出去卖了？"

此话说完，就连安盛平自己都觉得恶心。

"这些肉很新鲜，吴通却死了一段时间了，以现在的天气，那些肉保存不了多久。"

宋慈虽然没有确凿的证据，但此时此刻，却也觉得这夏望山与那吴通之死，必然存在着联系。

“还等什么，给我搜！”

随着安盛平一声令下，早已准备好的官差们立刻进到院子里。他们有的带着铲子，有的扛着锄头。仿佛要掘地三尺，将那吴通的尸首找出来一般。

而徐延朔也没有闲着，他刚刚已经先行一步进了屋，并且在夏望山床头的柜子里发现了一个褐色的包裹。

包裹有股香料的味道，打开来，里面是几件男人的布衣和一包散碎的银两。

银子不多，二两左右，当时去找王老六问话的时候，徐延朔特意问了一下吴通每次去进货时，大概要花上多少银钱。如果王老六没有说谎，那这些钱，便刚好是他购买香料时需要交付的钱款。

至于那几件衣裳……夏望山人高马大的，这衣服他连胳臂都进不去，就更别说穿上了！

相反，吴通的身形，却似乎差不多。

“夏望山，这东西你怎么解释？”徐延朔大步从屋里跨出来，将包裹往地上一扔，里面的衣服顿时散落出来，“吴通去王老六家进货，怎么进到你房里了？”

夏望山明明死到临头，却居然面不改色，撇了撇嘴：“这又不是我偷的抢的，是老吴自己放我家的，你们要问，就去问他啊！”

这吴通已死的事，他明明早就知晓了，现在却这么说，摆明了是觉得死无对证。

“呵，有趣，他自己放你这里的？”安盛平脸上没有了往日的笑容，令人不寒而栗，“你和他什么关系？他来你这里，却还要和老婆说谎不成！”

“他来找我，当然不需要说谎，只是他老婆和姓石的不干净，他假借着去进货为由，想要抓他俩一个现行！”

夏望山说着，长叹了一口气，这才从头解释起来——

原来，吴通一直介意与自己的妻子是老夫少妻，样貌也不是很般配，所以对于那小妻子一直宝贝得很。捧在手心怕掉了，含在嘴里又怕化了，平日里什么粗活累活都不敢让她做，只把她当菩萨一样供着。

可谁知道，他都如此宠爱她了，那吴杨氏却不领情，仍旧与她表哥勾搭到了一处。

“悦仙楼与吴通的铺子仅有一墙之隔，后院更是只隔了一道篱笆墙而已，老吴说他不止一次看到吴杨氏和石长青在后院说话，两人本来就有过一段往事，现在重逢，更一发不可收拾了！”

“他连这些都跟你说了？”安盛平冷哼一声，“你俩倒是好交情，是不是好到，连替他杀人的事儿，你也能干得出来？”

他原本只是想吓唬吓唬夏望山，却不承想，夏望山居然连想都没想就认了。

“对，我是去砍了那姓石的一刀，可我没想杀他！就是让他知道知道，别干偷人家老婆的烂事儿！”

安盛平被他的大义凛然弄了个哑口无言，竟然一时间不知该如何接他的话了。

“你承认那天是你砍了石长青？”一旁的宋慈却顺着夏望山的话头，继续问了下去，“这件事，是你自己的意思，还是吴通指使？”

“没什么指使不指使的，我俩认识多少年了，那天他找我来喝酒，喝多了就开始哭，说那婆娘跟她表哥不干净。我听了也气！后来我确实是酒上了头，做事没怎么考虑，就提着刀去了。但是我没想捅死他，我若真想杀人，他哪还能跑得了！”

“哼！”徐延朔却冷哼一声，“不想杀人？那你这出手可够狠的，听说差点见了骨，你要是再用几分力，岂不是将石长青的手臂都剁下来了？”

夏望山被这么一质问，果然心里开始发虚，他眼神闪烁，不敢直面回答徐延朔的问话：“我、我喝多了，力度没控制好！”

“不管怎么说，你当街砍人就是不对！”徐延朔说着，朝两边招呼一声，“来人啊！把这人给我看紧了，一会儿带回衙门去！”

“是！”

讯问的另一边，指挥着官差挖地寻找尸首的姓赵的小吏也有了新的发现。

“徐大人、安公子、宋公子！”他朝着徐延朔他们奋力地挥手，然后撩起前襟，一条腿屈膝，半蹲半跪在了地上，“你们看那地上！”

众人顺着他所指的方向看去，因为他们几人都是有过判案经验的人，因此一眼就看出了可疑。

这夏望山家中本是凌乱不堪，院子里也是杂草丛生，但与这繁乱的景象格格不入的是，院子中放着三个硕大的花盆。只是这花盆里虽然填满了土，却连一株花草都没有。

这些泥土看起来很新，像是最近才翻动过，而且土质湿润，一看就不是陈年旧物。

“呵，徐大人、惠父兄，你们不觉得奇怪吗？”安盛平弯着腰，看着那花盆里的填土道，“一个杀猪的，居然还学人养起花花草草了！不过，这花盆里到底种的什么，我怎么没看出来啊？”

直到此时，夏望山才真的慌了神，只不过，他脸上的表情不是担忧，更像是惊讶。他瞅着那几个花盆，往前快走了几步，却忘了自己此时正被人绑着双手，因此才走出去，就被拉着他的官差一把揪了回来。

“我根本不知道那几个花盆是哪儿来的，以前从没见过！”

他一脸的迷惑不解，也不知道是不是装的，不过很显然，他似乎打算来个死不承认。

阿乐有些不屑地朝他哼了一声：“你说你没见过，难道这花盆是自己长脚跑你家来的啊？”

“我真不知道！”

“可是这土明明就很松，似乎不久前才被人翻动过，而且，就算是有人放到你院子里的，谁会闲的没事放几个破花盆，里面连棵草都没有，不觉得奇怪吗？”

“来人啊，”徐延朔也懒得和他废话，直接下令道，“把这花盆里的土给我翻开，本官倒要看看这土里种了什么！”

他话音一落，最先发现花盆有蹊跷的官差便马上上前一步，直接将手中的铲子锄进土里，用力将那松松散散的泥土翻了起来。

随着铲子抬起，几块泥土被刨了出来，随着那些土块，一些粉灰色的块状物也被翻了出来。

那些块状物掉落在地上，居然很有弹性地跳动了几下……

其中一块刚好滚到了宋慈的脚边，他弯下腰，将那东西用手拾了起来。

一股难闻的却又熟悉的恶臭。只闻了一下，用手指轻轻地一碰，宋慈就知道了答案。

这里装着的就是吴通剩下的尸骸。

若是平时肢解的牲畜，又怎么会费尽心力地将肉块藏到花盆之中来掩人耳目？

这夏望山显然有问题，只不过，他一脸茫然的样子却又装得太过逼真了。

“怎么样，是不是？”安盛平焦急地问道。

宋慈没说话，只是点了点头。

“来人啊！把这杀人的恶徒给我带回衙门去！”安盛平指着夏望山大喊了一声，“你杀人分尸，真是胆大包天！”

“冤枉！”夏望山似乎完全没有想到，他奋力挣扎，扯着脖子道，“我冤枉啊！我没杀老吴！你们血口喷人！”

他悲愤交加的模样，令宋慈想起了当日初进长乐乡时，在李小莲家遇到的那位黄三川。想不到，这原本毫无相似之处的两人，此刻却有着惊人的相似。

一瞬间，宋慈居然恍惚觉得，夏望山也许不是装的，他可能真的不知晓那些花盆和肉块是从何而来。

徐延朔与他的想法也是不谋而合，若说夏望山是装的，那他这演技也似乎太过精湛了……

而且，徐延朔也想不通为什么夏望山承认了吴通会假借提前进货为名，来到自己家，然后再偷偷回家去观察自家老婆是不是与石长青有苟且。

既然夏望山都能把这肉块小心翼翼地藏在花盆里了，为什么不藏好吴通衣物的包裹呢？如果是想要钱，那为何包裹里的银两却没有被他花掉？

还有那人头，那夹杂着一根手指的，用纸包好的肉块……

若是说他百密一疏，但疏忽的地方好像多了一些吧？

带着这些疑问，他们直接提审了三位有嫌疑的当事人。吴通的老婆吴杨氏，吴杨氏的表哥石长青，还有吴通的好友——屠户夏望山。

公堂之上，三个人第一次当面对质。

而这次的对质，却又问题重重，令他们产生了更多的疑问。

首先，夏望山很坦然地承认了自己替吴通去砍了石长青一刀，但却死活不认第二次的毒杀。

"那天我和老吴都喝多了，确实是脑子一热，才想去教训教训那臭小子！我们就是吓唬他，没想杀人，砍他一刀就是要让他明白老吴不好惹，让他别没事惦记着别人的老婆！后来他也确实收敛了些，既然如此，干吗还要再下毒弄死他？杀人可是要偿命的，我们还没傻到这个份儿上！"

"你、你胡说！"石长青憋了半天，直憋得脸都红了，才喊出这么一句来，"如果不是你俩，那是谁要下毒害我？我行得端坐得正，没干过伤天害理的事儿，除了你们，我一个仇家都没有！"

"哼，别往自己脸上贴金了！你行得端个屁，勾搭人家老婆不犯法？你敢睡怎么不敢认？"

"天地良心啊老夏！"吴杨氏在牢里关了好几天，脸上早就没了那股子妩媚劲儿，蓬头垢面的，看起来十分可怜，但却在听到夏望山的话之后，扯着嗓子号啕痛哭起来，"我和表哥什么都没有，你们一个个的，都往我头上扣屎盆子！是不是非要我死了，你们才相信我是清白的！”

夏望山与吴杨氏倒也算是熟稔，可此时此刻，吴通既然已经死了，他们又撕破了脸，也就索性什么都不管不顾了：“你清白？呵，你要是清白，那这世上就没有偷汉子的了！你以为我不知道你那‘卤水西施’的名号怎么来的吗？

“你、你血口喷人！”

“大人明察啊，这吴杨氏不守妇道，整天在外面招蜂引蝶，街里街坊谁不知道，她天天趁着卖卤味的时候跟男人发浪！”

眼见夏望山越说越毫无遮拦，吴杨氏也越哭越凶，公堂之上，俨然乱作了一团，吵吵嚷嚷的，就好像是菜市场一般。

安盛平皱紧了眉头，这场面，简直比那日审问窦天宝一家时还要混乱无章。好歹，那窦家的人也是有头有脸，读过书，多少懂些规矩的。可这夏望山却是货真价实的市井小民，吴杨氏虽然不如窦天宝妾室脸皮厚，可这哭哭啼啼的架势，着实吵得他头疼！

“夏望山，你闭嘴，当家的对我好得很，他才不会不信任我！”

“你不信？呵，若不是你和石长青有鬼，他也不会假装提前去找王老六进货，偷偷把包袱放在我家，潜回去捉奸！肯定是他发现了你俩有奸情，你们合谋害死了他，然后还嫁祸给我！”开始时，夏望山只是为了给自己开脱而随口胡诌，结果越是说下去，他越坚信自己的推测是对的，因此声音也越来越大，底气更是越来越足，“几位大人，肯定是他俩干的！那吴杨氏知道我什么时候开工，曾经也去过我家几次，所以那几个花盆，肯定是她和石长青搬进去的！”

“我没有，你血口喷人！”

“够了够了！”堂上的唐松几乎敲断了惊堂木，顾不得形象地大声嚷着，“吴杨氏，你口口声声说自己和石长青绝无苟且，那本官问你，吴通说他要去进货，离开后的第二天，你夜里在做什么，可有人证明？”

“这……”

此话一出，吴杨氏顿时傻了眼，她原本怒视着夏望山，却在听到县官这个问题后，怔怔地跪在原地，竟连一句话也答不出来。

就连一旁的石长青也沉默了，他虽然低着头，但脸上一阵阵泛起了红，一看就是心里有鬼。

唐松好不容易有了表现的机会，冷笑一声，道：“你们以为神不知鬼不觉，其实本官早就得了消息，那一晚，你俩一起出了城，可有此事？”

“这、我……”石长青反应还是快一些，赶紧匍匐在地，边叩头边回道，“大人，那晚草民确实有事出了城，可是当晚就回来了，不信您可以去查，我大概是后半夜回的家，当时还遇到了打更的王伯！对，王伯能为草民作证，当时大概是子时，我记得王伯刚刚敲过更，我俩还聊了几句……”

“闭嘴！你几时回来，去哪里有什么重要？重要的是，你出城后做了什么，去了哪里，见了谁？”

唐松问这些话时，眼神有意无意地，瞟过吴杨氏苍白的面庞。

石长青终于语塞了。

那一晚，他确确实实出城见了吴杨氏，可是事到如今，要他如何作答……

“还有吴杨氏，”唐松却不肯给他俩喘息的机会，“石长青是个男人，他夜里出城也就算了。可你一个妇道人家，大半夜的，走了那么远的路，真的就只有你一人吗？”

最后那句话问出时，唐松的语调微微上挑，带着种暧昧不明又有些玩味的意思。

吴杨氏猛地叩了个头，然后抬起脸，目光如炬地直视着唐松：“回大人，那晚民妇确实是去见了我表哥！他当时说有事，约了我在城外的土地庙见面，可是民妇等了他大概一个时辰，他却没有出现，所以我只好回去了！”

听她说完，石长青先是一愣，而后竟然有些恼火起来。

“大人，那晚草民也出了城，可是却没有见到吴杨氏，而且是吴杨氏给我留了字条，叫我去城外的十里亭见面，并不是她说的什么土地庙。还望大人明察啊！”

这等说辞，完全令众人始料未及。

原本，他们查出这二人先后出了城，又于半夜分别回了城，还以为二人是约在城外私会。可没承想，却又来了个抵死不认，而且看那样子，好像也不是装的。

“奇怪，你说吴杨氏约了你，可吴杨氏却说是你约了她……”安盛平撇撇嘴角，笑得意味深长，“你俩这番说辞，可有人证？若是传了字条，那字条可有留存？”

吴杨氏和石长青忍不住对视一眼，然后几乎是同时低下了头。

“回大人，那字条上写着，看后即焚，于是草民便把那字条烧了。”

“确实是表哥往我家栅栏下塞的字条，但却不曾留底，民妇看完以后，就把字条扔到灶台里，随着烧了。”

安盛平摇了摇头：“无凭无证，现在可不好说了……”

“什么不好说！”

却在此时，那好不容易安静下来的夏望山冷哼一声，道：“大人，这两人分明就是奸夫淫妇！他们肯定是私会之时，被老吴撞破，于是杀人灭口！我听说，吴通的脑袋就是在城外被发现的，搞不好那时候这两人已经杀了他，趁夜跑去外面抛尸了！”

“夏望山，你再胡说八道，我和你拼了！”吴杨氏急红了眼，转过头，死死地盯着他，仿佛要挖出他的肉，将他碎尸万段一般。

“呵，就凭你？你也就是有那个狐媚的本事迷住老吴，再花言巧语地哄骗他，趁机杀了他！”

“我没有！”

“得了吧，你说你和那男人没私情，那怎么还非要半夜里出去见面！老吴早就怀疑你了，他可是把你看得透透的，就知道你是个不守妇道的贱人！你和石长青肯定早就商量好了，要把吴通给杀了，然后霸占他的产业！没错的，一定就是你俩！”

石长青也急了，他明明是受害者，吴通两次都想要了自己的命，却因为各种原因而没有得逞，怎么现在反倒成了他和表妹有私情，合谋害死人家亲夫了？

“你险些砍死我，现在还反过来冤枉我！你、你……”他毕竟是个读书人，说不出什么恶毒的话，被逼迫得急了，干脆站起来，冲过去，挥舞着拳头朝夏望山头上打了过去，“我打死你！”

“还有完没完！给本官安静！安静！”唐松怒道。

却在这时，吴杨氏竟然一句话没说，突地站起了身。

她脸色苍白，满是泪痕，一脸的悲愤和绝望，哭红的眼睛怒视着正和石长青扭打到一处的夏望山。乍看之下，她似乎是要冲过去加入这场厮打，可顷刻间，她却提起裙摆，朝着相反的方向跑去……

“不好！”

宋慈低吼一声，而随着他的声音，站在安盛平身边的安广犹如飞箭一般，冲了出去。

这吴杨氏居然想不开，想要在公堂上寻死。

她速度极快，似乎是用尽了所有的力气，不带丝毫的犹豫，显然是被逼急了，什么也不想了。

安广乃是习武之人，轻功更是了得，饶是吴杨氏再快，也不会快过他去。

所以，当她闭着眼往柱子撞过去时，却只撞到了安广身上。

随着她倒地，正厮打在一处的石长青和夏望山也终于停了手。

“表妹！”石长青心里俨然是有吴杨氏的，他之前一直不敢和她说话，甚至不敢有眼神接触，因为虽然他自知没有杀吴通，可心里却对她有愧。

若不是那日接了那字条，又知道吴通出了城，他根本不敢去见她。

可见了她又能如何？他其实已经默默做了打算，这个月月底，就请辞不干了。

当年，他为了母亲抛弃了她，现如今，要再次疏远她。

早知如此，何必当初呢？若不是他喝了酒，嘴太碎，将自己与她当年的往事说了出去，又怎么会惹来这些闲言碎语，怎么会给自己招来杀身之祸？

他是真的喜欢她，可走到今天这个地步，两人已经再也不可能有任何交集了。

夏望山显然也没想到吴杨氏真的会撞柱子，他心里咯噔一下，不由犯起了嘀咕……

难道说，他和吴通都误会了？

石长青和吴杨氏，也许真的是清白的？

“为什么！为什么啊！”

大堂之上，是吴杨氏撕心裂肺的哭号。

而堂上的其他人却沉默了。

由于是公审，所以堂下也站了一些好事的居民围观。那些人当中，有很多都是认识这几个当事人的。所以此刻免不得指指点点，众说纷纭。

但有一个人吸引了宋慈的注意。

那人虽然站在人群里，但个子要比一般人高些，所以即便是在堂上，也能清清楚楚地看到他。

他平日里总是一副呆头呆脑的样子，却又不知为何，此刻他的脸上似乎闪过了一丝冷笑。

那笑容极淡，而且稍纵即逝，就连眼神中，也带着丝阴冷，深棕色的眸子好似一个深不见底的旋涡，但转瞬，又恢复了往日天真懵懂的无知。

宋慈觉得心中一沉，好像被什么东西狠狠地敲了一下头，一些从前看不清的东西，却一下豁然开朗起来。

第七章　真凶浮出水面

因为证据确凿，即便当事人再怎么狡辩，这吴记卤水铺老板吴通被人杀害并分尸一案，也就这样盖棺定论了。

夏望山虽然不肯交代杀人的真正原因，但极有可能是误杀后，为了掩盖罪行而毁尸灭迹，因此被判秋后问斩。至于吴通的老婆吴杨氏以及她表哥石长青，虽然与本案并无实质关系，可两人奸情属实，也被暂时收监，至于如何处置，全等祠堂长老商议后再做决定。

至此，这案子算是告一段落。

吴通的卤水铺在这长乐乡也算是小有名气，如今却落了这么个下场，也不禁叫人唏嘘。不过比起被害的吴通来，他老婆吴杨氏和石长青的奸情反而更加吸引众人，成了街头巷尾盛传的又一个新话题。

原本总是大排长龙的吴记门口，此时也冷冷清清的，那店面接连关了几日，原本闻惯了卤味香气的街坊们还真有些不太适应。

然而，几日后，原本紧锁的大门却从里面打开了……

人虽然死了，但生活还是在继续。

吴通不在了，他的手艺却传了下来。

因为，他还有一个徒弟。

吴通的徒弟，也就是丁虎。他师父无儿无女，师父唯一的妻子还被关进了大牢，也许过不了几天就会被浸猪笼，或是直接被打一顿板子，永远赶出长乐乡……

所以此时，丁虎成了吴记唯一的继承者。

此时，他刚刚将挂在窗上的木板摘下来，隔壁悦仙楼的一个小跑堂就好奇地从自家酒楼跑了出来，站到了吴记的牌匾下面。

“虎哥，你这是要干吗？”

丁虎没回头，仍旧在摘窗户上的板子：“还能干吗，开铺子！”

他这么一说，周围几个好事的就马上聚了过来。

“哎哟，太好了！我还说吴记要是关了，以后上哪儿吃鸭子呢！”

“可不可不！吴通这人虽然蔫儿了些，没本事，罩不住他那婆娘，可是他卤肉的手艺还真不是一般人能比的！在悦仙楼旁开上这么多年都没被挤垮了。”

“嘿，您这就不对了啊，当着我的面儿都这么说！”悦仙楼的跑堂笑着打趣，倒也不是真的生气，其实这人说的也有几分道理，吴通做卤味的手艺，就连他们老板也服气。

丁虎的脸上显露出了悲伤，师父尸骨未寒，但他确确实实也没有别的可以过活的手艺，因此只能开了铺子，继续做这档子生意：“师父不在了，可我得把师父的手艺传下去！您几位要是还念着我师父的好，就接着光顾吴记吧。我手艺虽然不如师父，可我还年轻，慢慢学，总会有那一天的……”

他这话说得有些含糊，却也十分巧妙。总有那一天是什么意思？究竟是赶上他师父的手艺，还是超越呢？

没有人问下去，因为大家根本也不在乎。

这些年，吴通除了在乎他那个小了十几岁的小娘子，其余什么都不放心上。所以他这小徒弟也只能拼了命干活儿，才保住了吴记铺子往常的进账，不至于亏本。这些街坊邻居最清楚不过了。

其实啊，要说做卤味的本事，丁虎怕是早就学得炉火纯青，青出于蓝了！

“可是，既然你师父都不在了，这铺子……”一个住在附近的老大爷伸出手，指了指头上那块牌匾，虽然没有继续问完，可他要问的话，在场每一个人都心知肚明。

丁虎是吴通的徒弟，但他并不姓吴，他姓丁。

如今这吴通都死了，这铺子，难道不要从吴记改成丁记吗？

“不改了，这是师父的心血，我没权利改。”丁虎虽然年轻，但平时给人的感觉总是虎头虎脑的，一股子又傻又愣的劲儿，完全没有年轻人该有的那种滑头。

旁边几个人都是看着他长大的，知道他来这吴记做学徒已经很多年了，听说他家里的父母也都不在了，就他一个人，也着实怪可怜的。

“不改就不改，反正吴记、吴记叫了这么多年，咱们也都习惯了。真要是改了啊，还得适应适应！”

“可不是，吴记店面虽然不大，可名声还是不错的，这要是万一改了，人家打听不到了，多耽误生意啊！“

“其实叫什么就是个名头而已，只要是东西好吃，咱们虎子能赚钱娶媳妇就行！大伙儿说是不是，哈哈哈哈！”

一个人开了头，立刻就有些热心人一起帮腔。

“欸欸！别废话了，都搭把手！铺子赶紧开张，大伙儿以后也好有鸭子、猪蹄子吃啊！”

“那就麻烦诸位了，我昨天卤了些大肠，还做了些卤蛋、鸭头……一会儿铺子开了，全都打折！”

“那敢情好！嘿嘿，我就爱吃鸭头，你师父平时也不怎么做，今天可是饱了口福了！”

于是，大家不再耍嘴皮子，而是撸胳膊卷袖子，有人帮着开门，有人帮着擦窗台，还有人进到屋里，帮着把泛着香气的卤味一一摆上来……

丁虎开店的时间有些晚，已经是上午巳时了，又因为今天是第一天恢复营业，所以他准备的不多，但是没想到才不过短短两个时辰，那些摆出来的卤味就全都卖光了。

这生意好得令丁虎完全都没有预料到。

他本以为，这些人都是吃惯了师父做的卤味，根本看不上他这么一个小学徒的。虽然，他对自己的手艺还是有些自信的，可他毕竟不是吴通。

但是没想到大家竟然这么捧场，更有甚者，还夸赞他做的卤味比之前的那些味道更好！这对丁虎来说，无疑是天大的鼓励。

不过短短两个时辰，他今天居然卖了三两五钱银子，刨去原材料的费用，纯利润竟然达到了一两八钱，差不多是今天进账的一半了。

看着手中沉甸甸的钱，丁虎心里一阵阵的狂喜，他决定以后要多做一些新鲜的种类，吸引更多的客人，如果生意可以一直这么好下去的话，搞不好再过几年，他就可以开分店了！

到了那时，他是不是也可以卸下“吴记”的招牌，将这铺子真真正正地改成“丁记”呢?

夜已经渐渐深了，窗外的太阳早就下了山，天边挂着一轮圆月和几颗闪烁的星星。

但是丁虎却并不着急回家。

从前，他也是要负责收拾店面，临走时，还要检查腌在锅里的卤肉、卤蛋……待到把一切都忙完了，已经是半夜了。

他家距离师父家有足足半个时辰的路程。以前若是忙得太晚，师父也不在意，会让他直接留宿在店里。可后来，师父娶了个娇滴滴的小娘子回来。自从有了这师娘，别说留宿了，就连晌午吃个饭，他也只能端着碗筷蹲在铺子后面的大木门边上吃。

他每天都要很晚才能离开，第二天一早，又要早早地到店里来准备。如此辛苦，可看在师父眼中，却全不及他娘子的一半。可明明她半点用处都没有，顶多也就是实在忙不过来时，去前面帮忙卖个货，招揽一下生意。

偏偏吴杨氏媚到了骨子里，不管对着谁都一副搔首弄姿、惺惺作态的样子，所以后来还得了个“卤水西施”的名号。

那之后，师父干脆连收钱的活儿都不让她做了。只把她放在后院供起来，就像是在供奉一尊菩萨，捧在掌心里，高高在上地侍奉了起来。

所以，他一直很厌恶那个女人。

他过惯了苦日子，看不得那些不劳动就锦衣玉食的人。

哪怕，那是他师父心甘情愿的。

不过，从今天起，他再也不用披星戴月地家里、铺子两头赶了。因为，从现在开始，这里就将成为他的家，当然，也是他的铺子。

想到这里，丁虎突然有些得意起来。

当年，他不过是无心之失，在清扫院子时，不小心打翻了水桶……可谁知道，吴杨氏当时挺着四个月的肚子，居然脚底打滑，摔倒了。

吴杨氏之前洗过衣裳，她这人做事也一直马马虎虎的，所以想都没想的，就以为地上的水是自己泼出去的。

师父的孩子没了，也没有人怪到他的头上，所以这么一算，吴通一家三口，居然都是死在了自己手中！

是的，吴通也是他杀的。

吴通没有死在夏望山的手里，也不是因为发现了吴杨氏和石长青的奸情才被杀人灭口……

真正杀死吴通并把他碎尸万段，还嫁祸给夏望山的人，是他。

不过这也不能怪他，要怪，就怪吴通自己傻，费尽心力地搞了一个局，愚蠢地以为可以骗过所有人，但想不到，最后他自己会是死在局里的人！

当然，这之中，丁虎也起了不小的推动作用。

丁虎第一次对吴通动了杀机，是在得知夏望山砍了石长青之后。

其实究竟是什么时候对吴通产生了怨恨，连丁虎自己也不知道，这些年，虽然他们以师徒相称，可说白了，他就是吴通请来的一个廉价伙计。

吴通根本没有教给过他什么，所有的一切，都是他耳濡目染，自己学来的。

不仅如此，吴通一边克扣着他的工钱，一边把他当作苦力，娶妻之后更是两公婆一起压榨他！

也幸好他孑然一身，不然自己都养不活，要怎么照顾家人？

他每天起早贪黑为了什么，还不是想要趁着年轻多学些本事，攒够了银钱，自己也开个摊位，为将来的人生做个打算？

难道，他还真的要一辈子留在吴记，给吴通当个廉价的伙计啊？

原本他想得极美好，可现实却一次次无情地将他击垮。他跟着吴通根本看不到未来，也没有未来……

只有杀了他，才能更接近自己的梦想。吴通无儿无女，要是他死了，他这唯一的妻子也因为各种原因而不能继承他的家产的话，那自己就会成为唯一的继承人。而又有什么理由，会比偷人、谋杀亲夫更有力呢！连吴通都不信任她，别人又怎么会信？

不过，他一开始的想法很简单，并没有真的要自己动手，更没有要杀了吴通。

他只是想让吴通与石长青为了吴杨氏而大打出手，两败俱伤。所以，当他得知，吴通喝醉之后居然会央求夏望山去砍伤石长青，他简直开心坏了！这就是他一直在等的那个契机，那个逆转一切的开始……

吴通和石长青彼此看不顺眼也不是一两天了，可吴通居然敢伙同夏望山去砍伤石长青，这一点倒是丁虎没有想到的。但吴通毕竟还是太老实，他不是什么大奸大恶之人，干不出伤天害理的事儿。

自从发生了雨夜砍伤石长青一事后，吴通就老实了，再也不敢对石长青出手了。

矛盾得不到激化，丁虎就落不着便宜，所以，他绝对不能放任这件事就这么过去。

他要挑起事端，于是，他一个人策划并实施了第二次的投毒。

他的计划很完美，不管这次石长青死不死，这屎盆子都会落在吴通的头上。

可石长青命大，又一次得了救，而且也没有连累他身边的人。死的，就只有那只倒霉的猫而已。

他原以为事情闹得这么大，那石长青不报复吴通，至少也会报官，告他个杀人罪！

可谁承想，这石长青和吴通居然是一路货，都是有贼心没贼胆儿的窝囊废！

不过，吴通又给了丁虎第二次“机会”。

吴通假借进货提前走了，却又在深更半夜潜回家中，想要抓吴杨氏和石长青的奸。

若是换了平日，吴通不在家时，是不会让丁虎留得太晚的。他怕吴杨氏与自己的徒弟有染，这人已经魔障到看谁都和自家婆娘有一腿的地步了。

不过，为了捉奸，他却信任了丁虎一次。

这一次，吴通居然提前将自己的计划告诉了丁虎，还叫他晚上晚些回去，给自己做个接应。

一来，丁虎本就是吴通的徒弟，在这个家里走动起来比较方便。二来，上次夏望山只说吓唬吓唬石长青，却把石长青的手臂差点砍断，这种帮倒忙的帮手，吴通是再也不敢用了。

所以这一次，他只跟夏望山说了自己想要偷摸回去看看，却并没提要打算连同自己的徒弟一起抓奸。

然而他却算错了一点，他坚定地认为自己的老婆和她表哥有苟且，但是，正如那日公堂之上，吴杨氏宁可自寻短见也要力证清白。

她和石长青，竟然真的毫无私情。

但是吴通却不知道这一点，所以丁虎只能利用这三人之间剪不断理还乱的复杂关系，帮自己做了个完美的圈套，套住了注定要死在他手里的吴通……

那一天，丁虎分别给吴杨氏和石长青留了字条，叫他们二人在夜里去城外幽会。却也故意写了不同的时间和地点，好让他们根本碰不上，免得生出不必要的事端来。

至于吴通，为了掩人耳目，在那天夜里他悄悄地潜回了自家的院子，他做好了所有的准备，原以为会看到搂在一起的奸夫淫妇，可等着他的，却是那在他身后举起的，明晃晃的砍刀……

他的脖子被砍了一刀，腔子里的血喷涌而出。他勉强回过头，用一种难以置信和见了鬼般的眼神注视着他那平时任劳任怨，又有些傻乎乎的小徒弟……

他不知道丁虎为什么会这么做，他想问，可他根本没有开口的机会了。

第二刀、第三刀……一刀刀下去，他就这么死不瞑目地倒在了他辛辛苦苦、一砖一瓦搭起来的这个家中。

这是丁虎第一次杀人，但是奇妙的是，他竟然一点儿也不觉得害怕。

他不知道要用什么词语来形容那一刻的心情，但事后多少次午夜梦回，当他回忆起那一晚时，却仍旧有种难以言喻的兴奋。

他似乎有些自豪，那是种从内心深处涌现出的优越感。仿佛在跟吴通说，你平时不是总看不上我嘛！不是总把我当个打杂的使唤嘛！现在，我这个当徒弟的，居然把你这当师父的算计了！所以你死在我的刀下，还真是一点也不冤枉！

当吴通终于死不瞑目地断了气，站在一片血泊之中的丁虎深深地吸了一口气。空气里弥散着浓浓的血腥味儿，眼前，却是一地的支离破碎……

虽然丁虎支开了吴杨氏，可他知道，吴杨氏等不到石长青，很快就会回来。算上往返的路程和等待时间，他至多有一个时辰来处理尸体。

虽说切肉是他的老本行。他切了许多年的肉，刀工甚至比他师父还要干净利落上几分。可要在这么短的时间内，肢解一个大活人，也是相当困难的。

好在，他早就有所计划。他甚至想好了，要让夏望山来当替罪羊。因为他知道，就算石长青胆子再大，却没有切肉的手艺，吴杨氏就更不用提了，一个妇道人家，了不起也就是偷个情。但是夏望山却不同，他有这个能耐，也有这个机会。

吴通假装出城去找王老六进货，实际上，却把包袱和银子都放在了夏望山家里。两人又因为那晚一起合谋砍杀石长青之事而产生了一些分歧，所以如果官府调查起来，这夏望山也不是完全没有杀人动机的。

只要吴通死后，官府能查到夏望山头上，丁虎自然有办法叫这夏望山来个人赃俱获！

因为只有确定了吴通的身份，他们才会顺着他布好的这条线查过来，所以丁虎首先斩下了吴通的头颅。

留下一条手臂和连接的部分躯干后，丁虎把剩下的尸体大致切了几块，放到了三个大花盆里藏了起来，却唯独留下了吴通的心肝脾肺。他将这些一股脑地扔进了平时腌制卤味的一个大缸里。

吴杨氏只是偶尔生意忙的时候会来前面帮忙卖卖货，她嫌弃卤水颜色重，味道大，怕弄到自己身上，所以平时从不会插手卤制的过程，丁虎完全不用担心她打开大缸，看到自己丈夫的尸体。

等到把那大部分尸体都放进缸中封好后，他又倒了两大桶水，认认真真地清理了地面上的血迹，反正天黑，这里又是后院，就算吴杨氏一会儿回了家，也不可能来这里查看。过了今晚，这水干了，自然人不知鬼不觉，根本不会有人想到这后院里居然死了个人！

忙完这一切之后，丁虎这才将吴通的脑袋用布一包，塞进了一个竹篓里，而那条胳膊和部分躯干则拿到前面的铺子里，切成了和夏望山平时切肉时差不多大小的肉块，放进了一个油纸包里包好。

丁虎家住南城，可为了不让人怀疑，他趁着夜，故意绕道从北门出了城，把那人头找了个荒地，挖了个浅得不能再浅的小坑，草草埋了。接着又等了一日，趁着第二天收工回家时，又跑到西城，随意扔下了故意被他留了根手指的，装着吴通尸块的油纸包。

一切都按照他的计划发展，顺利得连他自己都难以置信。当然，这之中，他的供词也起了不小的推动作用……

而他也在所有人都没有注意到夏望山之前，神不知鬼不觉地把埋着尸块的三个花盆放到了夏望山的院子里。这一切使得夏望山最终成了这场谋杀的替罪羊。

回过头，丁虎看着院子中央的那块空地。

那一晚，这里曾血流成河，但那几位坐在公堂之上，自以为洞察一切的大官，却又做梦都想不到，自己才是这一切的幕后黑手。

看来，不起眼也是有不起眼的好处。至少，谁也不会怀疑到他的头上！

现在夏望山被判了秋后问斩，他那所谓的师娘也很快就会被沉塘或是永远赶出长乐乡。以后，他终于可以高枕无忧地在这个家里生活了。

吴通的宅子和铺子，都成了他的！他甚至后悔没早几年做这件事！不过，若是真的早了几年，石长青那倒霉蛋也还没出现，他又怎么能如此顺利？

今晚，是他住在这里的第一晚。

就在这时，前院传来了一阵敲门声。

丁虎猛地回过头，纵使他再怎么安慰自己不害怕，可额上却还是滚下了几颗豆大的汗珠……

那敲门声虽然不急促，但一声声地，却仿佛叩进了他的心里面。他浑身发怵，望着前院的方向，久久不敢回应。

许是敲了很久，都不见有人应答，那屋外的人也终于沉不住气了。

“有人吗？”声音斯斯文文，清清冷冷的，似乎，有那么一丝耳熟。

丁虎心中却像落下了一块大石。

那不是吴通的声音，也不是夏望山或是石长青。

“谁啊？”也许是因为放松了心情，他下意识地回了一句。

而门外的声音在听到有人回答后，松了一口气。

“我们是衙门的人，麻烦开一下门！”

丁虎悬着的那颗心突然又紧了起来，但是脚下却没有耽误，他生怕自己犹豫的时间过长，会给对方造成他心里有鬼的印象。

“来了来了！”他说着，穿过走廊，来到前院，几步跑到大门前，将那门上的木栓拉开。

丁虎发现来人既不是县官唐松，也不是高高在上的安公子或是那位严厉的徐大人，而是一直站在安公子身边的，那个好像完全没有功名的青衫公子，以及一个看起来年纪不大，一张圆脸，笑呵呵的，类似书童一样的少年。

“怎么，公子您？”

“哦，丁虎兄弟吧！”青衫公子上前一步，朝他揖了揖，脸上还挂着带了歉意的笑容，“我是宋慈，你还记得吗？之前，咱们见过几面，我是跟在安公子身边的。”

丁虎装腔作势地想了想，然后猛地一拍脑门，一副恍然大悟的样子：“哦，哦！好像有点儿印象，您是宋公子！”

“嗯，这是阿乐，他跟我一样，我们都是郡公府的人。”

丁虎点了点头，他自然听过安盛平的事，知道安盛平是当朝郡公的小儿子。不过这头衔虽然唬人，但丁虎却不怕。相反，他还觉得安盛平一定就是个不学无术的富家子，之所以会跟着审案，无非也就是为了抢风头，没什么真本事。

“不知道宋公子你们这深更半夜的，找我有什么事？”

宋慈笑了，看了他一眼，又随即将脸移开。但不知为何，丁虎却仿佛在他的脸上见到了一丝鄙夷。好像在说，谁是来找你的？你还真把自己当个人物啊！

“其实也不是来找你，是我们公子下了令，叫我们来吴通家里找点东西。”

原本看到他的不屑，丁虎心中还有些不舒坦，可还来不及发作却又被他的话头吸引住，瞬间转移了注意力。

“找东西？”

“是啊，”身后的阿乐上前一步，抢话道，“安公子叫我们来找找吴杨氏和她表哥偷情的证据！”

丁虎眉毛一挑：“证据？他俩出城私会，不是已经证据确凿了吗？”

“话是那么说啦，不过毕竟要转祠堂再审一次，而且审完了，搞不好就要沉塘的！”阿乐眨巴着一双圆眼，故意压低声音道，“事关人命，哪能因为他俩同一天出过城就说他俩有奸情啊！这要是有人不服，给他俩脱罪，那不就成了大人们证据不足，草菅人命了！”

“可这……这要怎么找？”

宋慈却笑了笑，话锋一转：“丁虎兄弟，你一直住在这里吗？”

“这……不是，我家离得远，现在师父也不在了，这吴记的生意还得继续，每天两边来回跑，实在是太费力了，所以我就搬过来了。”

“哦，那你住了多久了？”宋慈问得漫不经心，朝着里屋慢慢走，似乎，是想要进去看看。

“今天刚刚搬来，宋公子，您这是要进去找吗？那里不是我师父和师娘的住处，隔壁那间才是。”

“嗯，那你住哪间？”

“我住您刚刚看的，比较小的那间。”

“不是只有你一个人了吗，干吗不住那间大一些的？”

“哦，那是师父和师娘的房间，我……”

“也对，”不等他回应，宋慈转过头，朝他微微一笑，“人刚死没多久，住进去也晦气。”

丁虎却不以为然，心道这人都是我杀的，住他的房间有什么不敢的！因此，丁虎不由得脱口而出道："那倒是不碍，反正人也不是死在那屋里的。"

话音刚落，他突然意识到，自己也许是太过得意了，居然一不小心就说错了话！

他紧盯着宋慈，小心翼翼地等着他的回应。但出乎意料的是，宋慈和那个叫阿乐的，居然都没有搭理他。

于是，他这才稍稍松了一口气。

"丁大哥，您在这家里的日子也不短了，"阿乐东瞧瞧，西看看，最后还是把注意力放到了他的身上，"当真没见过吴杨氏和石长青私会吗？"

"既然是私会，当然不会让外人看见了。"丁虎苦笑，"再说我收了工，就走了，并不在这里过夜。"

"可既然都有空房，干吗不留宿啊？来回赶，多费事！"

"这……有师娘在，不方便。"

听了他的回答，宋慈与阿乐对视一眼，却都没有说话。

"不过，你也不容易，吴通死了，却留下这么个产业，关了吧，有点可惜，可若是不关，你一个人把这铺子撑起来，也是够辛苦的。"

丁虎笑笑："这倒是无妨，反正以前也是干这些，习惯了。"

"这么说来，吴通死了倒也不是什么坏事，"阿乐和宋慈不同，也许是年纪不大、职位不高的原因，说起话来也没什么遮拦，"不然丁大哥什么时候才能熬出头啊！这当学徒的，可惨了，要被师父压榨好多年才能混出个名堂来！有的一辈子都没有出头之日，最后还是得给别人当伙计，哪像丁大哥现在，连铺子都有了！"

"阿乐，你可不要乱说！不好意思，丁虎兄弟，阿乐他年纪轻，口无遮拦，你别介意。”

“没事，无心的，我懂。”丁虎被他们说中了心事，却也只能掩饰住心头的情绪，强装悲恸道，“师父对我恩重如山，我却没能好好报答他老人家，现在他走了，我也只有将他的手艺发扬下去，除此之外实在找不到别的方式来感激他了！”

“也不是没有别的方式的，”阿乐说着，朝丁虎弯腰作了个揖，似乎是在为刚刚的口无遮拦而道歉，然后又抬起头，朝丁虎挤了挤眼睛。丁虎不由得蹙起眉，疑惑不解之时，阿乐却从袖子里掏出了一个酒葫芦，“我听说，人死了以后，阳间敬酒他们也是能收到的！你师父他好像还挺爱喝酒的吧？”

丁虎似乎理解了阿乐的意思，既没有肯定，也没有否定，只是苦笑着，没说话。

是啊，吴通确实爱喝酒，他若不是爱喝酒，也不会和夏望山成为莫逆之交，更不会脑子一热，想到砍伤石长青这种蠢主意！

丁虎甚至怀疑，他之所以会去怀疑自己老婆和她表哥有苟且，也是喝多了，受了夏望山的挑拨。所以归根到底，他就是死在了喝酒这件事上。

“丁大哥，那我可就……”

阿乐笑嘻嘻地，见丁虎没有阻止自己，便拔开了葫芦上的塞子，又回头朝着宋慈神神秘秘地一笑，手腕轻轻翻动，将那壶中美酒洒了出来……

只是，在他倒出酒水的一刹那，丁虎觉得鼻子一酸，怎么这酒一点儿酒味儿没有，反而有股……醋酸气？

丁虎皱紧眉头，还当是自己闻错了。却在这时，听得那旁边的宋慈惊呼了一声。

“这、这是怎么回事！”

宋慈这么说着，低头看着地面，脸上写满了惊恐。就好像是吴通的尸块又重新汇聚到了一处，然后从那土里伸出手，带着泥土翻爬出来一般！

而当丁虎顺着宋慈的目光，也将视线转移到地面之时，他突然觉得自己的心跳都要停止了。

虽然是多雨的季节，但最近几日却一直是大晴天，天气燥热得好像要蒸发掉大地上的每一滴水，榨干阳光下辛劳的人们。

今天开了一天的铺子，他热得浑身黏腻不堪。若不是宋慈他们来敲门，他可能已经从水缸里舀出一瓢水，直接从头顶淋下来，解一解这一整天的炎热。

院子里的土地也是干燥不堪的，那不知是酒还是醋的东西却在土地最需要滋润之时，解了它的渴，也生出了它心底的罪恶……

吴通家的后院里，那被泼过的土地正以肉眼可见的速度，一点点地，变成了红色。

那红虽不像鲜血一般艳丽，但在这样的一个夜晚，在丁虎亲手杀了人的后院之中，却显露出一股难以言喻的诡异，让他仿佛一下子又置身于那个遍地尸块的境地。

他甚至觉得背脊发冷，好像吴通那颗人头正悄然躲在黑暗之中，睁着一双死不瞑目的眼睛，毫无表情地注视着自己。

“我的娘啊！”阿乐吓得扔掉了手中的葫芦，结果葫芦落地滚了出去，液体越流越多，地面上显现出的红色也越来越醒目，“公子，这是什么玩意儿！怎么满地都是血啊！”

丁虎心中有鬼，听到“血”字，整个人都紧绷了起来。

他急得脱口而出道：“哦，这、这可能是我师父在后院杀猪的时候染上的吧？怎么这么多血……阿乐兄弟别怕，我这就把它打扫了！”说完，转身就要往屋里跑。

“且慢！”就在丁虎转身的一刹那，宋慈却一把拦住了他。丁虎看向宋慈，发现宋慈的眼里没了刚才的慌张与惊讶。看着宋慈的眼睛，一瞬间，丁虎觉得好像他所有的秘密都被人揭开了。

于是，他不顾额头上滚落的汗珠，朝着宋慈挤出一个连苦笑都称不上的笑容：“宋公子，您这是干什么？”

事已至此，宋慈显然也不想再装下去了，他直起身，道：“丁虎兄弟，你说你师父在这后院里杀过猪？”

“是啊，之前在公堂上你们不是也问了，我师父偶尔也会自己动手的，他和那夏望山熟得很，据说，还从他那里学了不少杀猪宰羊的本事。我师父用刀也是很有一套的，估计难免也会手痒吧。”

“只有你师父会这样吗？那你呢，你有没有屠宰过什么动物？”

“我？”丁虎露出个胆怯的表情，“我哪有那个本事！再说师父也没教过我，我顶多也就是会切切肉罢了……”

“那就怪了，”宋慈一手抱肩，另一只手托着下巴，仿佛陷入了思考，“我怎么听说你师娘小产后，你师父怕她看到杀生会想起死掉的孩子，所以从那以后，他再也没有亲手干过屠宰之事啊。”

“是吗？”阿乐也故意在一旁帮腔，“我记得吴杨氏嫁到吴家也有好几年了，她好像是成亲后第二年小产的，那这么说来，这院子里，岂不是好多年都没杀过生，见过血了？既然如此，这地上的血，究竟是多久前留下来的啊？”

“真有那么多年，怎么可能还有痕迹？这血分明就是新近留下的才对！”

“不对啊公子，最近这里怎么会有血？丁大哥不是说了，他从没杀过猪宰过羊的！”阿乐说着，看向了丁虎，“丁大哥，你说是不是啊？”

丁虎咽了口唾沫，想不到自己随口敷衍，却又惹出了这种麻烦，现在想改口也晚了。

可若是不改口，那不就是等于默认了！

“哦，杀猪宰羊我是不敢的，不过，我杀过鸡鸭，我们铺子里什么都卖，除了肘子、猪头……也有酱鸭、酱鸡，招牌菜就是樟茶鸭，那个味道可好了！要不要我给二位来一……”

“丁虎兄弟，你不好奇阿乐刚刚洒在地上的，究竟是什么东西吗？”

不等他说完，宋慈却打断了他。

丁虎随即一愣，有种不好的感觉在他心里慢慢堆积起来。

见他不回应，宋慈便当作是默认，单方面做出了解答。

“这是酽醋汁，说白了，也就是浓醋。这醋啊，可是个好东西。”他说着，信步向前，施施然弯下腰，将装着浓醋的葫芦拾了起来，放在手中轻轻晃动，醋味从瓶口散出，空气中带着浓浓的酸味。

“平时若是受了伤，可以用醋搓揉，起到散瘀、消肿的作用。即便是出了血，只要血不多，也可以用醋来止血。而且，这醋还能驱虫，这一点，恐怕丁虎兄弟不知道吧？”

见他仿佛自言自语般，丁虎心中的恐惧又加了几分，总觉得宋慈似乎马上就要揭开自己的秘密了。

“呵，”他紧张得笑了笑，“宋公子好端端的，跟我说这些干什么？”

“干什么？”宋慈终于停下了来回踱着的脚步，转过身，直视着他，“以酽醋汁泼地，如果这地面上曾有过血迹，那便可以显现出来，可既然吴通已经多年不曾在这后院杀生，你刚刚又说自己没这个本事，那这地上的血迹又是从何而来呢？”

“我是说自己没这个本事，可我不是也说了，我不会杀猪宰羊，但是我……”

“杀鹅、杀鸡？”宋慈长身玉立，平时温润如玉的气质在月光的映照下，却显得越发清冷，头颅微微扬起，以一种居高临下的姿态，冷冷道，“我看未必吧？这地上的血量，得要杀多少家禽才能做到？”

“这……这么多年了，怎么也有好多了！”

“可依我看，这不像是鸡鸭，反而……像是死了个人呢。”

“公子你别开玩笑了，”丁虎忍不住道，“这玩笑一点也不好笑！”

“是啊，既然不好笑，我又为什么要开玩笑？”

宋慈随手将葫芦朝旁边一扔，阿乐上前几步，探了个身，一手接住。两人配合得十分默契，仿佛早就演练好了一样。

“吴通的尸体至今没有完全找到，我知道他被人杀了以后还被分了尸，所以一块一块找起来，确实有些困难。目前为止，我们找到的尸块，还有他那颗头颅，这些加起来的重量也不是一个成年男子的重量。我打听过吴通的样貌，他确实不算胖，可不论怎么说，如果以他的身高，肯定不会是这个重量。而且，有件事我一直很在意。”

丁虎似乎被他的话迷住了，甚至忘记了反驳，只是随口接道：“什么事？”

“我刚刚说过了，这些尸块，主要是他的四肢和头，但是却偏偏连一处内脏都没有。你不觉得奇怪吗？一个活生生的人，怎么可能没有心肝脾肺？”

一句话，恰好说到了点儿上。

是的，不知出于什么原因，丁虎居然没有把吴通的内脏也连同尸块一起扔出去，他当时也不知因为什么鬼迷了心窍，竟把吴通的内脏都放到了一口大缸里，那是吴通最宝贝的一口缸。

吴通从不肯让别人触碰，甚至是靠近那缸。那是他的秘密法宝，也是他能在悦仙楼旁边屹立不倒的最主要原因。

如今，那留下来的内脏，却成了丁虎最想摆脱的证据。

一个人做了坏事，难免会有心虚的时候。他被宋慈说中了心事，即便平时遮掩得再完美，也仍旧忍不住将目光投到了那口黑漆漆的大缸上。

只是下意识地扫了一眼，便很快转移了视线。

可这一眼就已经够了。他的表情，足以说明了一切。

“阿乐！”宋慈叫了一声，不用说，阿乐也能明白他的意思。

阿乐将葫芦往腰上一别，然后撸胳膊，卷袖子，一副跃跃欲试的样子走到了大缸之前。

缸上盖着个木头盖子，上面压着一块大青石。

阿乐突然歪过头，朝丁虎呵呵一笑。

紧接着，阿乐直接搬起那块大石头，高高举起来，朝着那口大缸砸了过去……

丁虎知道，他藏不住了，现在他能做的只有两件事。要么直接承认，要么再做一次垂死前的挣扎。

他不想死，所以他选择了后者。

“这、这是什么！”他夸张得用一只手捂住了自己的嘴巴，难以置信地看着从那缸底滚出的一颗……已经看不出是什么的肉团，“你说这是我师父的！不、不可能！他不是夏望山杀的吗！难道、难道……我师娘她……”

宋慈和阿乐看着他，脸上或多或少，都带了丝怜悯的表情。

事已至此，他居然还想把罪名推卸到别人身上。

他是把大家都当成了傻子吗，还是他天真地以为，他们没有任何证据就敢来抓他？

“吴杨氏被收监之后，你就成了吴通唯一的亲人，所以，你才有资格继承他的店铺。当然，你们是没有血缘关系的，吴通身边但凡还有另一个亲人，这事儿就轮不到你。不过刚巧，他无儿无女，父母双亡，又是家中一根独苗，当年孤身一人来了这里打拼，谁也不知道他还有什么亲戚……而他唯一的妻子，也因为偷情而锒铛入狱。”

宋慈的话，很明显是针对丁虎，所以丁虎也终于不再装傻，反问道：“宋公子这是什么意思，难道，你在怀疑我吗？”

“呵，”宋慈轻轻一笑，“你之前去衙门想要领走你师父的尸块，是吗？”

“是，师父死了，杀害他的凶手也已经关进了大牢，我当然想要给师父办个风风光光的葬礼，让他早日入土为安。不过你们却几次三番地阻挠，说什么那些是证据，就是不肯把师父交给我！”

“我想说的不是这个。”

丁虎皱起眉头，紧紧地盯着宋慈。

“你想要认领尸块的时候，曾经，在衙门里签过字，当时，你签下的可是你的名字？”

丁虎一愣：“自然是我的名字，我从小到大，行不更名坐不改姓，就叫这个！”

“既然如此，那签名的，也是你本人了？”

此话一出，丁虎整个人都僵在了原地。

他立刻明白，当时哄骗石长青和吴杨氏出城幽会时，是自己亲笔写下了那两封假冒了他二人身份的信笺。

宋慈看到丁虎脸上的表情，知道丁虎已经明白自己犯下了什么致命的错误。

“丁虎的丁字，有个竖钩，而石长青的青字，也有。我问过吴杨氏和石长青，他们两个确实是接到了对方的邀约才出的城。虽然这二人是表兄妹，但石长青没见过吴杨氏的字，因此并没有生疑。反倒是那吴杨氏，她说接到那封信时也曾有过一瞬间的怀疑，在她记忆里，表哥的字是很规矩的，可那信上的字迹却十分潦草……”宋慈说着，不由得露出一丝苦笑，接着说，“不过她当时想着，也许这信是石长青在紧急之中写的，难免会和平时不太一样，所以也就没有深究。”

“你跟我说这个是什么意思？”

“我的意思是，信并不是他二人写的，是有人冒名顶替，最好的证据就是那竖钩。你自己写丁字的时候难道没有注意过吗？你那钩相对一般人的，要平得多，也粗得多些。”

“哈哈哈哈哈哈！”丁虎虽然早就猜到他要这么说，还是忍不住大笑起来，“好笑，真是好笑！你意思是，现在连字也能当作证据了吗？”

“怎么不能？”这一次，宋慈直视着他，神情肃穆，十分认真，“我们读书认字之时，一般都先学会写自己的名字，所以，那是最初的记忆，也是最根本的东西，绝对不会随随便便更改。”

“你现在的意思是我写了那两封信，假借着他们的名义把他俩骗了出去？”

然后不等宋慈回答，丁虎自己先叹了一口气：“好吧，既然你已经查到了，那我也没必要隐瞒了！那些信确实是我写的，可是……”

“可是什么？”

“可是那两封信是师父叫我写的，信上的内容也是他告诉我的，他临走前那一日，跟我说要试探一下那对奸夫淫妇是不是真的有私情，但是又怕师娘认出他的字，所以才叫了我来代笔。不过这信虽然是我写的，可是我没参与这件事，毕竟是师父的家务事，我一个外人，不好掺和。可师父非要来找我，我也没办法，怎么写个信还有罪了？”

“这么说来，你是承认你知道吴通假借进货为由，实际是要回来捉奸了？”一旁的阿乐也不含糊，直接反问道。

“我都说了，我只写了信，别的不知道。”

“你别自相矛盾了，刚刚你都认了那信是你写的，信上可是有日期的，你是傻子吗？你师父在那信中提到的日子之前就走了，肯定是虚晃一枪，要回来捉奸！你说你不知道他的计策，除非这信根本就不是你师父让你写的，是你自己为了杀他，支开了吴杨氏和她表哥！”

阿乐平时虽然看起来呆头呆脑的，但关键时刻却伶牙俐齿，完全不给别人反驳的机会。这番话着实打了丁虎的脸，让他又一次懊恼自己还是太冲动，给别人落下了把柄。

见丁虎沉着脸，不知该怎么应对，宋慈这才继续道："如果我没猜错的话，石长青第二次被人下毒的事情，也是你做的吧？夏望山是个粗人，他不会用那种拐弯抹角的方式害人，况且他虽然鲁莽了些，但却敢做敢当，如果当日他有心杀石长青，我认为，那一刀他未必会砍偏。所以，我觉得他供词里说的，当时只是要吓吓石长青，很有可能是真话。至于吴通这个人，通过我们的调查，他其实有些窝囊，并不是那种真的会去杀人放火的性格，早先之所以会跟夏望山一起行凶，多半也是喝了酒，被朋友讥讽，才一时冲动而做出了错误的决定。等到他酒醒了，即便仍旧有心捉奸，也不会再有胆子伤人了。"

"是啊，我听说吴通和夏望山关系好得很，这男人啊，越是在熟人面前，越得要面子！"阿乐也在一旁搭腔道，"他之前就是因为好面子，又被夏望山撺掇，才跑去在手臂上刺了青，弄了个老虎。当时疼得龇牙咧嘴的，你说好笑不好笑！"

他边说边露出笑容，好像真的在说什么有趣的笑话。

可丁虎却笑不出来，他甚至觉得自己有些想哭。

"你凭什么说是我给石长青下了毒？"

就在他几乎要问出来的时候，宋慈却从袖子里掏出了一个淡红色的小纸包。

"这是我在张麻子那里买来的老鼠药，你很聪明，知道如果吴通毒害石长青的事被揭发出来，我们势必会去查证他最近有没有买过将人致死的毒药。这条街上有两家卖药的，可你都没去，因为除了吴通，你也是他们熟悉的脸孔，只要你去买，他们一定会认出你！所以，你特意跑去了夏望山家附近卖鼠药的张麻子那里，这样，就算有人查，也查不到你的头上。你买的时候还特意说，是夏大哥托你来买的。可千算万算，你却忘了一点，吴通虽然不是什么达官贵人，但吴记铺子的卤味却是出了名的，所以，张麻子居然认出了你，这一点，你没想到吧？”

听着宋慈的话，丁虎脸上青一阵白一阵的，他脑筋飞转，在想要不要把罪名推到吴通身上，反正死无对证，他们也没有办法。

可就在丁虎几乎要开口的时候，宋慈却抢先了一步。

宋慈将丁虎的犯罪过程说了个清清楚楚，仿佛亲眼所见一般——

“你跟着吴通也有几年了，想必没少被他压榨，他收了你为徒，也不过是找个人替自己干活儿、打杂，至于工钱，顶多也就是糊口罢了。你当年年纪轻，也许还不觉得什么，可你早晚要成家立业，但你连养活自己的本钱都没有。又也许，你在学徒的这些年中，受了吴通和他娘子的气，心里早就对他们有了怨恨，巴不得这两人死了。刚好他们无亲无故，若是出了意外，能继承家业的，自然就是你这个徒弟。

“我不知道你究竟蓄谋了多久，也许午夜梦回，你睡不着时，早在心里巴望了无数次。而就在这时，石长青出现了，他给吴通和吴杨氏之间原本密不可分的关系造成了一个缺口，一个你刚好可以见缝插针的缺口……”

丁虎不说话，似乎已经呆了，只能等着宋慈继续说下去。

“不过很可惜，你原本想要挑拨这两人的关系，让他们为了吴杨氏争风吃醋，大打出手，但这两人在某种程度上，却都很懦弱。一个明明被人砍了一刀也不敢言语，一个只有喝醉了，才会为了面子，在朋友的煽动下去行凶，而且，还不敢自己下手……事后，吴通应该是很后悔，也很害怕，他怕石长青报复自己，所以安生了好久。试问这样的一个人，又怎么敢去下毒？而且就如刚刚所说的，就算那毒药是夏望山托你去买的，他又不住在这里，怎么找机会下毒？你也许会说，这毒，是你师父下的，可既然如此，为何还要多此一举，让夏望山来托你买老鼠药？这也太麻烦了，直接让你这个当徒弟的去买不就好了？

“其实我们一开始对这件事是毫无头绪的，如果吴通被杀后，只是被埋在后院里，那他就算烂到地下，也不会有人发现，毕竟大不了就说他外出进货遇到了意外，有去无回了。可偏偏，他的头颅和尸体碎块却被扔得到处都是，似乎非要闹个满城风雨凶手才顺了意。这就让人不禁好奇了，是什么样的杀人犯会在杀人分尸后，还这么明目张胆地来挑战官府呢？如果不是野狗咬烂了吴通的脸，也许我们也不会绕那么多弯子。还有那手指，既然凶手刀工这么好，干吗非要留下几根手指来，让人一眼看出那袋子碎肉是人的尸体？所以，综上所述，这凶犯是铆足了劲儿，想让官府查下来。而几次问话，你这个小徒弟也愣头愣脑地什么都说，包括吴通、吴杨氏和石长青之间的纠葛，还有夏望山这个屠户朋友，居然全都是你不经意提起，才引导我们走到了看似正确的方向。

“那两封支开吴杨氏和石长青的信，你既然已经承认是你写的，那你应该也知道，这两人那晚根本不在家，而吴通，也是在那一晚遇害的。你趁着这两人不在，就在这后院砍死了吴通！刚刚，你自己不是也说了，你师父不是死在自己屋里的，这么说，你似乎很清楚他究竟是死在哪里的，对不对？”

说到这里，宋慈突然暂停了陈述，又往前走了几步，低头看着那缸里的一颗人心，“吴通被你分尸的时候，其实还没有死透，人要是生前就被人砍杀，那创口处的皮肉是紧缩卷起的，而且周围会有血迹。相反，若是死了以后才被分尸，那创口皮肉不卷，周围也不会出血，只是白色……所以，作为一个有足够刀工来分尸的你，如果这时候还要狡辩说你只是参与了帮忙肢解，却没有杀人的话，就只能是说谎了。”

宋慈说完，背着双手，抬起头，直视着丁虎的眼睛，似乎在等待着丁虎的回应。

而丁虎看着他，突然觉得，他挂在嘴角的淡淡笑容竟是那么的可恶，那么的令人想要发狂！

丁虎其实从没想过自己会被人揪出来，如果这里管事的还是那唐松，他根本就不怕。毕竟那人审案一向糊里糊涂，不管是不是冤案，只要赶紧结了就好。

当夏望山被判秋后处斩的消息公布出来后，丁虎甚至有些自鸣得意，觉得自己连徐延朔这样的大官都骗了，那是不是说明，自己比他们都聪明，也更有本事？

可他却没想到，就在他觉得终于达到了目的后，却被这么两个不速之客给破坏了！

既然如此，他决定最后放手一搏。

如果他们来之前，只是想要自己着手调查，却并没有告诉其他人，那他大可以直接将这二人杀了，就像他杀吴通一样。反正对于他来说，杀一个是杀，杀三个也没差！

而万一他们早就都知情了，那也无所谓，反正横竖都是个死，那就当是拉了个垫背的！黄泉路上，他也不孤单了！

这么想着，他装作不经意地退后了几步，来到了靠近后门的地方，然后突然将大门门闩提起，再拴好，将大门牢牢地锁上。再转过身，拾起了放在墙角的一把砍刀。

这是吴通平时放在后院砍柴用的，虽然不及他用惯了的那把用来切卤味的刀来得锋利，可现如今手边也没有别的工具，只好拿这个先凑合了。

他打量着眼前这两人，一个是年轻的公子，看起来文文弱弱，手无缚鸡之力。另一个，还不过是个少年，身量不高，自然也不可能是他的对手。

“你们俩，今晚是自己来的吗？”

他一步步朝前走着，手中的砍刀在黑夜里闪着股诡异的光。而他的脸上，也不知从何时开始，撕下了以往装傻充愣的面具，换上了一副令人生寒的表情。

然而面前的两个人却好像没有丝毫的畏惧，那名叫阿乐的少年甚至上前几步，站到了宋慈身旁，笑眯眯地看着朝他们步步逼近的丁虎。

“公子，还真让徐大人给说对了，我看这丁虎不是疯了就是傻了。”

宋慈蹙眉苦笑，却仍是忍不住问了一句：“怎么说？”

“他也不想想，咱们能是单枪匹马来的吗，都知道他是个连自己师父都能杀了分尸的亡命徒了，我们还能自己送上门找死不成？”阿乐说着，突然抬起了头，朝着左右看了看，然后将手指往嘴里一放，吹了一声口哨。

那口哨声仿佛划破了寂静的黑夜，在这夏日的夜晚，显得尤为刺耳。

而随着那口哨声落下，丁虎这才发现，屋顶上居然站着三个人。

他去过衙门几次，自然认识那几个人是谁。

一个就是刚刚阿乐口中的徐大人徐延朔，一个是郡国公家的安公子，还有一个，是安公子那不苟言笑的贴身侍卫。

他虽然早就知道徐延朔和那侍卫的武功应该不弱，可却没想到那姓安的贵公子也有这个本事，能够翻身跃上如此高的屋顶。

夜色中，他清晰地看到了几人脸上的表情，心里更是涌起一股从未有过的愤恨。

他明明差一点就可以成功瞒过官府，明明已经骗过了所有人……

现在，他是真的被逼急了，打算来个鱼死网破，谁也别便宜了谁！

想到这里，他不再犹豫，刚刚还低低拿着的砍刀，此时也高高举起，大叫着，朝眼前两人冲了过去。

那一刻，他甚至没有想着要先砍谁，只知道这两人随便砍了哪一个都算他赚了！

而另一边，阿乐见杀人凶手举着把明晃晃的大刀，凶神恶煞般朝他们这边跑过来，吓得够呛。但是，这些年宋家对自己不薄，他和宋慈虽然名为主仆，可私下里，却好得像是一家人似的。

要是公子受了伤，老爷和夫人得多伤心啊！眼瞅着，丁虎发了疯地举刀逼近，危急关头，阿乐竟然忘记了一切。

他脑海中一片空白，身体仿佛不受自己支配一般，下意识地，就站到了宋慈的跟前，伸出双手，将宋慈牢牢地挡在了身后。

而几乎同时，安盛平从屋顶上飞身一跃，他身形极快，明明比那丁虎晚了好几步，却不知何时竟超过了他，猛一回首，衣袂轻扬，发丝飘摇，嘴角还带着抹令人不寒而栗的笑。

丁虎被这笑容惊出一身冷汗，身形一滞，转眼间，手中的砍刀已经挥了出去。

刀砍下的一瞬，安盛平只用右手一挡，手中的扇骨便稳稳夹住了砍刀。接着，他一个鹞子翻身，丁虎便觉手腕一阵剧痛，然后竟跌了出去。

安盛平落地后又随意将右手一扬，刀便又从扇骨中扔了出去，一刀刺入丁虎身后的墙壁，竟是直接插了进去，牢牢地固定在了墙上。

安盛平却像个没事人一样，随意掸了掸身上的土，又皱着眉，看了看被砍坏的扇子，轻叹了一口气。

“唉，可惜了，我还挺喜欢这扇子的，上面有紫阳先生题的字，还是惠父兄费了好大力气帮我找来的……”

说完，他再看向已经被掀翻在地的丁虎时，眼中的惋惜又加上了几分冰冷。

那一瞬间，丁虎就知道，自己这次是真的完了。

“你自以为做得天衣无缝，可这世上根本就没有完美的犯罪。”

此时，宋慈也从阿乐的身后施施然踱步而出，他站在一袭白衣的安盛平身侧。“一个人若是犯了错，总会留下些蛛丝马迹，即使能骗过周围人的眼睛，可有心之人还是会发现这其中的纰漏。”宋慈说着，略带惋惜地摇了摇头，“你很聪明，但却把聪明放到了错误的位置上，天网恢恢，疏而不漏，既是你自己犯的错，那就自己来偿还吧。”

至此，这杀人碎尸一案，才算正式落下了帷幕。

短短几天之内，连续破获了两起命案，但结果却是天差地别。

窦天宝之死乃是意外，虽然涉及了他家族之中的种种矛盾，可最后的结果却又在令人唏嘘的同时，多少感受到了丝丝温情。而吴通一案，虽不及窦天宝之案那么复杂，却足以见识人心险恶。

丁虎被关进了大牢，只等秋后问斩。夏望山虽然没有杀人，但也不是完全无辜，毕竟，他曾经袭击并砍伤过石长青，因此也受了些刑罚才得以被放出。

经查证，吴杨氏和石长青并无苟且，但人言可畏，这长乐乡，两人恐怕是待不下去了。

不知是不是出于对吴杨氏的愧疚，或者是一起经历了牢狱之灾，石长青心底起了怜香惜玉的心思。他这一次竟然不顾母亲的反对，想要正式迎娶吴杨氏，用尽下半生来好生照顾她。

怎奈，吴杨氏却彻底伤了心，甚至连一句告别的话都没有。她变卖了吴通的产业，带着银钱，悄无声息地离开了。

她走的时候没有告诉任何人，只留下了一封信。

信上，她叫石长青不用再来寻她。石长青知道，这一次，她是真的铁了心要与一切挥别。虽然无奈，但也只能笑一笑，继续自己的生活。

至于那个淑香丫鬟，也因为吴通人头之事，与那田力走得越发近了。

经过此案，安雨柔也知道了淑香和田力之间的事情，不等淑香自己提出来，就说明了自己愿意成全她与田力，并将一纸卖身契当面撕毁，还了她自由之身。

淑香纵有万般不舍，也能明白主子的一片苦心，千恩万谢之后，带着安雨柔给的一笔丰厚的贺礼，离开了董府。

淑香走的那天，安盛平也来为她送行，连带着，还捎上了宋慈。

虽然淑香和宋慈没有什么交集，但安盛平却有些私心，因为他知道淑香离开时，姐姐定当会至大门口送别，而他带着宋慈站在门外，说不定，姐姐与宋慈还能“巧合”地见上一面。

而事情果然按照他所预料的发展，安雨柔在董府的大门之内，拉着淑香的手做着最后的叮咛之时，宋慈站在门外，刚好将这一幕映入了眼中……

无奈事先没有打过招呼，安雨柔自然也不知道此时大门外还站着自己一位故人。当然，若是她事先知晓，也许宋慈也根本没有机会见到她。

她毫不知情，与淑香说了几句话，这才带着依依惜别的映月转身离去，只留给宋慈匆匆一瞥的背影。

但仅仅是这一眼，也勾起了宋慈对往昔无尽的想念……

他甚至清楚地看到了她头上的那根金簪，那日，她曾叫安盛平拿着那金簪来问自己，愿不愿意去郡公府提亲，而他，却只能冷漠地拒绝。

那时候的他，还不知道董疏城会死在战场上，不知道她年纪轻轻就要为了亡夫而守寡。如果早知这一切，如果可以重来，也许他拼尽全力，哪怕是粉身碎骨，也会争取一下，看看自己到底能不能带给她幸福。

而如今，他与她，却只能隔着一扇门。

一扇董府的大门。

明明近在咫尺，却又远隔天涯。

结束了这两起无端惹上身的案子，宋慈他们的脚步也终于可以回到了原先的轨迹上。

方玉婷一案，才是他大老远从家乡赶往湖南的最根本原因。

而眼看方玉婷的死忌将至，宋慈想要去她坟前亲自看一看的愿望也愈加迫切起来。

当然，他也不会忘了那释空。

站在释空的角度，宋慈甚至不敢去想事隔十年之后，得知自己心爱的女人从坟墓里爬出来，一次又一次嫁与他人，一次又一次杀人害命，会是一种怎样的心情。

如果换作他，如果那方玉婷换作安雨柔……

也许是日有所思，夜有所梦，那一晚，宋慈居然真的梦到了这一切。

梦里，他回到了故乡，穿上了大红色的喜服，原本安静的家中张灯结彩，每个人的脸上都带着笑意。

酒席间推杯换盏，不胜酒力的他仿佛堕入了云中，脚下又轻又软，每一步都软绵绵的。

梦中的他虽然不明所以，却仍旧被这喜悦的气氛所感染，幸福得像是个得了压岁钱的孩子，笑得灿烂无比。

而当他回到被布置成洞房的房间时，却在床边看到了一副乌黑的棺材。

红烛摇曳，烛油化作相思之泪，顺着烛身缓缓地滑落，堆砌成了一片引人遐思的旖旎画面。

他看着那副棺材，心跳得比打鼓还要快。

那是一种什么样的感情，是期待，还是紧张？是畏惧，还是痴爱？

一切的一切，却又在棺盖打开时，悄无声息地融进了他的骨血，沉浸在了他的梦中。

那是个穿着大红嫁衣的窈窕身影，她背对着自己，头上盖着一方描金的喜帕。

即便是在梦里，他仍能感受到那几乎要跳出喉咙的心。

而当她转过身，揭去盖头，出现在宋慈梦中的，竟是记忆中安雨柔柔和的面庞和那双从未改变的生动的眼睛。

他是爱她的，那爱贯穿了他整个的青春和人生中最美好的时光。

但他也对不起她，因为他辜负了她对自己的一片真心。

现实中，他不敢有非分之想，但此时此刻，他和她是在梦中。那是属于他的梦境，而她，便是他梦中的佳人。

她抬起头，看着他，长长的睫毛微微翻起，就像是一只蝴蝶在撩拨他内心最深处的悸动。那一刻，宋慈竟然不能自已，朝她张开了那等待已久的怀抱。

可就在这时，她却从袖子里伸出了手。

他记得那双手，纤纤指尖，柔若无骨……曾几何时，他想要牵着那双手一起看日出日落，一起共度白头。

可此刻，那手却化作森森的白骨，宛如利爪，笔直地刺进了他的胸膛。

他甚至感觉不到疼，却见她从自己身体里掏出了一颗血淋淋的心。

那心还带着温度，一跳一跳的，好像还活着一般。

可是低下头，他却只看到自己的胸前被刺了一个洞，皮开肉绽，鲜血顺着伤口缓缓流下，浸透了他那原本就是大红色的衣衫。

他难以置信地抬起了头，安雨柔的脸也从清纯淡雅化作了妖艳瑰丽，仿佛一只食人血肉的妖精，露出了带着欲念的笑容。

宋慈一个激灵，从睡梦中惊醒。身上的衣衫却已经被冷汗打湿，在夏夜的微风中，竟透出了丝丝凉意。

他睁着双眼，一整晚再也没能睡去。就这样死死地盯着房梁，直到天明。